买房以后，结婚之前

孙明一◎著

译林出版社

目　录
Contents

前　言

坊间流传这样一个段子。

一男向一女征询意见：我们先租房子住，结了婚攒了钱再买房子吧？女答：那我还不如先租老公呢。

由此可见，房子在婚姻中的重要性。

“女人当自强，婚前有套房”的房产销售广告打动了太多女人的心。婚前有套房子，这是许多女性的梦想。因为房子不仅能给女人安全感，最重要的是房子体现了女性的社会价值。年龄越大、思想越成熟的女性对于房子的需求越强烈，她们坦言“爱情无着落时，有处房子安身也是好的”。

有良好收入，有自己的房产，单身，在自己的房子里住着，憧憬着未来的爱情和婚姻，这类女性被称为新时代的“有房女”。一群有着高等教育背景和良好职业素养的女性正日渐成为社会中坚力量，其中小有积蓄同时又无负担的单身女性的购买力和消费能力日益强大，甚至有报道指出这部分女性已经开始影响楼市发展方向。不少房产商将目光瞄向她们。那些陆续出现的白领精装公寓到酒店式公寓的业主多为此类女性。随着单身女性房产业主的涌现，“有房女”的情感归宿也越来越被人关注。

在百位“有房女”的问卷调查中，发现了一个很有意思的现象，她们不约而同地写下了这样的话：以前没想过自己买房子，没想到年龄这么大了还没嫁出去，手头又有一些积蓄，所以就买了房子。而更有意思的是，在被问及有房产在身是否会影响婚恋时，她们大多是这样回答的：有房之后嫁人更难啦，有房的男人挑剔我们，没房的男人我们又觉得委屈，房子给了我们安全感，却也成了迈进婚姻的障碍。此话可谓道尽“有房女”的悲催。对于没房的男人来说，跟一个有房的女人谈恋爱，自尊心稍强一些就会因为物质上的匮乏而内心感到挫败，因为大多数男人见不得女人比自己强，这是几千年遗留下来的固有观念；同时，对于有房的男人来说，选择另一半的天空很广阔，他们更愿意寻找温柔的小家碧玉，小有资产的女人在他们眼里往往很难驯服，所以对“有房女”往往选择避而远之。

感情上的一波三折令“有房女”对男人越来越不信任，越来越难有期待。男人在感情上挑三拣四，总给女人出难题，但房子不会。房子永远在原点等待，干净安宁，给女人一种踏实的心电感应，于是“有房女”们越来越觉得房子比男人可靠。天长日久之后，经济和心理双重独立的“有房女”们对感情往往产生出恐惧和抗拒，就算偶有真爱来敲门，她们也常常会怀疑：这个男人到底是看上我，还是看上我的房子？面对房子，面对婚姻，男人、女人各有各的想法。凡此种种，令“有房女”离婚姻的殿堂越来越远……

有房真的比无房更难吗？“有房女”想要寻求一份真感情，果真如此艰难吗？

再难嫁，也要相信爱情。

谨以此文送给所有“有房待嫁”的女子。

第一章

爱房在心口难开

男人们就是这么虚伪，他们渴望遇上一个房车俱备的优质女，却又怕被人耻笑成吃软饭的，只好打碎了牙齿往肚子里咽，就像铁打的鸭子似的嘴里嚷着坚决不要“有房女”。爱房在心口难开，男人的虚伪才是“有房女”难嫁的最大原因。

1. 有房的女人

“我叫房小优，今年三十岁，一家大型私企的文案策划，喜欢安静独处的小日子，不喜欢喧嚣群居的生活，所以前几年自己贷款买了一套小二居的公寓房，面积不大，但足够我周末赖床和平时栖息，对于目前的生活我还算满足。当然，美中不足的就是三十岁了还没嫁出去，所以，我们今天就在这里见面了。”

房小优每次相亲总是这样的开场白，今天也不例外。

坐在她对面的男士，面部表情微微变化着，像是在打量眼前这个外表普通、内心简单的女子，又像是在思考着什么。

“一个女人，怎么会想起买房子？还让自己背负几十万的贷款，不觉得累吗？”终于，他问出了口。

房小优啜了一口饮料，橙汁加冰的凉令她的心“咯噔”了一下。

相亲无数，这不是第一个这样问自己的男人，当然也不会是最后一个。

“你们男人贷款买房可以应付，为什么我们女人贷款买房就累了呢？我跟你一样，有工作，收入稳定，生活上没多大的障碍。”房小优有些不悦，却仍然坚持着把话说完，“在现在这个社会，男女平等已经不再是一句口号，你们男人能做的，我们女人也一样，难道不是这样吗？”

她的反诘令对方无言以对，只得尴尬地拿起饮料。刚想喝，发现杯子已经空了，舍不得面子，又不舍得再叫一杯，对方就拿着空杯子，举也不是，落也不是。

相亲对象连续杯饮料的勇气都没有，除了说明相亲失败之外，更让房小优看明白了坐在自己对面的这个男人，有那么点重男轻女的老观念，敏感中带着迂腐，这不是她欣赏的男人类型。索性，她也不为难对方，起身，优雅地告别。

“也许，我们不合适，但还是很高兴认识你，时间不早了，我还有点事，再见。”房小优从容不迫地告别，走出餐厅，利落得连说再见的机会也不给对方。

走出餐厅，房小优抬头仰望，天空湛蓝，心却抑郁，深吸一口气，却已经记不起这是第几次失败的相亲。第四次？也许是第五次第六次。总之，每次都是乘兴而来，败兴而归。不论自己怎样真诚，一谈到房子问题，总难免会被相亲对象冷嘲热讽：有房的男人觉得一个女人买房未免有些张狂，主意太正，不好对付；没房的男人会把女人的房子当成一种负累，没贷款还好，有贷款会把他们直接吓跑，仿佛女人找他们是来还债似的。

男人们就是这么虚伪，他们渴望遇上一个房车俱备的优质女，却又怕被人耻笑成吃软饭的，只好打碎了牙齿往肚子里咽，就像铁打的鸭子嘴似的，嚷着坚决不要“有房女”。爱房在心口难开，男人的虚伪才是“有房女”难嫁的最大原因。

房小优轻声叹气。在买房之前，曾有人劝过自己，有房的女人难嫁人，当时她觉得那只是危言耸听。在她心里，女人一生中最忌讳做三瓶：年轻时是花瓶，中年时是醋瓶，老年时是药瓶。既然工作得力，收入尚可，何不趁年轻把自己修炼成一只有升值潜力的瓷瓶？要做就做三独立的女人：思想独立，情感独立，经济独立。况且当下感情脆弱，与其跟男人讨点感情来温暖自己，倒不如先让自己丰衣足食。只是她没想到，房子之于女人是安全感，之于相亲对象却完全相反，简直就是一枚随时可能引爆的手雷，仿佛一个避之不及，男人们就会引火上身。

女人为自己买套房子难道错了吗？房小优扪心自问，却又给不了自己答案。

这时，有电话打来，是介绍人的。在电话里，介绍人倒也没客气，直接埋怨房小优不该说实话：“不要一开场就说自己有房子，更不能跟人家说什么房贷，男人想找的是能过日子能帮衬自己的女人，不是一个需要自己反过来照顾和帮衬的女人。”

“有房还成了有错吗？”房小优不满地打断介绍人的话，“再说，我买房我还贷，他又怕个什么劲儿？”

“有房的女人对男人来说是一种压力，这道理你应该明白。远的不说，就说上次相亲，男方的房子刚刚还完贷款，人家刚舒了一口气，你倒好，上来就告诉人家，你还有二十年贷款未还。好不容易翻身农奴把歌唱，你一提贷款直接把人家吓跑了！还有这次，刚刚这个，明知人家没房，你倒好，告诉他你有一套贷款房，你这不是明摆着给人家施压吗？”介绍人跟房小优也算是老朋友了，直爽中带着担忧，“小优，你换位思考一下，当今社会男人的生活压力有多大。光是这高房价已经够他们受的了，再娶一个有房贷的老婆，人家能不为自己考虑考虑吗？”

房小优失语，心里是一千个一万个不乐意：凭什么男人有压力就要女人来理解，女人独立上进难道就错了吗？不过一套房子而已，女人都不介意，男人凭什么如此敏感？

当然，嘴上是不能如此直接反驳的，牵红线的人总是热心肠，更何况，自己这个大龄青年尚要仰赖人家解决终身大事，房小优自然只能顺坡下驴：“是，是我自己冒失，真对不起，让你也跟着操心。”这样道歉的时候，房小优竟觉得有泪想掉，莫名其妙地委屈。

挂了介绍人的电话，房小优颇为失落，只觉得有团棉花塞在喉咙里，吐不出来，咽不下去，憋得难受。想到今天周末，便把电话打给同事林灿灿，约对方在咖啡馆见面。

两人是多年的同事兼闺蜜，知道房小优今天去相亲，突然又约自己出来，不用问，林灿灿也知道，这场相亲又失败了。为了安慰好友，她快马加鞭地赶了来，一见面就伸出手把房小优揽进了怀里，轻拍她的后背，安慰着说：“不怕，不怕，还有我在。”一下子，便把失落的房小优逗乐了。

推开林灿灿，房小优这才发现，对方一脸明媚，小小的狐狸脸上裹着一层暧昧的光泽，红润绯绯，一身火红连衣裙使得妖娆身材尽显无余。换作平常，房小优早就拿林灿灿打趣了，今天的她实在没兴致。

林灿灿看看衣着整齐、淡施胭脂的房小优，一脸的苦大仇深，立即明白了相亲失败的原因。之前不是没有交流过，相互之间多年存在的默契让她直入主题："怎么？对方又问你房子的事情了吧？"

有那么两次，房小优遇上这样一种男人，相亲第一面就问："你一个人是怎么住的？"这个问题被相亲对象问出来，倒还真有那么一丝暧昧情分，特别是一个男人问一个女人的时候，身为女人更不好回答。如果你说自己住，那对方会绕着脑子寻思你住的是否安全，是否会有晚归的习惯。甚至再往深层次想，你究竟是个怎样的女人，怎么就敢一个人居住？当然，你也可以回答说跟朋友合租，但这样说的女人一定要注意自己的年龄。年过三十的女人如果还在合租阶段徘徊，那男人一定会想，这个女人不过如此，连独立居住的能力都没有，想必收入和能力一般般。所以你看，男人有时候就是这么不好侍候，特别是相亲男。他们巴不得自己遇上世间最优秀的女人，像房小优这样有房子有能力单独居住的女人，对于相亲男来说，是上天赏赐的优质股女人。起初，房小优也极其骄傲地回答："我有自己的房子。"说完之后，相亲男的眼睛首先亮了一下，接着会黯淡下去，然后这场相亲就莫名其妙地完结了。

房小优百思不得其解时，跟林灿灿私下里沟通过。当问及为何会出现这样的情形时，林灿灿以过来人的口吻开解她："被人理解是幸运的，但不被理解未必不幸。连你有房子这个事实都不能接受的男人，不要也罢，只能说他不理解你，但这不是你的不幸，相反是他的不幸，他失去了一个优秀的女人。”直至后来，林灿灿自己相亲失败，两个女人这才对房子这个事实重视起来，思前想后，两人甚至达成了共识——有房的女人不好嫁。

如今，林灿灿再把这个问题抛出来，房小优也就默认了：“都是房子惹的祸。本来以为我竹筒倒豆子会令对方生出好感，没想到，一说房子，人家就产生了逆反心理，说什么女人贷款买房是件累人的事。你听听，我又没让他帮忙还贷，他怕个什么劲儿哟！再说，我还没嫌他没房子呢，他凭什么这样对待我？”

房小优一脸愤懑，想起前几次相亲有着相同的失败经历，不免心生委屈：“有房就错了吗？有房得罪谁了？我不靠干爹不晒自拍，只凭真本事吃饭，自力更生买套房，怎么就成了男人们的心病！”

林灿灿无声地笑了：“亲爱的，我十二万分地理解你。我，何尝不是如此？唉！”说起自己的事情，她的脸色渐渐黯淡下来，适才的绯红瞬间逝去，随之而来的是一团又一团的疑惑。“不怕你笑话，自从我父母把老宅子过户到我名下之后，我突然失去了安全感。按理说，我现在有大房子住有代步车开，算是极其幸福了吧？可不知为什么，我总感觉自己生活在云朵上，脚踩不到实地儿，心里空落落的……最可怕的是，别说相亲男，就算是身边有个熟悉男来接近一下，我也会觉得对方是有所图谋。呵呵，有时候，我都觉得自己该去看心理医生了。”

林灿灿的情况和房小优正好相反。如果说房小优是自力更生的强势女，那林灿灿就是家境优越的公主女。祖传大宅和上好的家世令她生活无忧，每月赚得的几千块钱工资也只够她买一只包包，工作对于她来说只是打发时间而已。也许正是生活条件过于优越，她的爱情反而一次次受挫。最惨的莫过于两年前，前男友从她手里骗得一大笔钱出国，人一出国就没了消息，爱情也就断了线。这次打击更是雪上加霜，从此林灿灿对男人就产生了一种戒备心理，男人越靠近，她越觉得对方是有目的的。

“灿灿，你别把所有的男人都想成负心汉，这世上还是好男人多，不然，咱们女人岂不是都要剩在家里了？”房小优每次都是一样的安慰辞令，“放开心胸，总有一天会遇上一个好男人！”

“哼，有没有好男人已经不重要，重要的是，像我们这样有房子的女人再落魄也不至于流落街头，有了安身之所，再大的风雨也不怕。”林灿灿像在安慰自己，又像在安慰房小优，“还记得当初你买房的理由吗？”

被林灿灿一提醒，房小优突然笑了。买房的情形历历在目，那是她送给自己 28 岁的生日礼物。刚发了奖金又升了职，手里握了小十万。林灿灿那会儿正好被前男友劈腿，这件事触及了房小优的某根神经，她下意识地感觉爱情和男人并不可靠。凑巧的是，两人一起逛街被售楼小姐喊住，对方三言两语就把两人忽悠住了，房小优清楚地记得，售楼小姐一口气说出了十个女人必须买房的理由：“有了房子的女人，肯定不会再为了找个栖身之所，随随便便委曲求全嫁个老秃头；和老公吵了架，不用哭哭啼啼回娘家，一甩手回自个儿的窝，想干啥就干啥；有了房子的女人，没有人过来指手画脚说你特妖精特不堪入目，你可以窝在家里尽情实现你与生俱来的创作欲；房子绝对比男人更忠实，它不会变心不会让你受伤，男人可说不准；有了房子的女人，尽可以‘娶’个男人回家，他若变心，或啥时候你看着碍眼，休了他；有了房子的女人，不需要看别人脸色，绝对活得更淡定、更自信、更理直气壮；别管是不是贷款买房，就算女人为自己的房子工作还贷一辈子，那也没什么不好，总好过给不知啥时候把你当敝帚的人打工好；还有，女人比男人更需要一个独立的空间来安放或浮躁或自由浪漫或不知所谓的情绪；有了房子的女人，可以把消费时装的狂热拿来装饰房子，那是跟男人恋爱也无法企及的热情；有了房子的女人，甚至可以拯救楼市！”这十个理由，让房小优突然放弃了要去购买的包包和衣服，只当是买了套房子给自己当作生日礼物。她转身拉着林灿灿看房选址，最后被一套精装修的小二居吸引，首付二成，正好跟她银行卡里的数字吻合，不多不少，仿佛手里的那点积蓄就是为了这套房子而准备的。女人购物靠的就是冲动，买房子无非是冲动之下买了一宗大件商品。头脑那么一热，房小优就把购买合同签了，迎接她的除了新居之外，还有每月两千多的房贷。当然，这两千多块钱对她来说不过是工资的三分之一。理财专家也说了，买房的人只要能拿出三分之一还贷，余下的三分之一用来当生活费，再把最后那三分之一储蓄起来留做急需，便是一种最合理的理财安排。

“说起来，还真是被售楼小姐忽悠了，再遇见她，我一定会给她加上一条——有了房子的女人不好嫁，想要房子就要先放弃爱情和男人，哈哈哈……”房小优对着林灿灿开起玩笑，两人掩饰不住地大笑，笑完之后，心情豁然开朗。

林灿灿趁机又安慰道：“所以说，不就是一次相亲吗？败就败了吧！说不定明天你就会遇上真正的王子，开宝马的那种哦！”

“呵呵，能骑白马我也稀罕，只要别赶着驴车就成！”房小优这样说的时候，便把目光投向咖啡馆落地窗外的人行道上，一个修电动自行车的男子正围着坏掉的车子转，想来，他的坐骑坏了。

林灿灿顺着她的目光掉头看过去，刚想笑，突然又像记起什么似的，捂住嘴巴尖叫："呀！我忘了一件大事！不行，我得赶紧走了！"

被林灿灿的大呼小叫吓到，房小优赶紧问发生了什么事。当林灿灿说出来之后，真相又把房小优给惊到了。

林灿灿恢复了来时的满脸绯红，一脸娇羞地说："怎么跟你说呢，呵呵，我答应去车站接田千亩的老妈，时间来不及了，改天我再跟你解释。"

望着林灿灿匆匆离去的背影，房小优惊得一句话也说不出来。田千亩跟她俩都是同事，而且多年相处，彼此间不是不了解。在房小优眼里，田千亩是一个苟且钻营之辈。她跟他之间曾有过无数的过节儿，最惨的一次是为了升职，田千亩在公司论坛匿名发帖，诽谤房小优的业绩和为人。这件事让房小优和田千亩之间产生了不可逆转的仇视，好在两人不在同一组，这事也就算过去了。如今，看到林灿灿跟田千亩走得那么近，她不免有些担心。谁都知道田千亩家境不好，赚的钱又不够他花销的，三十多岁连个女朋友都没有，突然跟林灿灿关系如此熟络，他究竟打的什么主意?

2. 房子这回事，男人有话说

女人捂心事就像怀里揣了一只猫，捂着本身就是一种煎熬。

房小优顾不得自己，倒对林灿灿和田千亩的事上起心来，前思后想一整夜还觉得不够，第二天上了班就直奔林灿灿的座位，令她奇怪的是，从不下厨房的林灿灿，竟然带了盒饭到公司。粉红色的饭盒外溢着热气，深吸一口，香味袭人。

房小优左顾右盼，却不见林灿灿，便觉得奇怪，难不成是饭盒比人早到？正当她百思不得其解的时候，林灿灿一脸明媚地走了进来，嘴里哼着小曲，看来心情不错。

“早！小优！”林灿灿很好奇，房小优怎么会坐在自己座位上，“你干吗呢？”

看到刚进办公室的林灿灿，房小优似乎明白了什么，故意指了指面前的饭盒说：“是它吸引我过来的，没吃早饭，能否贡献一下？”

林灿灿看了看眼前的盒饭，眼睛眨了眨，突然就笑了：“呵呵，你知道我从不下厨房的，这盒饭……是田千亩送的，他坚持送早餐都快两个月了。”

“够殷勤的……”房小优眼睛转得飞快，一会儿看看饭盒，一会儿看看林灿灿，“无事献殷勤，下一句怎么说来着？”

“去！你才非奸即盗呢！大家都是同事，瞎想什么呀！”林灿灿赶紧打断她。

房小优一脸忧虑地说：“真是非奸即盗倒好了，怕的是他另有所图，居心叵测！”

“什么另有所图？什么居心叵测？我跟他可什么事也没有，你别瞎琢磨！”林灿灿着急地辩解道，“我以为我对男人不信任，没想到小优你对男人也这么有戒心！”

“我只是对田千亩这个男人有戒心，你应该知道，他是个什么样的男人。”房小优坚持，“所以，千万别吃人嘴软。”

“什么吃人嘴软？你越说越严重！”林灿灿有些不悦，压低了声音，“小优，你是不是昨天相亲坏了心情，今天依然不爽呀？”

本是关心好友，却被对方误会，这让房小优也有些生气。“林灿灿，我是提醒你，田千亩是什么样的男人你不是不知道，跟他走近了，吃亏的一定是你，你算计不过他的！什么叫我相亲坏了心情？昨天的事对我来说早就翻篇了。”

“好了啦，就算是我不识好人心吧。我知道你和田千亩之间闹过误会，但是你也说了，过去的事已经翻篇了，何必总戴着有色眼镜看人呢，对不对？”林灿灿笑得灿烂，可是她的话却让房小优极不舒服。

“误会？我跟他之间是误会？林灿灿，你不是不知道，他为了升职把我陷害成啥样！你不是不知道，他为了自己的利益常常牺牲同事们的努力！你怎么能说这只是小误会？”房小优真的生气了，指了指眼前的饭盒，“我看这里面装的不是饭，简直就是糖衣炮弹！你已经被他同化了！”

“不是我被他同化，是你食古不化！田千亩跟我提过，人家跟你道歉了，也示好过，是你一直耿耿于怀，怨得了人家吗？”林灿灿明显偏向了田千亩，“小优，不是我劝你，你真的要改改自己的脾气了，有时候直爽是好事，但过于直爽就等于是一种伤害！远的不说，就说你相亲那事儿，明明可以曲线救国的，你偏要张嘴就跟人家说你有一套要还贷的房子，正常男人一听还贷不跑还能咋地？再说今天这事儿，不就一盒饭吗？至于勾起你那么多过往吗？人谁无过，过去了就该忘记，你以前不是挺洒脱一人儿吗？今天怎么就跟我较上劲了呢？”

本是一番好意，却无端被质疑。上班的同事陆续进来，看着她们两人起争执，不明所以，最后却都听明白房小优相亲又失败的事。林灿灿心无城府地说出来，倒让房小优无所适从，昨天还信誓旦旦不信爱情不信男人的一个女人，一转眼，一盒饭就打动了芳心，简直是老天爷在开世纪玩笑！她觉得，林灿灿疯了，疯到不顾及友情和自己的面子。

友情万年，不及爱情一眼。

房小优觉得自己是那只斗败的公鸡，冠被人掠去，赤裸裸地空余一地鸡毛。

在房小优心里，林灿灿是为了爱情背叛友情的女人；在林灿灿心里，房小优成了不理解自己的朋友。她们谁也不服气，两人就这么僵持着，众同事要么抱着看戏的心理，在心里琢磨平时好到能穿同一款衣服的两个女人为何大早上发飙？要么干脆理解成她俩是为了某个男人出现战争，三角恋的剧情永远有观众。当然，这些想法两个当事人并不知情，她们一直在心里为自己委屈，自然谁也不肯先罢手。

直到同事大黄出现，这才算彻底为她们解了围。

大黄原名黄胜利，因为人长得胖，一副憨厚模样，加上性格温吞体贴，讨女人喜欢，公司上下的女同事都称他为“妇女之友”。大黄和房小优同一天进公司，能力比房小优稍差了些，房小优在工作上没少照顾他。两人经常一起加班熬夜，一起面对难缠的客户，自然感情就更进一步。对房小优来说，大黄算得上是患难与共的“好兄弟”——之所以这样说，是因为在房小优心里，她一直把大黄当成“男闺蜜”，两人又分在同一组，不管是职位相同时期，还是后来房小优升了职，大黄始终是她最相信的朋友。

大黄把两人分开，先安慰了林灿灿，然后拉着房小优回到她自己的座位，转头又把看戏的众同事一一劝服，这才回过头来问房小优："到底发生了什么事？大早上的闹这一出？丢不丢人？"

被大黄如此一问，房小优也觉出不妥。本来是一番好意，不想让林灿灿想歪了，好心被人家当成了驴肝肺，出力不讨好。把这些牢骚说给大黄听，房小优只希望对方能够理解自己。聪明的大黄却一语道破天机：

"你们女人就是这样，总喜欢把自己的主观意识强加给朋友。朋友接受了，你们就心安理得地认定自己做了一件好事，朋友不接受，你们就会认为对方不听教诲甚至背叛了自己。就拿林灿灿和田千亩这件事来说吧，公司里谁人不知田千亩对林灿灿有意思？田千亩两个月如一日地给林灿灿带爱心早餐，还跑到林家帮忙拆迁，别说林灿灿本人感动，连同事们都开始感动了。知情人都劝林灿灿考虑一下田千亩，只有你一个人后知后觉，还如此坚决地加以反对！你现在是以一对十呀，你说，如果你是林灿灿，是听大家的意见还是只听你一个人的意见？"

大黄的一番话让房小优恍然大悟。怪不得，有那么几次，她不管是工作还是吃饭，有时候连去卫生间都能听到同事们在议论关于林灿灿和田千亩的绯闻。起初她不相信林灿灿会看上田千亩，后来看到俩人偶尔会在一张桌子上吃工作餐，她也向林灿灿求证过，对方一脸无辜地否认，她还真的以为别人是在无事生非。如今看来，无事生非的那个人是自己。

好朋友有了新恋情，而且就在自己的眼皮子底下进行，而自己竟然一无所知，还真是挺悲哀的。

“为什么只有我后知后觉？”房小优突生委屈，这样说的时候，眼里竟泛起点点泪花。在她心里，对林灿灿这个朋友还是十分在乎的。

大黄眼疾手快，在房小优的泪珠掉落之前将她拉进茶水间，一边冲咖啡，一边安慰道：“是你最近太忙，忽视了而已。”

“我忙？我有什么忙的？”房小优越来越迷糊。

“哈哈哈，你不是忙着相亲吗？”大黄又是一语中的，“听说昨天又去相了？结果怎么样？”

听到这里，房小优越来越觉得自己像个傻子，除了工作什么都不行，生活方面搞得一塌糊涂。

“昨天又黄了。”她不得不实话实说，“话说了没两句，就闹起了意见，一赌气，我就走了。”

“我就猜到会是这种结果，所以当时还劝过你不要去。”大黄倒不觉得意外。

房小优愣了：“你会掐还是会算？”

“昨天晚上一夜没睡，我看星相呢！”大黄开玩笑地说，“你不是白羊吗？白羊座的女人爱好自由，恋情发生得晚。我就想，你还没过30周岁生日呢，不会这么快就嫁人的。”

“瞎说。”听到这里，房小优笑了，这才发觉，自己不知不觉间又被忽悠了。但大黄的忽悠总是在她能接受的范围之内，而且总能把她逗笑。于是她不免记起两人相处的几年时光里，大黄就像一个贴心的朋友，每次遇上难事，他总在身旁，也因为如此，她总喜欢叫他大黄：一来他姓黄；二来在房小优心里，大黄这样的名字一般都是为小狗取的，而小狗代表忠诚。在她心里，大黄是个忠诚的朋友，他从不会取笑她，从不会背叛她，除了帮助和付出，他毫无所求。

大黄看她笑了，也跟着笑了："说真的，你这种女人要嫁人，说容易就容易，说难也挺难。"

"怎么算是容易？怎么又算难？"房小优饶有兴趣。

"容易嫁是熟悉的人，让你相信让你依赖，细水长流的感情更能让你有安全感；难嫁是怕你爱上一个陌生人，相信难离开难，爱也难不爱也难。"大黄绕了半天舌，最终将矛头直指房子，"因为你比普通女人多了一样东西——房子。"

"有房子就不容易嫁吗？"房小优不以为然。

"有房子的女人不容易相信男人。"大黄一针见血地指出，"我们男人买房是为了结婚，成家立业，给心爱的女人一个可以栖身的家；你们女人买房是为了虚无缥缈的安全感或是为将来投资，说白了，只为自己，你们不可能用它来'娶'男人。所以，对于每一个靠近你们的男人，你们都会问上一句，他是真爱我吗？他是为了我还是为了我的房子？有了这样的质疑，爱也难不爱也难，自然是嫁也难不嫁也难。"

大黄说得头头是道，房小优听得连连点头。

"我承认，当初买房除了冲动，就是想给自己一个家，真的没想过成家立业，更没想过将来会让一个男人住进我的家里。但这不代表我不相信男人，相反，是你们男人的某些行径让人难以相信。你知道吗？我相亲这么多次，有百分之九十的男人会问我'怎么住的？'，听听，他问的不是'你住哪里？'或是'你有房子吗？'，而是'怎么住的？'，那意思仿佛女人除了住父母的房子就只能租房子住一样，所以除了买房，我们女人别无选择。"

"女人买房没错，而且我们男人对于有房女人也不存在偏见，相反，我们只是觉得有房的女人不好相处。”大黄直言不讳，“你得承认，买房之后你的心气高了，爱情在你心里的分量轻了，男人在你的生活中变得可有可无了，是这么回事吧？”

没想到大黄分析得如此细致，这倒把房小优问住了。回想买房之后近两年的生活，她不得不承认，有房之后的心态确实一天一天地在变化着。过去挤出租屋的时候，心里想的是何时找个心爱的人结婚，哪怕跟他一起还房贷也是可以的，只要能有一个不再拥挤不再需要每天早晚回来跟人抢厕所的窝，大小皆可。买房之后越来越恋家，有一种现世安稳的感觉。女人生活安稳了，对于感情的需求也就少了。不管是自由恋爱还是相亲，总欠缺那么一份热情，分了还是散了，再也不是痛不欲生。相反，只需在自己的小窝里自行疗伤，一碗自己下的热面或是一杯安神的清茶就足以让一切放下。曾经怀疑这样的自己是不是年龄愈大愈失去爱的原动力，如今听大黄如此一分析，顿时明白了，女人过分独立，对爱情的渴望和对男人的依赖就少了。

“好像……是这么回事。”房小优不得不点头。

大黄得意地笑了：“知错能改，善莫大焉。”

“本来以为，女人有房之后，生活会过得更幸福，没想到，却是离幸福越来越远。”房小优感慨道，“早知如此，何必当初。”

大黄笑着安慰：“女人经济越来越独立，买房就跟买名牌包包一样，该出手时就出手，更何况房子除了投资还是生活必需品，买房是对的，这点我赞同。”

“是不是所有的男人都觉得女人买房是对的？”房小优心里的疑团却一个接一个，“为什么有的男人一听我有房，马上就掉头走人了？”

“不仅所有的男人觉得女人买房是对的，而且所有的男人打心眼儿里佩服自己独立买房的女人。之所以你相亲的那些男人会望而却步，皆是男人的自尊心在作怪:有房的男人会怕你过于独立不好相处，没房的男人又会觉得配不上你，所以……”大黄老实相告。

“这么说，有房的女人还真的难嫁了？”房小优的心起起伏伏。

大黄开起她的玩笑:“不怕啦，不怕啦，有我嘛，我还是个单身的好男人，你可以考虑一下哦。”

房小优白了他一眼，每次谈心事总被他这样不正经地结束。闹够了，乐够了，也习惯了，知道谈到这里是时候结束了。

喝完最后一口咖啡，大黄先行去工作。房小优正要离开，被推门而来的林灿灿堵住了，她一脸歉意:“对不起，小优，早上我有点激动。我……我瞒着你和田千亩来往,是我不对！我早该告诉你……我也知道他之前有过一些不光彩的事情，之前没敢轻易接受他……可他对我确实太好了，我怕错过再找不着这样专心待我的男人……当然，你要相信，我绝对不是那种见色忘义之徒。在我心里，你的位置重过他，你是我林灿灿最好最好的姐妹。如果，你实在反对，我马上跟他说分手，你看成吗？”

这话听得很舒服。经历早上一番折腾之后，房小优心里明白:林灿灿无非是给自己一个台阶下。爱情之于女人重于一切，何况还是林灿灿这样条件优越的女人，难得相信一个男人，更难得愿意为一个男人打开心扉，一旦认准，岂会轻易撒手?

可见田千亩在她身上用尽了心机，房小优在心里暗自揣摩。此时此刻,自己除了迎合,绝对不能再生枝节,只是朋友,陪伴不了一生,自然不可能左右其一生。

“只要他对你是真心的，我还有什么理由反对？再说这是你们两个人之间的事，我这个第三者说什么也是多余的。”嘴上这么说，房小优心里还是存在一丝担忧，“讲尊严的男人都不喜欢女人在物质上强过自己，只要他不是有所企图就好。”

聪明如林灿灿，自然听得出来，这是房小优在暗示自己多留点心。“小优你这是为我好，我心里明白，谢谢你！我会先考察再决定，你放心吧！”

3. 有房女的爱情，来得小心翼翼

在得到女人的信任之前，男人的考验总是无处不在。

更何况，田千亩选择的还是备受爱情之苦的林灿灿。因为有过前男友卷款出国的事情，她对男人心存的戒备一点都不比房小优少，所以，在房小优再三提醒应该多加考验之前，林灿灿其实已经做好了准备。

因为是多年的同事，林灿灿有着怎样的身家，田千亩自然是知情的。正如房小优提醒的那样，讲尊严的男人都不喜欢女人在物质上强过自己。林灿灿选择的考验方式是单刀直入，她决定先发制人，趁田千亩的老妈从老家赶来这个机会，把话挑明了。

当天晚上，田千亩和他老妈一起请林灿灿吃饭。席间，林灿灿特意点了几道自己爱吃同时价格不菲的菜：凤尾虾、清炖蟹粉、金钱海参以及珊瑚鳜鱼。不同菜系全上了。这不仅听得田千亩和他老妈一头雾水，连服务生都有些吃不准厨师是否能做得出来。越是如此，林灿灿越是坚持:“做不出来?那我们只能换别的酒店!”气势凛然,不仅服务生不敢吱声,连田千亩都深吸了一口气。

田母私下跟儿子咬耳朵,表情尴尬又难堪,这一幕,自然没逃过林灿灿的眼睛。她只当看不见,心里想着,这对母子究竟会商量出什么对策。

好在,田千亩及时制止了老妈的唠叨,脸上溢满热情的微笑,不仅打发服务生去厨房催问菜系的准备,还探过头来一脸讨好地问林灿灿:“你还想吃什么?随便点。”

林灿灿看看田千亩,笑得很真诚,一口白牙闪着耀眼的光芒。四目相对,她看不出对方有半点破绽。看着他递过来的菜单,她的心立马就软了,恨不能马上“叛变”,却又怕改了主意这场试探就露了底,只得继续装下去,板起一张脸道:“这里还有什么特色菜?上两个来尝尝吧!”

林灿灿的话一说完,田母有些坐不住了:“三个人点那么多菜,吃得完吗?”老太太话说得很小心,还是被儿子给打断了:“妈,今天是咱们做东请灿灿吃饭,当然要主随客便。况且灿灿是个美食家,公司聚餐之类的活动都是她出马搞定,对于吃的她比咱们在行,你就等着一会儿大饱口福好了。”

田千亩的这番话封住了老妈的嘴,也给林灿灿下了台阶。不管跟田千亩会不会有结果,她其实也不愿意在田母面前留下不贤惠不懂事的印象。如今看田千亩是向着自己这边,心里就舒服多了,嘴硬心软的她也就给了这对母子台阶下:“要不,撤两个菜吧,伯母说得对,三个人吃这么多确实有点浪费。”

田母的眼里闪出感激的目光,不停地跟着点头:“是呢,是呢,过日子需要的就是节俭，在家我跟他爸俩人才一个菜，吃得也蛮好呢。”

田母一脸小市民的模样，只差没伸出十个指头来跟她算算过日子这本账。林灿灿想笑，却觉得不妥，只好把目光投向田千亩：“你说呢？”

田千亩属于那种“浓缩的都是精华”的男人，身材偏矮，干瘦，小眼睛一眨就是一个主意，在职场行走多年让他习惯了先思考后说话。他在心里仔细衡量了林灿灿前后并不一致的言行，确信这是一场考验。他推测，是林灿灿在他老妈面前故意耍的小性子，她希望他能站在她那头为她说话。

理清了思路，田千亩就很自然地站在了林灿灿这头。“点吧！难得我最尊敬最爱的两个女人同坐一堂，我高兴，我请客！”话说得又是滴水不漏，老妈和恋人，一个也不得罪。

田母先乐了，拍拍儿子的肩膀说：“我儿子就是会说话。”

林灿灿听了田千亩的话，心头感动着，脸却红了，低头不语。其实吃什么，多少钱，都是其次，主要的还是田千亩的态度。今天对方的表现，她相当满意。

吃着饭，三个人有一搭没一搭地聊着天，田母似乎有意把儿子的婚事提上议程，说着东家娶媳妇西家嫁女儿的事情，转过头来问自己的儿子：“你准备什么时候给妈娶回儿媳妇？”

田千亩没接老妈的话，倒把目光投向了林灿灿。那眼神，林灿灿不用看也明白。他曾经多次暗示过，应该给他一个名正言顺的名分。过去林灿灿尽管被他的追求打动，却一再声明不准他在同事和朋友们面前公开两人的关系。田千亩是怎么想的，林灿灿不清楚，她只知道自己内心有个声音在告诉她，男人有风险，恋爱需谨慎。

林灿灿只当看不到对方的目光，低下头去吃东西，田千亩得不到回应，只好自己回答老妈：“妈，你又急了，我都说了，我自己的事自己会处理，别操心了，好吗？”

“每次妈这样问，你都是这样说，想敷衍我到什么时候？你爸爸死得早，我只有你这么一个儿子，不为你操心我为谁操心？”田母不悦地放下筷子，竟然不吃了。

田千亩赶紧劝：“妈，我不是那个意思，你别生气，吃东西，来，尝尝这家的特色菜……”菜还没夹进老妈的盘子里，就被老妈一把打落。

餐桌上，七零八落的油腥泛着泡泡，差点没滴到林灿灿新买的连衣裙上。她下意识地后退了座位，确认无碍，才重新坐回来。

“对不起，我妈她脾气不太好……她其实是在为我的婚事着急，唉！……”田千亩不由自主地叹起气来，“我还真是不孝！”

看到田千亩如此难做人，林灿灿的心又软了，赶紧安慰道：“别这样说，婚姻大事哪能随便就决定了？”回过头来又安慰田母：“伯母，多给千亩一些时间吧，感情需要时间培养，又不是一朝一夕能决定的事，对不对？”

本来是想夹在中间做回好人的，却不料，田母突然抓过她的手：“小林，从你昨天开车接我时，我就知道，我们家小田对你有意思，你也对他有意思，如果真是这样，阿姨倒也放心了。你是个好姑娘，人漂亮又能干，如果觉得我们家小田还不错，就早一天认认门，早一天把婚事办了。趁我还能动，你们再早点生个孩子，我帮你们看着，这样也能减轻你们的负担，是不是？”

突然被逼婚，是林灿灿所未想到的。本来她以为只是陪田母吃顿饭而已，算不得认亲，也不想这么快就把所谓的婚事定下来。在她心里恋爱只是八字开了一撇，余下一捺有待考察。如今这情形，还真是意外中的意外。

林灿灿求救似的看看田千亩，对方接下来的表现却更加令她吃惊。

田千亩变魔术似的从衣服里掏出一朵玫瑰，小眼睛凝聚起万般柔情，深情款款地递给她，近乎乞求地问："灿灿，做我女朋友好吗？从今天起，让我来呵护你，保护你，爱护你，绝不再让你受一点伤害，流一滴眼泪，我要让你成为世上最幸福的女人，为你做饭洗碗，为你铺床更衣，为你甘愿付出一切，无怨无悔！今天，我只求你，给我一个机会，让我有机会有时间来表达我对你全心全意的爱！请你接受我，好吗？"

林灿灿吃惊地瞪圆了眼睛。她怎么想也不会想得到，田千亩会用如此温情如此豪壮的语言来打动自己。当他说完这番话之后，四周的食客们跟着拍起了巴掌，还有人高叫着吹起了口哨，更有好事者一边拍巴掌一边高喊着："接受他，嫁给他，接受他，嫁给他……"

这让林灿灿一时之间感动得不知所措，恍惚中，仿佛有只手牵引着她，不由自主地接过了田千亩手里的玫瑰花。这一刻，掌声雷动，她觉得，自己就像站在爱情的舞台上，正接受着天下人的掌声和祝福。这种感觉奇妙，眩晕，有种小幸福。

看到林灿灿接受了自己的献花和求爱，田千亩也兴奋地抱过她，在她脸颊上深情一吻。这一吻，还真的把林灿灿吻蒙了。两年的爱情空窗期让她寂寞得太久了，突然被一个男人捧在掌心里，她感觉像是上了天堂。

林灿灿觉得自己爱情的春天又回来了。

她接受了田千亩。

当然，在理智回归之后，她还是意识到了另外一个问题，那就是房子。

田千亩没有房子。以多年同事的了解，他父亲常年抱恙，母亲还是个临时工，他本人赚得又不是很多，暂时没有能力买房子。而林灿灿刚刚接受了父母馈赠的一套一百六十平的大房子。这就是说，如果不想变成老姑娘，在田千亩买房之后再嫁人，那就只能自己出房子“娶”男人。可是很显然，这不是林灿灿想要的结果。

每个女人心里都有一个公主梦，期望着心中的王子能够风风光光地把自己娶回家。没有哪个女人愿意以倒贴的方式走进婚姻，再爱也枉然。

林灿灿把这些心事说给房小优听，房小优的反应却是出奇的冷淡。自打林灿灿决定并开始在公司跟田千亩出双入对之后，她对林灿灿这个朋友就有了些许放弃的念头。因为在她心里，田千亩这个男人不仅仅是穷和小白的代表，更是没人品没口碑的异类，所谓江山易改，本性难移，她断定田千亩对林灿灿展开追求绝对是另有所图。

当然，感情这回事，旁观者再清楚，也劝不醒已经深迷其中的当局者。

房小优只能告诉林灿灿：“时间会证明一切。一滴水，用眼睛看无论多纯净，总不及放在杯子里沉淀一段日子。看人也一样，别人再多的意见，也不及你用眼睛看到的和用心了解到的重要。”

这样的话听得林灿灿心痛。她知道，跟田千亩这场爱情的开始，就注定了自己和房小优这段朋友之谊的结束。

“小优，不管你是怎样看待我这段新感情的，我能说的还是那句话，在我心里你永远是我最好的朋友。至于田千亩，我也只能说，是他对我的好打动了我。你记不记得去年冬天加班那件事？我接手一个大型策划，做好了能拿数万元的佣金，你们只看到我的成功，却并不知道，其实这背后是田千亩帮忙的。他和我不休不眠地忙了两天一夜。后来那个案子成功了，佣金进了我的口袋，田千亩却一点埋怨也没有。你说，这样的男人不可信吗？这样的男人功利吗？如果他当时有一句埋怨或不甘心，我想，我不会一直默许他对我好，可能我早就开口拒绝……当然，我也知道，你一直担心我再次被骗，我心里明白，你是为我好，你的情，我心里也记着……只是小优，你要相信我，我林灿灿不是傻子，我也有自己的打算，也有自己的主意。我不再是那个被人卖了还替人数钱的傻二妞。我都快 30 岁了，请你放心我的选择，相信我的眼光，好吗？”林灿灿动之以情，晓之以理，完全是因为她不想失去房小优这个朋友。

听林灿灿说得动情，房小优并非不感动。而且这一刻，听到田千亩为林灿灿做了那么多的牺牲，她也有了些微恻隐之心，不管自己和田千亩之间有多少不愉快，至少他对林灿灿是真心的。这对于一段感情来说已经足够了，难道不是吗？

如此一想，雾霾散去，心也就豁然开朗，房小优诚心祝福林灿灿：“千言万语一句话，你能幸福就是我最大的心愿。”

林灿灿激动地握过她的手，一个劲儿地点头：“我知道，我知道。”

两人就此握手言和。

女人之间的友谊有时候厚过铜墙铁壁，可以抵挡一切外来抗力，却脆弱得及不上须臾的爱情。

林灿灿刚刚开始的爱情，成了她和房小优之间友谊的考验。对于林灿灿来说，房小优是不可放弃的朋友，但在爱情这条路线上，这个朋友跟自己并不站在一起；对于房小优来说，林灿灿是好了伤疤忘了疼，自己有义务提醒却没有责任纠正。爱情使人目眩神迷，她是白着急却使不上力。

讲和之后，默默相对，两人之间突然多了那么一层陌生。

房小优不知为何就回想起了当初和林灿灿从普通同事走到亲密闺蜜的一路艰辛。两人共同斗过欺负新人的老同事，两人一起攻下最大又最难缠的客户，两人一起喝醉过，一起争吵过，她为林灿灿去和老同事争利益，林灿灿为她和部门经理打过架……凡此种种，只为了友谊二字。只是如今，爱情来了，友谊仿佛就没那么重要了。

好在，大黄及时出现，化解了这种尴尬。他加入两个女人的聊天，以自己特有的好人缘给两个女人冲了咖啡。在递过来咖啡的同时，大黄也递过来一枚轻型炸弹：

"房小优，这个周末跟我去相亲吧？"

房小优不理他，以为大黄又在开自己的玩笑，林灿灿却像得了某种赦免，兴奋异常："相亲好呀，这样以后小优就有事做了，一个人不至于太闷！"

"怎么样，小优？绝对的优质股哦。"大黄更加卖力地介绍道，"赏个脸，明天去见见我哥们儿吧，那边已经答应了哦。"

本来，房小优还以为大黄在开玩笑，没想到对方说的竟是真事，这让她有些措手不及："什么情况？玩真的？"

大黄郑重地点了点头："动真格的。"

"可我……什么也没准备……我已经对相亲这回事有点怕了。"

房小优不无担心地说，“如果这次再失败，我怕自己真的……真的要失去自信了，呵呵。”

“不用担心，你哪里都好，哪里都是优秀的，只是有一点需要注意——别开口就跟对方说实话，至少不能说房子。”大黄好意相劝，“特别是我这个哥们儿，有点大男子主义，房车具备，他想要的是一个温柔的小贤妻，所以，你暂时不要告诉他你有房子这件事。”

大黄的话让房小优的心千滋百味地翻滚，每遇相亲这回事，房子总是成为拦路虎。平常房子是自己的主心骨，避风港，可在感情上，房子却成了累赘，成了阻碍。

看她一直不语，一旁的林灿灿也跟着急了：“小优，去看看吧，人总不能自己孤单过一辈子，缘分需要机会也需要争取不是？我也感觉大黄说得对，在没弄清楚情况之前，先不要暴露你的实力，不然你就成了第二个我了。”

听林灿灿这样说，房小优的心咯噔一下。林灿灿对于爱情的考验无处不在，这点她全看在眼里，究其原因还是房子闹的。她当然不想步其后尘。

“好吧，我听你们的，先不提房子，让感情单纯地来吧！”房小优微笑着说。

4. 房子谁不爱

一段感情想要单纯地开始，就必须先给它一片单纯的土壤。

为了新感情一切顺利，房小优听从了大黄和林灿灿的建议，从心底她希望自己能够拥有一份单纯的感情，而且愿意为了这份单纯的感情付出一切努力。

或许是对这段新感情赋予了太多的期望，也或许是房小优对感情的执着和认真打动了上苍，这一次她见到的男人，竟然令她怦然心动。

一个奔三的女人，想要心动，很难；心若动了，想要掩饰，也难。房小优看了对方一眼又一眼，偷偷地，怯怯地，竟然有了些许羞涩的感觉。

大黄介绍的哥们儿叫安子洋，人长得魁梧高大，眼睛也是房小优中意的大眼睛，皮肤略黑却让脸部轮廓更加突出。最让房小优满意的是对方身上有着北方大男人典型的豪爽，第一次见面不仅吃喝玩一条龙，而且说话也极大气。别说房子这种敏感的事，就连平常男人会问的“你一月多少薪水？”的凡俗问题也从不曾提及。

和安子洋在一起，房小优听到的是如何在工作中寻找兴趣，如何发现生活中那些别人不易发现的美好，以及如何让自己的人生过得更加有意义。

安子洋说：“我是靠自我打拼起家的，知道打工和当老板的双重辛苦，所以我对员工从不吝啬，有功劳自然是大家的，所谓群策群力才更给力。当然，我也有老板特有的‘抠’劲儿，只愿意看到员工早进晚退，绝对不允许晚进早退。呵呵，所以你看，我就是这么矛盾的一个人。”

如此妥帖又直白的话，让房小优听得极其舒服。

有多少男人初次见面就巴不得把自己从幼儿园到大学所获得的奖杯和荣誉通通搬出来，只恨这些展览还不够，还要拉上三五好友为自己吹嘘一番，试图展示一个全能又全面的新好男人形象。其实他们并不知道，这样拙劣的表演在房小优这种面临 30 岁大关的女人眼里，只是一种卖弄。

一个人越是卖弄某种东西，他身上往往就越缺少这种东西。

眼前的安子洋真实又不失风趣，已是可贵。更难能可贵的是，他有车有房有事业，年龄还跟房小优相仿，这真是再合适不过的结婚对象人选。

房小优在吃完第一次饭之后，在心里基本已经内定安子洋是可以结婚的那种男人，他对她的吸引力大过过去所有相亲对象的魅力总和。

这就是实力，一个成熟男人的实力。

当然，每个人都有软肋，男人也一样，不经意间流露出来的一句话或是一个眼神，在敏感女人的眼里就有可能成为一种信号，一种了解男人的信号。

安子洋暴露给房小优的信号不多，但却很明显，他身上有着典型北方男人的大男子主义。

两个人第二次约会时，房小优从言谈中寻找出来的迹象。

如果说第一次见面，出于礼貌，男方主动订好餐厅和菜式，倒也不足为奇。奇怪的是，第二次见面的地点和约会内容对方还是无一遗漏地做了安排，那就有点不太尊重女方了。

第二次见面的邀请源于安子洋的电话，距离第一次见面隔了一天，对方便在电话里按捺不住地说："真有一日不见如隔三秋的感觉。上次看你吃东西很少，想必是不喜欢那家餐厅的味道吧？这次我带你去吃韩式烤肉，吃完了还可以去听一场音乐会，我手里正好有两张朋友送的票。”不容房小优拒绝，安子洋又接着说，“你晚上五点半收工吧？我在你们办公楼下面等你，不见不散。”说完，就挂了电话，利落得让房小优无所适从。

过后房小优的第一反应是自己没做约会的准备，衣服没换，妆也没化。最重要的是，她觉得上次的餐厅其实味道不错，而且自己每时每刻都很注意体重，大晚上的去吃烤肉，有那么一点点不能接受。更让她不能接受的是，对于音乐会这种所谓的高雅音乐，自己压根不感冒。她根本不知道听到哪里该鼓掌，哪里该安静，倒不如去看场喜剧电影，轻松乐一乐也不至于浪费那张票钱。

看到房小优接完电话的表情，林灿灿不用问也知道，她这段新开始的感情并不轻松。趁着工作可以偷闲，她跑过来拉着房小优往茶水间跑去，进了房间，赶紧关上门，关心地问道：“怎样？高富帅有约？”

房小优点了点头，似乎还沉浸在刚才那个突兀的约会电话里。

“第一次见面不是说很满意吗？这马上又要见面，为什么闷闷不乐的？”林灿灿不明所以，“什么情况？”

房小优便把安子洋的所作所为说给对方听，完了又补上一句感慨：“我越来越不明白当下的男人，真是林子大了什么鸟都有啊！”

“确实有点直接。不过直截了当也说明人家在乎你呀，你想想，从吃的到玩的，每次见面都安排得妥妥当当，不仅如此，还变着花样地哄你开心，这样的男人就算有那么一点大男子主义，我看也可以忍了！”林灿灿倒是一脸羡慕，“至少，比起我来，你要幸福百倍。”

“你不是跟田千亩已经开始约会了吗？怎么，感觉不幸福？我看他在你面前殷勤小心的，如同李莲英再世，你这个老佛爷有什么不满意的？”房小优还是放不下对田千亩的成见，说话也褒中带贬。

林灿灿岂能听不出话里的味道？她只是装作不在意：“呵呵，你知道我想说的不是这个，我说的是约会。田千亩的经济状况怎么可能跟你们家的‘优质股’相比？刚开始还能进个高档点的饭店，现在也只是中低的小饭馆，我怕的是，以后要跟他混大排档喽！……有时候我也迷惘，虽然他对我确实千依百顺，但我总感觉怪怪的，却又说不出哪里怪……或许是我太过敏感了吧，对于男人总缺少那么一种信赖。”

说到自己的痛处，林灿灿黯然，房小优也心生怜惜。

“既然开始了，就慢慢了解吧，开弓就别玩回头箭，或许田千亩是真心真意爱你这个人，而非是为了房子呢。”如此安慰，似乎在说给林灿灿听，又似乎地安慰自己，“我们不能把男人都往坏的地方想，不然那日子真的没法过了。书上不是说了吗？一男一女就等于一撇一捺，相互支撑才是完整的人生。”

“呵呵，好一个相互支撑！好吧，听你的劝，也劝你一句，遇上一个真男人就要好好把握！每个人都有瑕疵，过于完美的东西是不存在的。”林灿灿莞尔一笑。

房小优跟着笑了笑：“劝人总是这样劝，凡事到了自己身上，就不是那么一回事了。”

“是呀，医者不自医。不过人总得往前看，往前走，老是回头望旧路，最后受伤害又被耽误的还是你自己。”林灿灿的话越说越通透，这让房小优意识到，她是真的放下了过去。

林灿灿靠近了房小优，一脸暧昧地笑，小声地问：“你跟我说实话，对于安子洋，你是不是真的动了凡心呀？看你这次紧张的样子，我觉得有戏。”

房小优不否认也不承认，脸却红得不成样子，仿佛第一次恋爱的小女人。

当然，面对好朋友，房小优也没什么可顾忌的，默认不如大胆说出来：“女人的幸福在于有一个男人真的爱自己，而男人的幸福在于选择的女人值得去爱去付出。我不知道我在他心里是不是真的值得去爱，但不可否认，安子洋跟别的男人不一样，他大气、豪爽，身上有一种男人特有的魅力，跟他在一起，我觉得自己是个实实在在的小女人，安全，踏实。我觉得，如果没有什么变故，就是他了！”

林灿灿越听笑得越得意，刚想发表点意见，茶水间的门突然被人打开了。

大黄拖着脚进来，脸上的表情讪讪的，显然，他站在门外，刚才的话早已经听进了耳朵里。

林灿灿以为大黄不知道自己这个红娘做成功了，赶紧上前祝贺：“大红娘，这下你有喜包可以拿喽！房小优说不定早早就出嫁了，以后就是你哥们儿的老婆，你俩以后说不定还是亲戚呢，你得叫小优嫂子，哈哈哈……”

大黄拉着一张脸不说话，倒开水时竟然将开水溢满洒到了手指上，疼得他龇牙咧嘴。房小优见状赶紧上前看伤情，却不料被大黄一把甩开。

“都有心上人了，咱俩还是保持点距离比较好。”

大黄的话让房小优摸不着头脑，有那么一两秒钟没反应过来，倒是林灿灿眼明手快，拉着她出了茶水间。出来之后，林灿灿告诉尚在发蒙的房小优：“喂，我感觉问题严重了！瞧出来没有？大黄暗恋你哦。”

“什么？”房小优不可置信地回答，“你瞎说什么？这怎么可能？我跟他是哥们儿，是姐们儿，是这么多年的战友，怎么可能？再说，我对他绝对没有那种感觉，怎么可能发生爱情？真是可笑！”房小优一个劲儿地辩解，而这番话又被走出茶水间的大黄听了个真真切切，他脸上的尴尬和不悦愈发明显。

房小优怕他多想，更怕失去可以说心里话的男闺蜜，赶紧上前拉了大黄来解释：“大黄，你别多想，我没诋毁你的意思……你是个优秀的男人，有你这样的朋友我很知足，真的！”

大黄回过头来，面无表情地问：“我真有那么优秀吗？比安子洋呢？”

房小优瞬间拉下脸来：“我是你的好朋友，还是安子洋的女朋友，这样的问题你让我怎么回答？”

大黄无趣地回了座位，空留房小优站在原地，要多尴尬就有多尴尬。

好在还有林灿灿。她一边上前解围，一边小声地埋怨房小优：“你也太直接了吧？没看大黄的脸色都变了吗？你就算说说假话也好啊，把界限分得那么清楚，多打击人！”

房小优深深地叹了口气：“你以为我真傻吗？大黄的心思我岂能不知道？一直不点破，是因为我不想失去他这个好朋友，如今窗户纸破了，我和他的纯洁友谊也玩完了。不过也只能这样，暧昧不是爱情，我不希望用暧昧的态度换来不明朗的爱情，对人对己都是一种伤害。”

“原来你什么都知道，一直装傻呢？”林灿灿瞬间明白过来，“看你平时装成老实人，其实也一肚子心眼儿。好吧，以后我可不用再为你操心喽，至少，今天晚上我要好好地放纵一下去！”林灿灿一边说一边转着酸疼的脖颈，“今天晚上一姐妹生日，我得做好喝三杯的准备，唉，又将是一个不眠之夜哦。”

林灿灿的夜生活向来丰富多彩，这一点，房小优自愧不如，但她还是好心地提醒：“有了男朋友再去夜场混，你不怕对方有意见呢？你还是编个好点儿的理由再请假吧！”

一语点醒梦中人。

林灿灿看了看正在隔壁组忙活的田千亩，赞同地点了点头：“放心吧，我跟他说回我妈家看看，没说实话。”

房小优笑着点了点头，起身往座位走去，路过大黄的位子时，对方正拿着电话不知跟谁说着话，连眼角的余光都不曾瞥过来，这让房小优心里多少有点不是滋味。其实她不知道，大黄心里早已经是翻江倒海的难受。他暗恋房小优，明眼人都能瞧得出来。所谓的男女间有纯洁的友谊，那只不过是可遇而不可求之后给予自己的一种安慰。房小优在大黄眼里属于自我拼搏型的强势女，好强，自立，有工作能力又有生活能力，而他的性格偏柔，正好互补。当初也想过直接表白，碍于小优不停地相亲，本来以为没有什么希望，但当他看到她每回相亲都铩羽而归时，心里又有说不出来的兴奋。虽然有点小自私，却是最真实的感受。但是几番交流之后，他比任何人都清楚房小优心里那个男人的形象是怎样的，也深知自己不是她想要的类型，更深知一个强势的男人在一个强势的女人面前能够制造的不是安全感而是一种胁迫感，所以他想通过哥们儿安子洋来验证房小优选择男人的眼光其实是错的。却不料，搬起石头砸了自己的脚，房小优和安子洋竟然一见钟情，而且房小优亲口承认，她喜欢上了安子洋。

这种结果出乎大黄的预料，更让他不甘心。所以，下了班，大黄拉上落了单的田千亩一起吃饭，吃饭时两人都显得闷闷不乐。大家都是同事，人情交往上稍有风吹草动，彼此都看在眼里，除了刻意隐瞒，似乎不知道还能做点什么。

当然，男人间如果想吐露点心事也是十分容易的，那就是喝酒。借酒劲儿把心里话一吐为快，好听的，不好听的，清醒的，不清醒的，统统释放，就算哪里说得不妥当，第二天酒醒可以把一切推到一个理由上，说自己喝多了。心思不谋而合，两人饭后往酒吧走去。

大黄和田千亩进到酒吧时，一切正热闹。红男绿女，成群结队，暧昧的调情无处不在。或许是环境的缘故，大黄第一时间开了口："你说男女间那点破事怎么就那么难？不是你爱她，她爱他，就是她爱你，你又爱另一个她，烦不烦？"

尽管听着有点晕乎，但田千亩何等聪明，他知道，大黄是遇上了感情问题，于是开导他说："兄弟，天下女人千千万，找一个爱自己的，也找一个自己爱的，别学我，天天当孙子似的，那才叫烦呢！"

听田千亩如此说，大黄倒来了兴趣，他确定田千亩有些喝高了，是在说醉话："你说的是林灿灿吧？你追她不是挺用心的吗？人家也同意跟你交往，怎么？相处得不顺利？"

田千亩再干一杯白兰地，舌头都开始打结了："我他妈的就没顺利过！就像你说的，你爱她，她又爱他，爱情这玩意，根本玩不起！就说我吧，你知道我为什么这么多年没有恋爱吗？别以为我没钱，我挣得又不比你们少，对不对？我是心里头有人，对别的女人不感冒，如此而已……如此而已。”喝多了的田千亩对着大黄敞开了心扉，“我爱的女人嫁人了，理由真他妈的大众，她说我是穷鬼，没房没车不能给她幸福……所以，我发誓，一定要让自己物质上先富足起来……可是你也知道，这鬼房价一天一个涨，哪个能买得起？还好……还好林灿灿有房，所以我不介意她的过去，不介意她的坏脾气，不介意她的一切……我只想找个有房有车的女人赶紧过上像样一点儿的日子，这租房子的日子，没车开的日子，我他妈的受够了！你瞧瞧现在的人，别管女人还是男人，一听说你有房，立马跟蜜蜂叮花儿一样盯住你不放……再看看那些现实的女人们，你开宝马和你开QQ，看你的眼神绝对不是一样的……唉，时势造英雄，现实造狗熊，我他妈的就是向现实低头的一只狗熊！”

“可是我看着，你和林灿灿感情不错啊……”

“感情不错？我对她更多的是迁就，至于感情，要不是看在房子的面儿上，我早就撑不下去了……所以兄弟，我告诉你，男人要忍的意义在于为什么忍，你得给自己找点‘忍头’，然后才有‘瘾头’去实现……”

大黄刚要说话，一抬头，一个熟悉的身影正向他们走来。大黄心里一惊，想打断田千亩的话，可是田千亩却像坏了阀门的水龙头：

“兄弟，我告诉你，这已经不是一个‘以爱至上’的时代，现在是‘功利时代’，管他恋爱还是婚姻，都他妈是功利的，你不图点什么，别人也会图点什么，所以，跟哥学，找女人一定要找实惠的，至少有房子的，那才是真正的少奋斗一辈子……”

田千亩一口气说完自己的故事，随手喝下杯中酒，意犹未尽，又倒满，接着喝下去，舌头连着嘴皮子，话已经说不清楚了，大黄想夺下他手里的酒杯，却已经来不及了。

说时迟那时快，一只手飞快地上前夺下田千亩的酒杯，并迅速将残留的酒倒在了他的头顶上！

大黄不敢面对突然袭来的林灿灿，赶紧结结巴巴地问："林灿灿？你……你怎么会在这里？"

"我一姐妹过生日，凑个场儿，没想到呀，还有意外收获……"林灿灿上前推开大黄，"今天这事跟你无关，我有话要问田千亩。"

田千亩此时酒醒了大半，看到林灿灿活生生地站在自己面前，赶紧起身道歉："灿灿，我不是存心来喝酒……我是……我是陪着大黄来的，是他说……他说寂寞想找人陪，所以我就……你千万别误会……"曾经林灿灿明言相告，不许进酒吧歌房这种暧昧场地，他以为自己犯了事，却不知道刚才的一番话林灿灿是听了个清清楚楚明明白白。

第二章

房子比男人更有安全感

一次次情伤换来女人一次次坚强，是男人不争气才让女人对房子有了依赖，既然男人不能给自己一个家，那就由自己来成全自己吧。男人是两条腿的蛤蟆，哪朵花上有露水就往哪朵花上蹦，房子却是四条腿的铁将军，忠诚不贰。

1.不中用的男人造就了有房子的女人

女人是否坚强，要看她面对突发事件是否镇定，同样，一个女人是不是成熟，要看的则是她如何处理情感突变。

此时的林灿灿出奇地淡定。

如果说上一段感情令她剥皮削骨，那么这一次田千亩的行径则有些意料之中。

“田千亩，既然你喜欢的不是我这个人，而是我的房子，那我们之间也就没什么可说的。最后我送你一句话，有房的女人绝对不会接纳一个不中用的男人。你好自为之吧！”林灿灿说完，转身就往酒吧外面走。

田千亩立即慌了，一边追一边解释："灿灿，你真的误会了……我喝多了，真的……喝多了胡说八道的，你不要相信！"

"酒后吐真言。如果你再喝下去，我怕听到的是更龌龊的真相！"林灿灿愤怒地推开对方上了车，发动之后迅速离去。

一路上，车速很快，车内的林灿灿一直强装镇定，直到夜风吹进胸膛，才觉得心口一阵发凉。她这才意识到，自己刚刚开始的爱情又失败了，这一次败得更彻底，对方直指房子，对她这个人熟视无睹不说，还赤裸裸地进行着长达两年多的欺骗。

卑鄙者的通行证不仅是无耻，还有坚持不懈的伪装，而善良的人总是容易被蒙上眼睛。

男人，怎么可以如此虚伪？为达目的，不择手段，竟然还玩起了潜伏！林灿灿在心里一遍又一遍地骂着田千亩，骂到最后自己都觉得累了，不值得，这才意识到，此刻的自己需要有个人陪伴。

女人在恋情变节之后，最需要的是同类的安慰。

几乎没有思考，林灿灿第一时间打通了房小优的电话。

听明白林灿灿简单的描述，房小优像极了一个战士，二话不说就邀请林灿灿到自己家里来。她说："来吧，我这有红酒。"如此简单，一切明了。

失意的女人，有个窝，有瓶酒，有一个可以互吐心事的姐妹，这就够了。

等待林灿灿的时间，房小优以最快的速度做了两个下酒菜，然后将餐桌精心布置，还特意放了两朵小雏菊，据说这种花能治愈失恋。

林灿灿进来之后，将房小优事先斟满的酒一饮而尽，然后话匣子就打开了："小优，你说，我怎么命这么苦？遇上两个有企图的男人，一个贪图我的钱，跑了;一个贪图我的房子，露了狐狸尾巴。而我呢，却傻傻地还把他们当成了宝儿！”

“现在看清楚那是狐狸的尾巴，而不是善良高贵的孔雀开屏，为时也不晚呀！”房小优一边倒酒，一边劝解，“我倒觉得，早认清，早利索，这是好事，你说呢？”

“你总是这么安慰我。上次是，这次也是。”林灿灿心情坏到了极点。

房小优却笑了:“到我这儿，就是求安慰的，不然呢？”

这一反问，倒把林灿灿问住了。好半天，她没说出一句话，抬头打量起房小优的二居室。粉嫩的玫瑰壁纸镶着金边儿，在灯光辉映下熠熠闪光，纯实木地板仿佛透着树木的年轮，些许返璞归真的意味，纯白的家居令整个屋子看起来洁净自然，给人的第一感觉就是，这是一个洁净的家，一个带着女人香的家。她不由得感叹:“到你这儿来，我总能感觉到一种安心和踏实，这是属于你的小窝，也是属于我的疗伤之地，不像我那个大房子，空荡荡的，总感觉填不满似的，心里发慌……”

“我这房子刚够八十平，比你的小了足一倍，还有二十年的房贷，哪有你这种公主命好哦。不过，话说回来，女人必须有自己的房子，不在乎大小，只要可以让你有释放心情的空间，这就够了。”房小优适时开导，“没了男人，还有房子可以依赖，至少它不会背叛，不会游离。”

这话听起来颇为耳熟，等到林灿灿反应过来，记起自己也曾这样开导房小优时，不由自主地笑了，却一脸苦涩:“这安慰人的话也会传染吗？”

“能传染人的除了感冒还有现实。我们女人之所以拼死拼活地买套属于自己的房子，除了因为现在的男人不靠谱，更主要的是为自己找一处心灵的娘家。”说到这儿，房小优抬头看看自己精心布置的小二居，一副心满意足的样子：“不瞒你说，过去我受了委屈，总喜欢往家里跑，喜欢在父母面前哭，结果呢，除了自己伤心还让父母担心，总感觉对不住他们。自从有了房子之后，就算有再大的委屈，只要回来看看这片属于自己的小天地，突然就觉得很安心。再大的风雨只要关起门来，我还是有一处宁静地儿可待着，这份感觉真的很踏实很美好；而且再也不用为此骚扰父母，这本身就是最大的孝心。”房小优一边说一边朝小卧室走去，打开门，一只小狗从卧室里蹿出来，扑腾着就往她身上钻。

纯白的绒毛密致微卷，两只大耳朵因为奔跑左右晃动，跑近的第一时间亲近林灿灿，讨好林灿灿，林灿灿下意识地后退，有点不知所措。小狗抬起小脸，两只眼睛杏仁一般，乌黑明亮，充满友善。林灿灿这才发现，小狗有一张极漂亮的脸，圆圆的，白白的，毛绒玩具一般，她惊讶得不知如何形容如此漂亮的小狗。

房小优抱起小狗，一副爱抚的样子：“看看，我的家庭新成员，Kimi，我儿子。”

林灿灿惊喜，试探，当小狗伸出舌头舔她手的时候，就轻柔地接过小狗，左看右看，爱不释手：“呀，纯种比熊呢，真漂亮！据说这种小狗很有灵性，聪明着呢。”

“是呀，前天刚抱回来，快两个月了，等到成年之后，智商就相当于六岁左右的小孩子呢。”房小优一脸满足，“自从抱它回来之后，我就把它当成家庭成员一样，给它布置房间，为它采买衣物食品，你来瞧，它的小房间还堆满了玩具呢。”

打开小卧室的门，各式狗玩具琳琅满目，林灿灿摸摸狗咬的铃铛、丢球、上下两层的狗窝之家，还有仿真的肉骨头，一脸羡慕状：“看不出来呢，你还这么有耐心，这哪里是养狗呀，简直跟养孩子一样。”

房小优倚在门上，看着林灿灿，一直笑。“呵呵，单身女人养孩子一定是违法的，但养狗却是有爱心的，所以你瞧，我就是这么聪明地选择做一个有爱心的女人。”

“好可爱呀！”林灿灿完全没有了先前的怒气，将怀里的小狗抱得越发地紧，女人天生的母性令她对怀里的小狗生出一种温柔来，却不料小狗不领情，闻着她衣袖上的香气有异，便狂叫起来。这一叫，令她惊恐又不解，放下小狗，问房小优：“它……是不是认生？”

房小优笑着抱起小狗，伸手抚了一下它的头：“Kimi，不准跟阿姨发脾气哦。”小狗立刻安静下来，她接着说：“当然是认生。不过只要你陪它玩，给它点好吃的，几分钟就可以搞定，来，你试试，给它几颗狗粮。”

房小优转向去取狗粮，林灿灿抱着小狗好一通看：“Kimi？这名字也耳熟呢。”

房小优取完狗粮走回来说：“偶像小志的儿子叫 Kimi，喜欢那个孩子，就想着自己要是能生一个那样的孩子该多好……”

“你这哪是把狗狗当孩子养，简直是你的理想。”

“我喜欢人生有理想，有理想的人生才有意义，哪怕无法达成，至少也要征服一段通往理想的路程。”房小优边说边把狗粮递给林灿灿。

林灿灿接过狗粮，试着喂给小狗吃，小狗几经犹豫还是没受得住诱惑，接连吃了几颗之后，自然跟她亲近起来，还示好地伸出舌头舔她的手，这让林灿灿好像悟到了什么似的，不由得表情肃穆起来，喃喃道：“难怪，难怪。”

“难怪什么？”房小优正低头整理小狗的玩具，不明所以。

林灿灿再叹气：“唉，难怪大家都说养男人不如养狗呢，小狗给点吃的就视你为主人一样爱戴，男人吃饱喝足了却不一定。”

“哈哈哈……”房小优被她逗笑了，“你这是什么逻辑？让你找个男人过日子又没让你养男人。”

“我拿房子娶男人，这还不叫养吗？”林灿灿一脸委屈，“远的不说，就说田千亩那个没良心的吧，追了我两个月，不是送爱心早餐，就是半路杀出来送你玫瑰，浪漫得没话说。我以为是真爱呢，寻思着女人嫁一个爱自己的总好过找一个自己爱的吧？还想要努力去爱上他，重新开始一段新爱情，没想到啊……一只披着羊皮的狼！还是白眼狼！还好老娘亲耳听到他说的真话，不然我还真就让他给骗了！唉，男人啊，太会伪装太过可怕！我……我也算经历风雨的人了吧？怎么就没瞧出他的狼子野心呢？”

看林灿灿一脸的委屈，房小优心疼地送过一杯红酒：“一醉解千愁。”

本来就有些醉意的林灿灿，喝下两杯之后，脸色绯红，人却越来越精神：“小优，你告诉我，当初你那么阻止我跟田千亩来往，是不是早就看出他不是东西？”

“……”

想起当初自己阻止两人的交往，房小优突然责怪起自己：早知有今日，自己当初就应该再坚决点儿，坚决阻止他俩交往，那样林灿灿就不会受伤。“灿灿，别想那么多了，田千亩人品有问题，全公司的人都知道，当初为了升职他不是跑到老板面前打我们几个的小报告，就是暗中窃取别人的客户资料，手段真可谓无所不用其极……你呀，只是身在此山中罢了。不过还好，刚开始，没陷太深，趁早拔出脚来，一切都来得及，你就当自己差点爱上一个垃圾男，如此而已。”

“如此而已？呵呵，如此而已……”林灿灿重复着房小优的话，“女人动心不容易，何况是像我这样受过感情伤害的女人，我本以为他是真心的……没想到,他也只是拿着刀子在我心上划了一道伤口！谈什么爱情说什么忠诚，全是他妈的骗人鬼话！都是冲着房子来的！小优，你说现在的男人怎么这样不中用呢？一套房子就可以让他们在女人面前卑躬屈膝？一套房子就可以让他们出卖爱情？一套房子就可以让他们费尽心力娶一个自己并不爱的女人？值得吗？以后，我林灿灿的男人，一定要睁大眼睛去挑选，认定了再下手，让这些渣男们统统见鬼去吧！”

话虽豪壮，泪已满面，房小优心疼不已，帮林灿灿擦去泪水。

“算了吧，为那种人伤心不值得。你不是也说了吗？这种小人样儿的男人不中用，吃软饭，为了这样的男人流眼泪，不值得。”

“小优，我不是为他掉眼泪，我是为自己。”林灿灿收起眼泪，干掉杯中酒，“打小我的家庭环境就好，衣食无忧，我长得又算漂亮，一直是家里人的宝贝和外人眼里的公主。别人还在为房车打拼的时候，我家里把一切都为我打点好了，大房子住着，豪车开着，似乎什么也不缺，可是你知道的，我的感情之路就是不顺……前几年我爱的那个男人，帅气、有才，却也贪财，为了钱跟我在一起，人一出国就没影儿了；现在我只想找个普通的对我好的男人过平静日子，谁知道这个男人贪图的又是房子……我现在想想，老天爷还真是公平，给我衣食无忧的生活，就是不肯给我一场平坦舒服的爱情……小优，我真的累了……我不知道是不是真应了人们说的‘有房女人不好嫁’的说法，自从房车俱备之后，我真的觉得找男人比买上等钻石还要难……难道，这世上真的就没有值得爱的男人了吗？”

面对林灿灿一个又一个的问号，房小优只觉得莫名的委屈：“也许，这世上有值得爱的好男人，也相信我们会遇上的，只是时机未到。但我们也要感谢那些不中用的男人，是他们造就了独立买房的我们，房子比男人更可靠，更让人安心，不然，我们怎么会如此自由地深更半夜把酒相谈？所以，就为了这个，我们也应该感谢那些不中用的男人，感谢他们让我们女人更坚强更独立，你说对不对？”

“哈哈哈……房小优，你看问题的法子跟别人总是不一样，反反得正，把悲观的事说得让人乐观起来，泣极而喜，你呀，真的是个不一样的女人，如果我是个男人，我一定会爱上你的……”林灿灿显然喝多了，口齿有些不清楚起来，“真的会爱上你的……”她的话让房小优想起了一个人。

安子洋。

如果现在跟自己醉在一起的是安子洋，他会不会说这样的话？在安子洋心里，自己是不是一个值得爱的女人？房小优不敢确定。

2. 优质男总是霸道多

恋爱其实就是男女间一个相互挑拣的过程。

对于有房女来说，挑剔条件不如自己的男人的同时，也被条件高于自己的优质男挑剔，放弃未必是海阔天高，继续也未必是碧海蓝天。

就如同此时的房小优。

至于安子洋，房小优除了难以接受他的大男子主义之外，其他的倒也没觉得有什么不足。特别是到对方公司去的时候，看着安子洋跟客户相互周旋的模样，她的内心就升腾起一股成就感，觉得跟这样的男人在一起，将来一定是成就非凡的。女人内心的那种小虚荣感令房小优觉得，能做安子洋将来的老板娘，也不失为一种最好的人生安排。

当一个男人的长处足以弥补他的不足时，女人最愿意做的事情就是自欺欺人，认定自己可以包容男人的不足，只要这个男人的长处足以令她的虚荣心得到满足。

房小优也不例外。

自己辛苦打拼得来的一切令她太明白，一个普通家庭出来的人想有一片自己的天空着实不易。从二十几岁打拼到三十岁，一路走来，她深知自己吃过多少苦，受过多少算计。如今有安子洋这样一位优质男做依靠，她觉得自己也必须作出一些牺牲。比如，她要学会包容他的大男子主义。

思想是一道光，照亮了自己，照亮了感情。

周末，房小优放下了女人该有的矜持。知道安子洋要在公司等一个外国大客户，她特地包了饺子，做了几道小菜，装了满满一盒子给对方送去。她想要做对方心里那个温柔可人的贤惠小女人。

当然，天底下的事情总是出其不意。

推开安子洋办公室的门时，房小优惊讶地发现，一个穿深V领裸露晚装的女子几乎是依偎在了安子洋身上，两人正低头嘀咕着什么。看到房小优进来，安子洋猛地推开女伴，结结巴巴地解释："小优……你来啦？那个……我跟安妮正商量在哪里接待外国客户……你来怎么也不提前给我来个电话？"

"是我唐突，应该早行通知再来的，对不起。"房小优嘴上这么说，心里却恨得不行，凭什么见自己的男朋友还得提前通知？

看出她的不悦，安子洋赶紧换了笑脸，支开安妮，又说："你千万别误会，她是我们公司的公关，专门对付外国客户的。"这样一说，倒让房小优可怜起安妮来，长得如此漂亮的女人竟然只是用来伺候男人的。也不知为何，她突然觉得自己一下子高贵起来。尽管她挣的不一定比安妮多，也深知自己长得不如对方，但女人就是这么奇怪，身份和身价往往跟钱和外貌成反比。正经女人挣得少、长相普通，也好过在风月场上卖笑的浪荡女。

当然，男人也一样。从安子洋的言谈中，房小优也觉察得出，他对安妮只是利用，绝无私情。说到底，天生尤物的女人终究成为男人玩物的多，这或许也多少安慰了"普相女"——如房小优这类女人的自尊心。

看到房小优为自己亲手做的饺子，安子洋一脸兴奋，连连表示感谢。房小优以为自己这一招足以打动对方，却不料，安子洋只是嘴上感谢，却并不动筷子。

"怎么？你不喜欢吃虾仁？"房小优小心地问。

"倒不是。只是一会要来外国客户，怕这饺子味儿……"安子洋的话令房小优有点小失望，感觉自己费力不讨好。她多希望安子洋哪怕是为了安慰自己，只吃一个也好。

可是，安子洋是个讲究的男人，始终不动筷子，房小优这一刻觉得内心失望到底。

男人若真心喜欢上了一个女人，别说是几个饺子，就算是端上一盘沙子，他也绝对不会吝啬掉几颗门牙的。

在安子洋的心里，事业和体面大过自己，换句话说，他其实并没有完全接纳自己。

“好吧，你不想吃我也不勉强，我看安妮也未必会吃，我还是带走吧。”房小优一脸失望，贤妻良母这一套在安子洋这种事业型男人眼里根本不管用。

安子洋倒是一脸歉意，再三表示：“今天这客户太重要，小优，你不知道，这笔买卖如果成了，我就可以跻身千万行列，到那时，我跟现在完全不一样。你能理解我的，对不对？”

“嗯，理解。”房小优默默地收起饭盒，一脸落败，“祝你成功，你忙吧，我走了。”说完，拎起饭盒往门外走去，出门时跟安妮打了个正着，对方瞥来不屑的目光令房小优难受，更让她难受的是，安妮手里拿着的是两杯进口咖啡。刚刚还觉得自己高贵于对方，如今却是咖啡完胜饺子，此时此刻，在安子洋面前，自己输给了安妮这种女人。

安子洋的挽留并没能留住房小优，她坚决地离开，一出办公楼，人就突然解脱了似的。在安子洋面前，她始终紧张得不知所措，开始以为是爱情的缘故，如今看来，是自己和对方之间始终存在着一种距离，说不清鸿沟究竟在哪里，但始终是存在的。

看看手里还冒着热气的饺子，房小优知道，就算带回去，这盒饺子自己也不可能吃的，想了想，便往垃圾箱方向走去。就在她快要投出去的瞬间，电话响了。

大黄在电话那头问她："有没有时间？我刚买了电影票，本想陪朋友去的，没想到我们俩人都没时间，想送给你和安子洋，怎样？哥们儿够意思吧？"

房小优此时哪还有心情看什么电影，刚要拒绝，电话那头的大黄仿佛猜中了她的心思："千万别拒绝，就当是为前两天我闹情绪的赔罪，算是我祝福你俩走到一起的小礼物，一份心意。"

听到大黄关切地要送自己和安子洋电影票，房小优苦涩地笑了。安子洋为了外国客户，连饺子都不肯尝一个，又怎么可能为了一张电影票就放弃了外国客户？

"你还是收着吧，我不会去，安子洋更不会去。"房小优肯定地告诉大黄。

"为什么？"

"他没时间，我……我没心情。"

"怎么？你们闹矛盾了吗？"大黄听出房小优话里有话，一副关心的样子。

房小优说不清心里什么滋味，也许出于大黄是介绍人的缘故，她不由得诉起苦来："他是个工作狂，你比我清楚！这样的男人连吃顿饭的工夫都没有，怎么可能陪我去看电影？"

"哦，原来如此啊！我刚才给安子洋打过电话，他最近忙着扩充业务，确实忙了些，不过你也应该多给对方一点理解，男人总得打天下嘛，对不对？"大黄在电话那头安慰道，"如果你实在感觉不高兴，那就由我出马陪你去看电影，怎么样？"

出于对安子洋生气，也出于自己实在不甘心，房小优就答应了。她心想，至少不能让手里的饺子浪费掉吧？给大黄吃也是饺子的一处归处。

大黄很快开车来接了房小优，一边吃她做的饺子一边惊叹她的手艺："没看出来呀，你还有这么好的手艺，以后可有口福喽！"

"吃你的吧，饺子也堵不住你的嘴！"房小优显然没心情去看什么电影，"我还真没兴致大白天地去看电影，要不，你送我回家吧！"

"这怎么行？电影票不就浪费了吗？"大黄不同意。

房小优显然一点心情没有，坚持着："我真的不想去看！"

大黄见她真的动了气，突然就刹了车，两人在路边就那么僵持着，最后还是大黄先开了口："小优，你和安子洋在一起，是不是很受气？"

不问则已，越问越让房小优觉得委屈。相处虽然短暂，但是安子洋身上的霸道和霸气总令她觉得不舒服。可是又能说什么呢？一来自己对对方有眼缘，有那么点喜欢；二来安子洋这样的优质男难免有几分霸气外露，这一点自己也早有预料，也做好了包容的准备。

所以，什么也不能说，索性就那么沉默着。

大黄以为她委屈在心口难开，继续追问："如果那小子让你哪里不高兴，我去找他，我给你讨个说法！"

房小优赶紧摆手，就在这时，安子洋的电话来了，房小优犹豫了一下，接了起来。

她没注意到接电话时，大黄脸上的表情极为复杂。因为大黄看到房小优接电话的表情，竟是那么的小心翼翼。

大黄明白，一个女人对待一个男人如此谨慎，说明她心里已经有了这个男人的存在。而对他来说，自然是些许的失落和不甘，此时，他更恨自己，自作自受。

安子洋告诉房小优："外国客户临时改了班机，得后天才到，不如……不如我们一起吃饭吧！你在哪？我去接你！"

房小优不知如何回答，她知道，如果说自己在大黄车上，准备跟大黄一起去看电影，那一定会让安子洋想东想西。她不想让他误会。只好喏喏地说："那个……我回家了。"

"好！那我去你家接你！等我，二十分钟以后楼下见。"说完，安子洋便挂了电话，一如从前那样利落，快得让房小优不知所措。等大黄问她的时候，她才缓过神来。

"大黄，我得赶紧回家，安子洋一会儿来接我。"说完，房小优开了车门就往外走，招手叫来出租，直奔家门。

房小优的一系列动作令大黄心里直泛酸水。房小优对他并无半点男女之情，总把他当成闺蜜和好朋友，倾诉心事可以，一起玩耍可以，但谈及恋爱总是避舍三分，作为一个男人，他深知苦追的结果只能是伤人误己。本来已经看开的他在内心是希望房小优和安子洋能幸福的，可真的看到房小优如此在意安子洋，却又不免心生醋意。房小优连他的车都不坐，就怕安子洋见了吃醋，这份情意，越是懂就越是伤心。

至于房小优，本来心里对安子洋充满了反感，可是对方一个电话召见，她便如得了圣旨一般匆匆应约，又让她在内心痛骂自己不争气。如此一番折腾下来，矛盾重重，再见到安子洋，房小优突然不知应该以怎样的心情去面对他。

安子洋倒十分坦诚地跟她道了歉："对不起，小优，刚才冷落了你，我决定陪你吃顿饭，算作道歉。来吧，我们吃韩料去！"又是如此不商量，擅自做主。

房小优想到刚才饺子的事，心里就不舒服，不免生出一些小脾气：“我没什么胃口，你自己去吃吧！”说完，转身就要走，被心急的安子洋一把拉住：“别生气啦，你不喜欢韩料，要不我们去吃火锅吧！”

看着眼前的安子洋，一时一刻地安排着两人的去处，房小优在心里突然感慨，一心追寻的成功男，尽管事业站上高峰，可是情商却未必见得有多高，至少在女人身上，他们缺少一份耐心。就如同自己家里的那只狗宝儿，有时间了会抱抱你，陪陪你，忙起来或是心情不好时，他们会让你自己玩儿，自己找吃的，甚至一丢就是好几天。

难道，男人在恋爱的时候，也通常把女人当成宠物来看待吗？

难道，这就是自己想要的爱情吗？

房小优在心里微微叹气，这一刻突然明白，女人想嫁一个优质男其实是件累人的事。不仅要支持他的工作，还要理解因忙碌带给自己的寂寞，同时，男人不忙了，女人还要笑靥如花地陪他应酬，不得有半点埋怨。这样的生活，这样的男人，显然不是自己想要的，想到这儿，房小优就打定了分手的主意，转身告诉安子洋：“不如，我们好好谈谈吧，我有些话想跟你说清楚。”

3.“有房女”也有逼婚时

女人决定分手时说的往往都是真心话。

房小优把安子洋的种种霸道历数一遍，直听得对方一愣一愣的，直到她痛诉完之后，安子洋还没有回过神儿来："怎么？我真的有这么霸道吗？吃饭没问过你喜欢什么？出去玩也没征求过你的意见？还有在我公司发生的事，也伤害到了你的自尊？"

"对。我们相处这段时间，见面五次，四次你请吃饭，从没问过我喜欢吃什么，总是点一大桌子菜，看似盛情其实少了那么一份真诚；最让我难过的是上次跟朋友一起去K歌，你根本不问我是不是会唱那首什么《伤不起》，直接帮我点了，说流行的歌大家都会唱，还起着哄地让我在众人面前献唱，偏偏我就不会唱；最让我尴尬的是今天，我牺牲周末休息时间给你做饭送饭，已经放下了一个女人该有的矜持和脸面，可你呢？安子洋，我不知道在你心里是不是真的对我有意思，我只是觉得，你不够真诚，不管是做恋人还是朋友，少了真诚，什么也做不成。所以，分手是最合适的选择。"房小优说出心中的郁闷，竟觉得无比轻松。这才觉得，跟安子洋在一起，是件累人的事。

"真心实意请你吃顿饭，不闹脾气好不好？"

"不任性的恋爱，天下没有！"

"当真要分手？"

"不是每个女人都把分手当成寻回激情的砝码。"

"房小优，你跟别的女人还真不一样……"安子洋话没说几句，就被一个又一个电话打断，他不得不接起来。

没想到，第二个电话是安妮打过来的。安妮那股风骚的样子仿佛透过电话蹿到了房小优的面前，房小优更加不满，索性打断了安子洋的电话："你瞧瞧，跟我出来吃饭是你提议的，却还是这么忙！难道你不知道，请人吃饭时应该把私事放放，再尊重一点就应该把手机关了！"

安子洋接完安妮的电话，刚要解释，这时又有电话打来，他果断地接起来。

房小优瞬间有种不被尊重的感觉，起身，拿包，果断要走。

安子洋眼疾手快，一把拉住她："小优，你听我解释，这个电话是义工组织打来的，我不能不接，我……如果你不相信，我带你去一个地方，就算你要分手，就算是我最后的霸道，你跟我一起去那儿之后，就能明白我是一个怎样的人。"

房小优看看安子洋，倒不觉得对方有什么不妥，反而是一提分手，他无比紧张的样子让她印证了在他心里其实是有自己的。冲这点儿，房小优心里的气儿也渐渐地消了。消气之后她突然暗自埋怨，像安子洋这样的男人，自己一旦放手，别的女人就会蜂拥而上。想到安妮看自己的那种藐视眼神，房小优心里一紧，突然又放弃了分手这个念头，所以，也就遵从了安子洋的建议："好吧，去哪？"

"去了你就知道了，走吧。"安子洋又恢复了霸道，不肯多透露一个字。

凭空多了几分神秘，房小优突然也想知道，安子洋会带自己去哪里。

车上，安子洋不做过多解释，房小优冷静下来，突然觉得刚才的自己多少有些失仪，想道歉，又不知从何说起，只好抿着嘴唇，沉默着。

车一直开到了郊外，房小优还是迫切地想知道答案，追问安子洋："你带我去哪儿呀？出城这么久了，究竟是什么地方？"

安子洋指指前方："马上就到了。"

房小优顺着安子洋所指方向看过去，瞬间惊呆了。

不远处，一排黄色的清水瓦房她并不陌生，这正是郊区福利院。没想到，对方会带自己到这里来。更没想到，外表粗犷的安子洋也会有耐心来这里帮忙。

下了车，见了福利院的院长，房小优更加惊奇。从院长嘴里她才知道，安子洋多年帮助福利院不说，还私下资助了多名失学儿童。福利院里的孩子见到他亲切地喊叔叔，安子洋如同见到自己亲生的孩子一样，低下身子去一一安抚。车里不知什么时候变出了一箱子玩具，孩子们蜂拥而抢，一个小个子抢不到，急得要哭，细心的安子洋亲自取了玩具送过去，并亲切地吻了小个子一口，孩子立时眉开眼笑。这一幕，让房小优的心顿时软了。

女人是种矛盾的动物，前一分钟打定主意要分手，后一分钟就可能爱得难分难舍。

房小优觉得，安子洋其实是个热心又细心的好男人，至少这一刻，她有足够的理由去爱这个充满爱心的男人。

安子洋告诉房小优："有些电话是必须接的，并不是我不尊重你。"

"你竟然一直坚持来这里？为什么？"房小优一脸真诚。

安子洋笑着摇头。"我有抱负在身。"说着，他伸出手来指了指福利院相邻的山头，"这里，我将来要建一座更大的房子，里面要设好多的屋子，玩具屋、图书屋、娱乐屋……什么都要有，给那些无家可归的孩子一个健康成长的环境。"

房小优没想到，安子洋会有这样的抱负。她不明所以，只好相问："你……为什么会有这样的抱负？我以为……我以为你努力赚钱是为了生活得更好，没想到，你是为了让别人生活得更好。"

"努力赚钱当然是为了让自己生活得更好，不过我在生活得更好的基础上，还希望自己生活得更有意义。”安子洋转过身来，看着她，“当然，你也不要把我想象成慈善家，我可不是。你看见那座山头了吧？不仅是福利院，将来我还要建一座养老院，高端养老院，只收身价高的老人，给他们幸福晚年的同时，我也有一份收入。将来，就用养老院的钱来养活福利院，以贵老养幼小，不赔不赚，怎么样？我这想法虽然不够伟大，但至少像个男人吧？”

安子洋的话把房小优逗乐了。她说不出什么来，只觉得，一切好像还在梦里，眼前的安子洋是令她看不清的雾中花，她不敢再轻易下结论。

回程的时候，房小优还一直沉浸在安子洋的话里。她知道，这是一个有理想也极有可能实现理想的男人，过去她误会他只是为了扩大公司赢得更多的财产，如今看来，他的理想高于一般商人，他是一个有爱心的商人。

一个有爱心的商人应该也可以做一个有爱有责任的老公吧？心里突然冒出的这个想法，令房小优的脸突然红了，这让安子洋来了兴趣：“想什么呢？想到脸都红了，女人这时候脸红，一定在想什么有意思的事，说来听听。”

房小优当然不能说真话：“天热了而已，春天了，你不觉得热吗？”

安子洋聪明地转了话题：“不如，我给你说个笑话吧。”

“好。”

“传说有一位菩萨特灵验，好多人去求，菩萨面前天天排队。那天，有人在队伍中发现了一个跟菩萨长相很像的人，就问她是谁。菩萨也不隐瞒，告诉大家自己的真实身份，这让求她的人都愣了，这时菩萨说了一句话，众人这才明白过来。你猜，菩萨说的什么话？”

“求人不如求己呗。”房小优当即回答。

“聪明。大黄天天说你是个聪明的女人，看来不假。”安子洋夸奖道。

房小优只笑不语。想到自己匆匆从大黄车里下来,连道别都忘了,这令她难堪。也许应该跟大黄道个歉。拿出手机时，发现老妈打了几个电话，自己完全没听到，赶紧回过去，这才记起，今天是老爸的生日，老妈让她回家吃饭。

安子洋还想带她去别处玩，但房小优拒绝了，进了城就回家了。一进家门就被老妈埋怨：“打那么多电话也听不到，是不是有房子住不需要家了？你就自由得连父母也不要了？”

每次回家，总难免被唠叨的老妈埋怨一通。房小优知道，自打自己买房那天起，父母对自己就有意见，老妈闹得最厉害：“一个女孩子家家的，将来找个老公嫁了就得了，买什么房子？能买得起房子还好，你说你带着一套有贷款的房子嫁人，哪个男人能乐意？”

曾经也跟老妈纠缠过，解释过，后来就觉得累了，任她唠叨任她骂,房小优一律采取沉默对策,只求赶紧吃完饭赶紧离开。却不料，菜还没上齐，老妈的唠叨却齐了：“小优，你可是三十岁的人了，别天天只知道在外面求自由，女人的终身大事耽误不起！早点找个男人早点生个孩子，就算你不为自己着想，也得为孩子着想吧？年龄大了生孩子要多难受有多难受，孩子质量也不够好，所以你得赶紧找人嫁了。我可把你的喜被早就准备好了，再不结婚，让虫子吃了可别怪我……”

房小优此时此刻只恨自己不是桌上的一盘菜，让老妈一口吃下去，也算一了百了。偏偏这时，老爸又跟着劝起她来：“闺女，爸相信你有眼光,有追求,但也不得不说你几句。你看看,你现在有房子了,可能挑人的眼光更高了，爸爸得劝你一句，男人重在人品，咱不能只奔着条件去相人，知道吗？”

老爸的话更让房小优郁闷。老爸的意见代表了一家亲戚的意见，逢年过节，她总被人这样劝。自打买房之后，老妈埋怨，老爸担心，一套房子闹得她不知如何跟父母解释，只好他们说什么就是什么，左耳朵进右耳朵出。

好不容易菜上齐了，老妈也不唠叨了，老爸也不追问了，偏偏一个过来送礼的邻居又接上了茬儿:“小优也回来啦？难得，难得啊！怎么不见带男朋友回来呀？该找一个啦，不小喽！”

房小优不知如何回答，只得转身开了电视。让她意想不到的是，新闻里采访的竟然是安子洋，电视里他作为一个私企老板代表，豪情万丈地讲着跟国外大客户的“联姻”，一再表示要为本市的经济建设出一份力。

安子洋的表现让房小优惊讶。

没想到安子洋会优秀得惊动了电视台，而自己也差点失去一个优质男。

想到跟安子洋的交往还算顺利，房小优一下子就来了底气，指指电视中的他，对父母和邻居介绍:“这就是我的男朋友，他今天有事所以才没回来，下次，我一定带回来给你们看看。”

众人惊呆的目光让房小优生出一种扬眉吐气的滋味来。这时候她更加确定，自己不能没有安子洋，一来是喜欢，二来这个男人能带给自己足够的荣耀。她必须好好把握，抓紧他，绝不放手。

4. 房子，不背叛，不逃离

再清纯的女人也拒绝不了玫瑰的诱惑，同样，越是清高的女人越容易被虚荣打动。

一趟福利院之行让房小优自认对安子洋有了全面了解，甚至更加心动。来不及将分手的话收回，她就想着赶紧想办法弥补。

房小优主动跑到安子洋的家里当起了免费保姆，做饭洗衣，又换掉了久不清洗的床单，俨然当得了丫头又做得了主的全能女人，虽然安子洋偶尔也会来一句“你干吗呢”，但是房小优心里还是很知足。一个男人，敢于让你面对他的私生活，又愿意把家给你来打理，说明他心里有你的位置，再苦再累也觉得值。所以，给安子洋效力的心就更重了，连公司的业务代表会上都容易走神儿，想着早上路过的花店里，那束清新百合若放在安子洋的床头，该多么提神醒脑。

都说是男追女隔座山，女追男隔层纱，房小优主动追求起安子洋，这令安子洋的大男子主义发挥到了极致，尽管他还是时常会忘记询问房小优的喜好，还是喜欢擅作主张，但是房小优都忍了。

在父母和邻居面前她说过，这个优质男就是自己的男朋友，说出来的话就如同泼出去的水，她一定要努力做到，让安子洋心甘情愿且无比真诚地跟自己回家。

女人一旦隐忍起来，便没有达不成的心愿。

在房小优的刻意努力下，安子洋渐渐觉得她是一个温柔又包容的女人，跟之前的女朋友都不一样。比如，房小优可以容忍他天天在外面应酬，可以容忍他这刻约好下刻又更改，甚至还可以容忍他跟安妮这样的妖娆女子进进出出。这些在过去那些女朋友眼里简直不可饶恕，可房小优却大度地表示："为了你的理想，你好好去努力吧，我支持！"一句话说得安子洋只差没当街拥抱她亲吻她，觉得世上最包容最理解自己的女人就是她了。

可是，安子洋并不知道，每次看他在花丛间留恋的时候，房小优的心也会痛也会烦，之所以容忍，爱只是一个理由。他更多的是因为她不想失去他。

在认识房小优并知道她有安子洋这样的男朋友的朋友眼里，房小优无异于中了彩票，安子洋有款有型有事业，这样的青年才俊真是天上掉下来的大馅饼，所有人都说房小优你该珍惜。

所以，房小优就真的放下颜面，开始学着珍惜，而且她认为珍惜一个人和一段感情最重要的就是包容。

可是，在林灿灿眼里，房小优所做的一切一文不值。她说："你这哪里是珍惜？简直就是放纵！什么叫珍惜一段感情就得学会包容？一段好感情最需要的不是包容而是相互尊重！你可真傻，把自己硬生生地低到尘埃里去了！"

这样的抱怨，在房小优听来，其实是字字句句说到了心里，有那么一种知己的感觉。曾有几次，在安子洋公司里看到很多个安妮一样的女人围着他转来转去，就好像太多的蜜蜂等待着一朵花的滋养。那种感觉真的很不好，也让房小优很难去相信安子洋会忠贞不贰，但是她还是忍了。因为安子洋说"跟她们只是逢场作戏"，她就信了。

林灿灿听了这样的桥段却大笑："房小优，一场恋爱把你的脑子也烧坏了吧？过去你总说感情和男人不要轻易相信，如今怎么就事事相信呢？你不会真的打算这样傻一辈子吧？"

房小优当然不傻。

可是，放眼当下，让她去哪里寻找像安子洋这样优秀的男人？

在亲朋眼里，房小优是有房有事业的成就女，这样的自己只能找一个像安子洋这样的优质男才配得起，才算是众人眼里的金童玉女。如果换成一无所有的小白男，别说亲朋，就连自己心里也会生出莫大的落差。

一个人刻意想要讨得某样东西，就一定要为这样东西放弃其他。

没人的时候，房小优也问过自己，这算不算交易？直到她确认自己是爱安子洋的，这才稍稍平了心境，告诉自己，恋爱就是这样的。

又是周末，房小优在征求安子洋的意见之后，将爱心午餐换成了中式汉堡。将圆心面包切成片，中间夹上火腿和煎好的嫩牛肉，配以沙拉和嫩蔬，看起来很西式，吃起来很中式，安子洋喜欢这样的吃食。房小优用了半个月的时间不断练习，终于做得炉火纯青，每逢周末就会送给加班的安子洋品尝，这次也不例外。可是，当她美滋滋地将美食送到之后才知道，原来安子洋在为加班的员工找吃的。

“我中午有个应酬，就不吃了，麻烦你把这些汉堡分给加班的人。为了扩大业务，大家都忙得不可开交，连买午餐的时间都没有，只好辛苦你了。”安子洋越来越不把房小优当外人，直接指使，“下次再送东西，记得带点配菜，他们喜欢吃刘记家的酱腌鸡心。”

看到有吃的，员工们蜂拥而上，一边说着“感谢嫂子”一边吃得不可开交，房小优脸上挂着笑，心里却突然觉得累了。

恋爱中的女人就算不要求被男人当成掌中宝，也绝对没人甘愿做男人的专属厨娘。

安子洋始终学不会尊重自己。

正如林灿灿说的那样，恋爱最需要的不是包容，而是相互尊重。

安子洋的大男子主义，注定他不懂得尊重自己。

就如同这顿午饭，看似简单的面包，其实是自己一片爱心，他怎么可以随随便便就转手他人？自己在他眼里，究竟只是个会烧饭的女人，还是一个需要付出真心和真诚的女朋友？

房小优再次噙着眼泪从安子洋的办公楼里走出来。这个周末，她本可以跟林灿灿一起去郊外游山玩水，只因安子洋，她拒绝了太多娱乐，只差没让自己 24 小时跟在他身后宫女一样地伺候着，真真是把自己低到了尘埃里，而安子洋却视为理所当然。

房小优把汉堡递过去，安子洋闻了闻，说了句："牛肉煎得有点老了，下次注意点儿。"

房小优把榨好的果汁递过去，安子洋推开："汉堡配咖啡更适合。"

"咖啡喝多了对身体不好……"房小优话没说完，有人已经递过去了咖啡。

安妮不知何时从身后绕过来，递上咖啡，安子洋接过去，喝得理所当然。房小优尴尬无比，就如同一个尽心尽力的佣人，始终得不到主人的一句赞扬，些许怯场，些许失落，倒让旁边的安妮看了笑话。那嘴角上扬的微笑中分明透着鄙夷。这一刻的房小优，就像做错事无地容身的小丑，走不得，逃不开，尴尬得只有在心里生生地恨自己，不争气，不反抗，不知道学会尊重自己。

终于确定，这是一场没有尊严的恋爱。这样的恋爱谈起来又有何意义？

安妮扭着水蛇腰从房小优面前飘过，似有意还无意地说了句："谢谢你每个周末的加班餐哦，安总说了，好吃就让你多做点儿，麻烦了哦。”

那表情，分明把她当成了不花钱的佣人，而这一切都是拜安子洋所赐。一个不被自己男人尊重的女人，何谈被他人尊重？房小优在这刻听到自己心里某处断裂的声音。

就在安妮准备来接汉堡的时候，房小优突然收手转身，利落坚决地将余下的汉堡扔进了垃圾筒。在众人的诧异中，房小优大声打电话给林灿灿，告诉她：“我解放了，再不会伺候任何人！一起喝一杯吧，庆祝我的醒悟和自由！”

林灿灿尽管有些惊讶，但还是很快说出了一家酒吧的名字。

见到林灿灿之前，房小优觉得自己有太多委屈要倾诉，当对方到达之后，她突然什么也不想说，只是默默地喝酒。酒吧的清酒看似甘甜，喝多了，人一样会醉。

借着酒意，房小优终于掉下了眼泪：“灿灿，你说，我最近是不是卑微得都能开出花儿来？”

林灿灿也不客气：“怕不止一季喽，一茬接一茬地开。你看看你，恋爱没谈几天，人瘦了，连你家的 Kimi 宝儿都饿瘦了，养胖的却是安子洋！唉，瘦了自己肥了男人，真不知你谈的哪门子恋爱！”

“我承认自己喜欢他，在他面前不自觉地就卑微起来……”房小优不争气地说。

林灿灿就笑了：“你喜欢人家，人家是不是真心喜欢你？恋爱初期男人付出总要多过女人，因为女人将用下半辈子来报答男人的这份爱。可你倒好，你付出得比他多得多不说，还一分收成没收回来，真是要多委屈就多委屈，要多难堪就多难堪！你没听说一句话吗？想让男人对你念念不忘，就要使劲地折磨他，让他为你欲生欲死，只有这样，男人才会记住你的好你的坏，才能一辈子都忘不了！”

“道理我都懂……”房小优连连解释，“可我就是止不住地想对他好……”

“一个字——贱呗！”林灿灿一针见血，“别怪姐妹说话难听，不这样一棒子打醒你，怕你会永远这样傻下去，话说能傻一辈子也就罢了，要是那个安子洋再半路生出外心，你到时候哭都没地方哭去！”

“我……我也没想到，他是这样的男人。在他的字典里完全没有尊重二字，也许他心里根本没有我吧……”

“男人爱一个女人，除了会不顾一切，就是小心翼翼地伺候着，怎么舍得对你呼来喝去？”林灿灿再次抱怨，“你还是好好想想，这个男人是不是值得你爱吧！”

“安子洋，真的是伤了我的心……我以为他是个有爱心的好男人，没想到，有爱心不一定有责任心……难道，我真的选择错了吗？”房小优始终放不下，似在问自己，又似在问林灿灿，“就让我这样放弃他吗？”

“放不放弃，那是你俩之间的事，我怎么知道？我只是看不惯安子洋那副拽模样。就说那天吧，难得到公司接你一回，还一个电话就必须让你飞身下去，他以为自己是什么？”林灿灿说话的声音越来越大，“他安子洋也是久经情场的老手，难道真不懂得尊重和讨好女人？我看呀，他简直就是在欺负你，认定你肯为他牺牲，这种男人呀……”话尚未说完，突然手上的酒杯被人夺了过去。

林灿灿回头，发现是一直跟着自己的田千亩，她不由得一脸愠怒，努力甩开对方的手：“滚开！要不是看咱们还是同事的份儿上，我见你一次打你一次！”

房小优上前帮着林灿灿甩开田千亩："跟踪是犯法的，你知不知道！"

田千亩一脸可怜相，望着林灿灿，似有千言万语，又不知如何辩解，脸上的表情扭曲成一幅定格画面。这张脸让林灿灿突然觉得恶心和讨厌，也只有到了这一刻她才知道，其实自己对田千亩并没有太多的感情，只是习惯了他对自己的付出，误认为是一段缘。了结之后，她心里再无半点不舍。

林灿灿轻吐一口气："你别再跟着我，我和你的结束不是房子的问题，而是我根本不爱你！"

田千亩终于开了口，一副小心翼翼的样子："你现在不清醒，你喝酒了，灿灿，你可以听我解释的……"

"够了！我清醒得很！"林灿灿离开座位，拉着旁边的房小优往外走，这时，一个身影从田千亩身旁闪出来，一把将房小优拉回去。

房小优回头，看到大黄正一脸关切的表情，不由得惊了："你怎么也来了？"

"安子洋到处找你，我陪他去你家看过，没人，所以就猜想，你一定被林灿灿带出来玩了……小优，你不是个能喝酒的人，别伤着身体。"大黄一脸关心。

听到安子洋的名字，房小优倒是一脸冷静："他找我？他还会关心我？你别替他说好话，我已经想好了，我要和他分手。"

林灿灿接过话来，一脸愤懑："就是！那种不知道心疼女人，把女人当成佣人的男人，有什么好留恋的！"

大黄急了："赶紧回家吧，你俩真喝多了。"

田千亩想上前扶住林灿灿，被林灿灿厌恶地躲开："田千亩，我警告你，再跟着我，我就报警！”说完，拉上房小优转身离开，动作干脆利落得倒叫田千亩有些不知所措。

田千亩看着林灿灿的背影，满是感慨：“我……真是有苦难言……”

大黄拍拍他的肩膀：“你不得不承认，现在的女人都成精了，你心里想的是什么，她们比你还明白。”

田千亩急着辩解：“我承认，我是想找个条件比自己好的女人，可是我对林灿灿也是付出过的呀……”

大黄摇头：“追求女人，光有付出怕是不够，特别是像这俩女人，她们有房有车，一般的付出怕也是瞧不上呢，所以，你还是算了吧。大家都是同事，你再这么纠缠下去，怕以后共事都会很难堪。”

田千亩无可奈何地摇头，大黄表情更加凝重，拿出电话打给安子洋，很快，安子洋接了，大黄很是急切地告诉对方：“你和小优之间到底怎么了？你要是敢对她不好，我第一个不饶你……她不高兴，喝多了……”

酒吧里，灯光氤氲，本来就不够流通的空气里仿佛被荷尔蒙占领，舞曲和口哨声混合尖叫、绝望、发泄，堕落着每一个受伤之后需要安慰的灵魂。

喧嚣中，大黄扯着嗓子冲安子洋吼了一通，电话终于挂了，回头，发现身旁的田千亩正以一种异样的眼神看着自己，不由得意识到，自己好像话说得太多了。好在田千亩是个聪明人，并不多问，只是冲他意味深长地笑了几声，这倒让大黄有了几分想要解释的冲动，可是张了张嘴，又觉得没什么可解释的，只好向对方举杯。

从酒吧到房小优家，不过十分钟的车程，一路上，因为激动和不快，林灿灿不停地抱怨，数落从“男人没一个好东西”到“女人就得自强自立”，话多得让房小优都觉得听够了。一到家，打开家门，人一下子就倒在了沙发上，思绪混乱无边。

林灿灿自来熟地走到厨房，又找了一瓶红酒出来，自顾自地倒了两杯，递一杯给房小优。“让田千亩搅和了兴致，来，再干两杯。”喝了两口，品了几下，“你这藏货真不咋地，改天我搬两箱给你，正宗的法国原装干红，我爸的老战友是骨灰级的品酒大师，他推荐的……”话没说完，门外突然响起敲门声，林灿灿的反应比房小优快了一拍，“谁呀这是？不会是追上门来了吧？”

敲门声一阵紧似一阵，房小优不得不起身开门。

门外，是一脸急切的安子洋。

“你怎么来了？”房小优一张嘴，酒气四溢。

安子洋一边往里走，一边抱怨上了：“你今天在我们公司的做法真是太失水准，怎么说也算是白领一个，怎么能当着那么多员工的面儿说把汉堡扔了就扔了，房小优，你到底在想什么？不对……大黄说你喝酒了？跟谁喝的？喝得还不少呢……”他边说着边走进客厅，看到客厅坐着林灿灿，礼貌地点了点头，话也止住了。

房小优本就对安子洋心生不满，听到他不仅不知道关心自己，还如此抱怨，真应了林灿灿那句话，这是真真儿地把自己当成了佣人在使唤，加上好朋友就在眼前，安子洋的话着实让她丢面子，不由得怒了。

“我没有义务天天给你送吃的喝的，我还需要有人来照顾自己呢。”

“那你也不应该跑到酒吧去喝酒！好女人有几个天天往酒吧跑的？”安子洋说这话的时候，房小优从对方的嘴里明明白白地闻到了酒味儿。

“你也喝了？你能去，我为什么就不能？”

“我是男人，我有应酬，我是为了工作。”

安子洋的回答让林灿灿听着不那么顺耳。她抢在房小优面前接过了话茬儿：“哟，男人喝酒叫应酬，我们女人喝酒就成了坏人？安总，你这话听着怎么这么刺耳呀？难怪我们小优跟你恋爱是那么的累！”

安子洋看一眼林灿灿，浑身上下打量一番，表情淡漠：“我们两个人的事，请你不要妄加评论。”

房小优不满安子洋的态度，拉过林灿灿，两人站到一起：“安子洋，请你说话注意点儿态度，这是我最好的姐妹。”

“好吧，算我态度不好，况且我来找你，也不是要来吵架的。”安子洋摆摆手，以示叫停，“本来有话要问你，现在看来，你俩喝成这样，也没什么理智能回答。不过房小优我告诉你，想做我安子洋的女人，你还是趁早把酒戒了吧！”

这话怎么听都让人心生不快，况且还有林灿灿在身边，房小优的面子再也挂不住了。二话不说，房小优打开了家门，一手指向门外：“好，我也告诉你，酒我不会戒，你这个男朋友，我也不想再谈下去，请你离开！立刻！马上！”

房小优的反应不仅让安子洋吃惊，连林灿灿也有些难以理解。她了解房小优对安子洋是动了真感情的，本以为说分手只是几句抱怨，没想到此时此刻竟然动了真格的。怕因酒误言，更怕好朋友第二天醒来会后悔，她赶紧拽了房小优一把，小声地提醒：“真分呀？喝多了吧你？”

房小优依然坚持让安子洋离开：“我也是个女人，我也有自己的自尊，我谈恋爱是希望有人疼有人护着，不是每天被你指使来指使去，更不想再每天围着你转，安子洋，我们分手吧！”

安子洋本身就是大男子主义的人，在人前失这份面子，被房小优一次次往家门外赶，自然嘴上也是不饶人：“分手也好，还好，没到嫁娶那一步！”

听到对方坦言不会娶自己，房小优气更是不打一处来：“你想娶我还不想嫁呢！我房小优又不是没房子，我有家，有工作，可以自己养活自己，你安子洋算神马浮云，天底下又不是只有你一个男人！赶紧从我眼前消失！”

安子洋本来还有几分歉意，听到房小优让自己滚，脸色突变：“我安子洋不稀罕什么有房女！我当初就没想过要相这个亲！女人……有房子的女人还真是麻烦！”

“是谁规定女人就不能有房子？相亲是你自愿的，别把自己当车库，玩什么捆绑销售，我更不稀罕！”房小优愤懑异常。

“怪不得别人不愿意找有房有车的女人，脾气比牛还大！”安子洋也怒了，大踏步走出房小优的家，临了不忘再回头告诉房小优，“我们，还是算了吧！”

多么自负的一个男人。

女人说分手，对他来说只是强词夺理的闹腾，反过来自己轻易说出三个字，就能逆袭成王者。

算了吧。

他的绝情让房小优有片刻的吃惊，怎么想也不会想到，安子洋会是这样的男人！当初那个信誓旦旦要盖福利院和养老院的爱心男人怎么瞬间就成了这副德行？

只觉得自己的心正汩汩外溢着一股鲜血，止不住，疼痛剧烈。

房小优回头问林灿灿："算了吧？分手赠言？还是我不该隐瞒房子的事？"

林灿灿早就被安子洋气坏了，自然是站在房小优这边："关房子什么事！这个男人太自负太自我！一点人情味儿也没有，他怎么就不想想，就是他这种不靠谱的男人才让我们心灰意冷，不得不自己拼死拼活买套房子安身！而且我越来越觉得女人为自己买套房子是多么有必要，瞧瞧他这德行，只许州官放火不许百姓点灯，哼，就算结了婚，哪天过不高兴了，都有可能把你赶出家门！"

房小优的酒此时已经醒透，刚开始刻意隐瞒房子的事，怕的就是被对方拒绝，如今真相一公布，对方还真的就拒绝了，难道，真的应了那句"有房女人不好嫁"吗？一瞬间，酒尽人醒泪满面。她颤抖地拉住林灿灿的手，一遍又一遍地问："灿灿，你说，我们买房子究竟是对是错？为什么在男人面前一提房子，他们就毫不犹豫地跟咱们闹分手？"

林灿灿心疼地拍拍她的手："傻小优，不是房子的事，是男人们的心理有问题。为了尊严，他们视有房的女人为洪水猛兽，生怕被人说成是沾了有房女人的光，就像安子洋一样；同样为了生活，他们也可以卑微地跟我们演爱情戏码，看似深情其实只是为了得到房子，就像田千亩一样……我们才是不幸的那一个，你失去了要面子的安子洋，我失去了演爱情戏的田千亩，这样的男人不值得爱！不哭，至少……至少我们还有房子，不背叛，不逃离，不是吗？"

"房子，不背叛，不逃离……"房小优重复着林灿灿的话，泪流满面。

一次次情伤换来女人一次次坚强，是男人不争气才让女人对房子有了依赖，既然男人不能给自己一个家，那就由自己来成全自己吧。男人是两条腿的蛤蟆，哪朵花上有露水就往哪朵花上蹦，房子却是四条腿的铁将军，忠诚不贰。

这场看似意外却又似已注定的分手，令房小优的心豁然开朗。她明白，女人有房子不是罪过，相反，正因为太多像田千亩和安子洋这样的男人的存在，才令人误以为有房女难相处。其实，相爱时有房女更容易付出真心，因为自己是那么渴望拥有一份真心实意的爱情。可是，明白了这些却愈加伤感，男人看得越来越透彻，爱情更是越瞧越明白，以后自己还能相信男人和爱情吗？

第三章

爱到绝望，向房子进发

女人总想爱得其所，现实却一次又一次令她们失望，失望多了就成了绝望，这时候的女人需要的是一处可以安放身心的房子，任自己哭，任自己笑。说到底，伤女人的是男人，守护女人的却是房子，所以才有那么多的女人向房子进发。

1. 闺蜜怎么可能相爱

当女人开始质疑爱情的时候，爱情其实已被疏离。

酒醒之后，房小优恍若做了一场梦，梦里她和一个青年才俊翩然起舞，内心充满了某种悸动，就在她满腔热爱地想要开口时，舞曲戛然而止，青年才俊风一样离去，连给她看清楚那张脸的机会都没有，一切就结束了。

梦醒，天亮，才发觉是自己的狗宝 Kimi 偎在怀里，孩子一样地舔她的手。

房小优知道，它这是饿了。

起身，给 Kimi 准备了皇家奶糕，经过客房时，发现了横躺在床上的林灿灿，这才记起，昨夜她没走。

房小优强打着精神准备了早餐，叫醒林灿灿，两人对坐在餐桌前，却毫无食欲。记起昨晚的梦境，房小优不由得叹气，林灿灿一脸质疑的表情。房小优无奈地笑了笑，说起那个梦，林灿灿一边听一边摇头："都说梦是相反的，走一个安子洋，说不定还有千千万万个正赶来，你就等着桃花灿烂吧！"

"还千千万万呢，就一个就够让人伤心伤肺的。"房小优撕下一片面包塞进嘴里，有一种强咽莲子的感觉，"通往爱情的道路，为何有的人一路顺畅，而我这条路却一直在施工从未开通过呢？"

"世上只有想不通的人，没有走不通的路。放心吧，条条大路通爱情，耐心等待。"林灿灿的情绪瞬间上来，"哎，我昨晚也做了一个梦，要不要听听？"

房小优做出一副洗耳恭听的样子。

"我梦到我的房子长了翅膀，飞走了，我追呀追呀，追了半天没追上，后来你猜怎么着？等房子飞走之后，我在原地看到了一棵树，不算大，却枝繁叶茂，闻着还有一股清香。我特别想看清楚到底是怎样一棵树，于是就往前走啊走啊……"林灿灿一脸憧憬的样子。

"到底什么树？"房小优急着听下文。

林灿灿收起脸上的憧憬，换了一副无奈状："差一点就看清楚了，这时候你就喊人家起床，好烦哦。"

房小优被林灿灿逗笑了，一口牛奶从嘴里差点没喷出来："得了吧，还不如梦朵桃花呢。"

林灿灿不服："这就是桃花梦吧？男人就像树，是不是说我的桃花运马上也要来啦？"

房小优不忍看林灿灿那脸花痴样儿，收起笑，劝道：“还没被伤够吗？我现在别说没桃花，就算真桃花来了，也没心情再恋爱。这男人啊，我算是看透了，有房没房，有钱没钱，都一个样，在他们心里，女人就得温柔得漂亮，还得有能力赚钱，还要保证呼之即来挥之则去……受够了！”

“我可不这样认为，我觉得只要品质够好，这个男人有房没房，有钱没钱，我无所谓。”林灿灿一脸向往，“我这叫愈战愈勇吧？”

房小优一脸质疑：“我看你是昨晚喝多了，酒没醒呢。赶紧吃吧，今天公司不是还有会要开吗？我可听说高层换人挺频繁的，别再失业，那样我的生活可就完了。”

“最近业务量明显下降，业绩不好，高层动荡，弄得我一点工作的心情也没有。不过也有好消息，咱们部门最近不是上了一个净水项目吗？听说要选择一个新项目负责人，我觉得这个位置非你莫属，你就等着加官晋爵吧！”

林灿灿的话并未带给房小优多少欣喜，所有的事没有被白纸黑字标明之前都是未知数。就如同自己和安子洋之间的感情，从尝试到爱慕，从爱慕到了解，从了解到疏离，似乎是一夜之间由高阁跌落低谷，跌得她连喘气的机会都没有，甚至都没来得及弄明白安子洋昨天那么急地找自己究竟有什么事。

不问也罢。

朦胧着，误会着，爱情如梦，醒了也就意味着结束。

林灿灿小心地观察着房小优的表情，有点不放心。“怎么？还在想着昨晚的事？安子洋那样的男人也许事业会成功，但是当老公真的有点不合适，至少他不懂得心疼人。咱们女人找男人就是为了找个心疼自己的，他是那种反过来处处需要你心疼需要你理解的男人，将来在一起也会很累的……”看房小优没什么反应，又接着说，“我倒觉得黄胜利跟你很合适。他是那种细腻又懂得照顾女人的男人，虽然有点唯唯诺诺，看起来好像缺点男人味儿，但过日子就像穿衣服，什么料子穿起来舒服只有当事人才知道……”

林灿灿还想说下去，房小优已经不想再听了，收拾起餐桌，一边往厨房走，一边告诉她：“赶紧化你的妆，一会儿上班迟到了。”

林灿灿不满意这样的敷衍，继续追问：“你到底哪里看不上人家大黄嘛？公司哪个看不出来，人家对你一直很照顾，不管是公事还是私事，只要你一声招呼，都恨不能上刀山下火海了……哦，对了，你是不是嫌大黄没房子呀？我听说他可一直在看房，有购房意向哦……”

房小优从厨房里返回来，低头把剩下的鸡蛋放进狗宝 Kimi 的碗里：“林灿灿小姐，咱俩这么多年的朋友，闺蜜算得上了吧？我房小优喜欢什么样的男人就算你不知道，那我房小优算不算是一个势利的女人，这点你总该很明白吧？我要是喜欢一个男人，就算他没房又怎样？”

“那你说说，大黄哪里不合你的胃口？”

“这话你问对了，他天生就不是我的菜，不合我的胃口。”

“没有反转的余地？”林灿灿还不死心。

房小优把林灿灿推进客房：“知道吃了会反胃，偏要跟自己的胃作对，换了你，你会这么傻吗？换衣服去，该迟到啦！”

林灿灿这才不情愿地回到客房，关上房门的那一刻，似乎还不甘心，又探出头来：“作为这么多年的朋友加闺蜜，我真心劝你一句，找个对自己好的，品质又差不多的男人，这就够啦！别到时候被人挑走了，你又后悔没抓住！”

房小优拿起包，做出一副往门外走的样子：“再啰唆我可不等你了……”就在这时，她的手机突然响起来，房小优一边拿手机一边嘀咕：“大早上的，谁呀这是……”一看电话，有两秒钟的犹豫，之后才将电话接起来：“怎么了，丫头？你可是失联了快一年，别告诉我在外地发了财，想要回老家来风光的……”话没说几句，就被电话那头的抽泣声打断，房小优的表情立即紧张起来：“娜娜，怎么了？快跟姐说，是不是那个谁让你受委屈了？说话呀……”

电话那头，房小优的表妹郑恩娜抽泣了好大一会儿，终于出了声儿：“姐，没事，我和英俊好着呢，就是想你了，也想家了……我想回去看看，但是不敢回家，怕我妈骂，能不能先去你家住几天？”

表妹郑恩娜大学毕业之后，因为家里一直拒绝她和大学男友交往，竟然不知哪里来的勇气和男朋友私奔到了银川，为此家里没少为她操心。可是打着爱情幌子的年轻人总有这样那样的理由，他们认定了有爱就有一切，为爱奔赴天涯就是一种幸福。所以没办法，家里只好断了她的经济往来，有时候连房小优都担心地想这个天生衣来伸手饭来张口的小表妹会不会被饿死在沙漠之遥。眼下，她要回来，家里肯定不敢轻易回去，在自己这儿住几天还是有必要的，自然没理由回绝。

想到从此家里多了一张嘴，房小优就巴不得多赚点钱。有房贷的女人身上总是背负着多于常人的一份压力，特别是家境一般又不肯为父母添麻烦的独立女人，房小优如是。所以，当她急着和林灿灿赶往公司时，面对公司净水新项目的负责人竞岗，二话不说就站了起来，她想要这个职位，更需要这个职位带来的丰厚薪水。

房小优把自己之前做好的净水器市场的调查报告递给老板，一副胸有成竹的样子，她说得很真切：“我为这个职位准备了很久，希望老板给我这个机会，我会努力的。”尽管有同事议论纷纷，但是大黄还是一脸欣赏地看好房小优，林灿灿更是对这个闺蜜信心百倍，没想到老板把调查报告扫了两眼便放下，表示这件事需要几位领导商量再定。这时，一直冷眼旁观的田千亩也站了起来，把自己的调查报告也交了上去，并对老板再三表忠心：“我做这一切不是为了这个负责人的职位，我只是想为公司多尽一份力，哪怕将来这个负责人的位置归了别人，我也会尽心尽力辅佐他完成好这个项目。公司好，我才会好，一直是我的座右铭。”这番话深中老板软肋，竟然带头给他鼓掌。

看到老板为田千亩鼓掌，房小优顿时有种不好的感觉。她深知，在拍马屁这件事情上，自己远远不及田千亩。

散会后，房小优跑到茶水间取水，不知何时大黄跟了过来，回身时两人差点撞到一起，表情都有些尴尬。

“昨晚睡得好吗？”大黄一脸关切，“我听安子洋说了，他说你俩……分手了？”

房小优点点头，并没过多解释。

大黄不放心地看看房小优，发现房小优神情憔悴，更加心疼，主动把房小优手里的咖啡接过去，走到自动售卖机前买了一瓶奶茶，倒了热水，将奶茶热上，又回过头来向房小优道歉：“这事怪我，当初我就不应该介绍你俩认识……我知道安子洋的脾气，也能理解你的感受，这事我昨晚就骂过他……你别往心里去，事儿过去就放下吧，反正你俩也只是刚开始，没什么太深的感情，拿得起放得下……”

房小优看一眼大黄，表情莫测：“你是不是知道我和安子洋之间处不长？”

没想到房小优会这样问自己，大黄有点发慌，一慌，手差点没落到热水里，收回来，一口气吹过去：“你怎么能这样想？”

房小优没有继续追问下去，叹口气：“也用不着瞒你，我为安子洋所做的一切你也看过，我哪是什么女朋友，简直就是他不花钱的保姆和佣人，这恋爱谈得一点尊严也没有，所以散就散了吧。不管怎样，谢谢你当初的好意，你也是为我着急，我理解。”

大黄把烫好的热奶递给房小优，欲言又止。等到房小优拿上奶要离开时，他终于鼓足勇气，上前一步，拉住房小优：“小优，能等一等吗？我有话想跟你说……”

大黄一脸踌躇，眼神迷离，似有千言万语，又不知从何说起的样子，让房小优突然明白了什么似的：“公事还是私事？要是公事，不如我们就出去说吧，在这儿待久了不好……”

明知房小优在找借口躲自己，大黄已经顾不得那么多：“小优，你知道咱俩同事这么多年，我对你咋样，你也知道我大黄是个什么样的人。我不会说甜言蜜语，也不是有钱人，但是我保证，我会对你好一辈子，只要你肯做我的女朋友，以后你说什么就是什么，你指东我绝不往西，你说打狗我绝不撵鸡，就算是毒药，你让我吃，我也绝不迟疑……”

对于不爱的男人，越是美好的誓言，越让女人无法接受，心底的那层怜悯，只能让女人觉得这个男人很悲哀。

房小优尴尬地将头扭向一旁，不敢看大黄的表情，更不敢让大黄看到自己此刻的表情。同事变闺蜜是件好事，闺蜜变男朋友，是她万万想不到的，更是不希望的，而且在她心里，对大黄半点男女之情都没有，如何去谈这样一场恋爱呢？

“小优，给我一个机会，好吗？”大黄不依不饶地坚持，“你一直是我喜欢的女孩子，这些年我一直是爱在心头口难开，看着你一次次去相亲，我心里其实一点也不好受，特别是和安子洋在一起……我不想再犹豫，我就是要告诉你，我喜欢你，我爱你，我想和你在一起。小优，我们都快30岁了，人生有几个30年，找一个知根知底，相互疼惜的共度一生，难道不是一件美事吗？给我一个机会，也给你一个机会，好吗？”

不得不说，大黄这番话让房小优难以置信。虽然过去每次遇上事儿都是大黄把自己拉回到开心，但是这次显然不一样，他说得越动听，自己越不能轻易接受。不爱一个人却接受他的爱，这分明就是一种伤害。

“谢谢你，大黄，你能说这样一番话，我真的很感动，也感谢你，一直对我这么好……只是，在我心里，一直把你当成同事，好朋友，闺蜜，从来没想过……”房小优已经不知如何说下去，这真是怕什么来什么，她怕大黄一表白伤了这份友情，更怕自己一回绝，这份友情彻底了断。

不是存心去伤害，爱情本身就是一件伤人利器。

突如其来的表白让房小优无所适从。

把手里的奶茶递还回去，房小优说话的声音都是颤抖的：“我觉得，还是做朋友最好，书上不都说了吗？友情往往比爱情更持久……”怕多待一秒便多一分尴尬，她寻找着解脱的说辞：“对不起，大黄，我实在是……”就在她左右找托词的时候，有电话进来，房小优慌不择路，似乎找到解脱的理由，赶紧接起来。

电话是表妹郑恩娜打来的。她告诉房小优，她已经到火车站了，一会儿就可以到了。房小优接完电话，像抓住一根救命稻草一样，赶紧告诉大黄：“我妹妹来了，我得去接站，先走了。”说完，头也不回地离开，倒是大黄，被晾在了原地。

2. 小女人的情和爱

稍有年龄和阅历的女人在恋爱初期，因为不笃定，往往喜欢把另一半先雪藏，等到柳暗花明时再打出男朋友这张牌，这样做对自己是别有用心的另类成全，防的是万一感情生变也好有个回旋。

年轻女孩却不一样，昨天认识产生了好感，今天就敢拉出来示人，若是遇上像郑恩娜这种敢爱敢恨、以爱为生的女孩，不仅敢私奔，更有勇气带着小男朋友抛家舍业的四处招摇。

火车站接站时，本来准备了很多关心的话想要对表妹说的房小优，在看到郑恩娜身旁那个模样虽然周正却生得一身猥琐气的男孩之后，什么话都变得多余了。电话里，郑恩娜并没说会多带一个人来，而房小优也更加不知该如何面对这个男孩。想要把他当妹夫看，有点难，不仅是怪他去年拐走表妹，更恨他又这样一身零落地回来，没一点男人样儿。

看到房小优，郑恩娜远远地就扑了过来，抱住她，不停地叫：“姐，姐，姐……”一年多不见，黑了，瘦了，似乎更加柔弱了，那一副足有一米七多的个子，仿佛成了竹子样儿。房小优认出了她身上那件裙子，分明就是前年跟自己一起逛街时，自己送给表妹的礼物。如今她又穿着它回来了，连件新衣服都没混上，想必她这一年在外面过得真的不如意。

男孩跟在郑恩娜身后，唯唯诺诺地走上前来，郑恩娜赶紧松开房小优，给她介绍："这是我男朋友，韩英俊，怎样？人够帅吧？"

看得出来，俩人感情还算稳定，房小优也只好微笑着跟对方打个招呼，男孩回她一个甜甜的讨好的笑。房小优这才发觉，男孩一笑起来，似乎有一种老练的成熟感，白净的皮肤衬上一双桃花眼，倒有几分英俊模样，只是个子稍稍有点矮，站在高个子的表妹旁边，显得愈加猥琐。是的，猥琐，这是房小优对韩英俊的第一评价。她记得，当初郑恩娜离家出走时，曾经偷走了家里的一本存折，钱不多，但郑家二老认定是韩英俊教唆的。因为郑恩娜打小就是公认的乖乖女，就算能做出偷存折这种不光彩的事，至少也没胆子敢跟一个男人玩私奔。说来说去，家里人一致认定这个韩英俊不是什么好货色，日子久了，听得这样的评论多了，自然在房小优心里对这个男孩也没什么好印象。

进了家门，房小优忙着进厨房忙活，郑恩娜一边看房子一边惊叹："姐，前年我离开家的时候，你那会儿还没装修好呢，现在看看，真是不错，这叫简欧吧？气派，还小资。我真羡慕你，有一个这样的小窝，舒服啊！"

房小优从厨房里探出头来，试探着问："你俩出去闯荡了一年多，就没有一点收获？现在房价落了，合适的话就回来买一套吧，我们小区还有在售的，做个邻居可好？"

这一番话让郑恩娜立马变了表情，偷偷地看了一眼旁边的韩英俊，韩英俊以眼神示意郑恩娜，似乎让她不要出声，没想到，久不见亲人的郑恩娜还是竹筒倒豆子了。

“姐，不瞒你说，我俩之所以回来，是因为在银川已经吃不上饭了…… 当初英俊说那边搞开发，还说他一个什么亲戚在那边开煤矿。去了才知道，开发还早着呢，那亲戚也是见钱眼开的主儿，看我俩也不像能出苦力的，直接就回绝。我俩没办法，只好自己四处找工作，可是那种地方哪来的好工作，好不容易找到一个文员什么的，一个月赚那点儿钱还不够交房租和吃饭的，最后没办法，只能在他亲戚那边的乡下待着……”

房小优不放心地从厨房出来，盯着俩人看了许久：“大学刚毕业，到哪儿都应该吃点苦，这点准备都没有，你们还私个什么奔？我觉得，这次回来你俩得先回家跟你爸妈道个歉，他俩天天为你担心，特别是你妈，都瘦了两圈了，你可不能再让她担心下去……”

提到家里，郑恩娜不出声，倒是韩英俊接过话去：“姐，不瞒你说，我俩这次回来是想好好发展一下，找份工作好好做，等稳定下来，再去娜娜家。我想给他们二老一个惊喜，让他们知道，我俩挺努力的，过得挺好的，这样他们就不会再反对我们在一起……”

韩英俊说这番话的时候，眼睛始终眨巴着，眼神游离，给人一种不踏实的感觉。

房小优不接他的话，转过头来问郑恩娜：“娜娜，你也是这么想的？”

郑恩娜点点头，一脸的小心翼翼。

“你俩回来之前，什么事都商量好了？是不是？”

郑恩娜再次点了点头，只是这一次，房小优有些火了：“人老了，图的是个安心，是儿女让自己安心。你俩一声不响地闪人，回来了也不打个招呼，还说什么给老人一个惊喜，这叫惊喜吗？我看完全是惊吓！当然，你俩的事你俩自己看着办，我只是一个局外人，说了不算，但是有一点，不管你俩做什么，都必须先让家里人安心。”

房小优有点生气，她越来越觉得，郑恩娜这个男朋友不简单，主意很正，人品却有待考证。这样想的时候，也就没了做饭的兴致，想好的六个菜一个汤立马精简成了四个菜，连汤都省了。

菜上桌的时候，韩英俊有意识地往厨房瞥了一眼，房小优更加不满，认定这是在提醒自己菜少了，于是态度也就硬了起来：“你俩来得匆忙，没怎么准备，要是不合口味，就出去吃好了。”

郑恩娜瞧出了表姐对男朋友的不满，赶紧打圆场：“挺好的，姐，能吃到你做的饭菜就很难得呢，没必要出去吃。”说完，还特意看了男朋友一眼，韩英俊赶紧跟着点头，并埋头吃起来。

俩人吃饭的架势就如同两天没吃过东西一样，不一会儿就风卷残云，四个菜全光了，一盘排骨连汤都泡进了米饭，似乎还有些意犹未尽。看得房小优倒是心生不忍，起身往厨房走去，一会儿就把余下的两个菜和一个汤做好端了上来。看到菜，郑恩娜倒有些不好意思，不知为何，突然就转过头去，嘤嘤地哭了起来。这一哭，倒让房小优埋怨起自己来，何苦这么小心眼，惹得表妹饭都吃不好。

好不容易把郑恩娜哄好了，饭菜再次全光，房小优就想着赶紧拉着表妹好好聊聊这一年多发生的事情，没料想到，姐妹俩回房间说话的时候，韩英俊一个人在厨房把碗都洗了，这让房小优越来越对自己的偏见产生了愧疚。

不管怎样，这个男孩还是有点眼力见儿，或许，表妹当初就是被他这点打动的吧，房小优在心里安慰自己。

房间里，郑恩娜偎在房小优的怀里，不停地问：“姐，我妈真的瘦了那么多吗？他们还在生我的气，是吗？我爸的高血压没犯吧？”

房小优想安慰又不得不埋怨：“养了二十多年的女儿，说走就走，连个招呼都不打，你认为他们不该生气吗？而且你看你，出去混了一年多，连个新衣服都没混上……”说到这儿，记起什么似的，走到衣柜前打开，取出一件衣服，递给郑恩娜说：“这是前两天我逛街买的，没穿过，裙子有点过长，正想改呢，给你这种高个子穿，正好，拿着吧。”

郑恩娜接过裙子，泪水决堤一般：“姐……你不知道我这一年过的，真是……饭吃不好，觉睡不好，住的都是小平房，别说上厕所，就连喝水都要排队到井里去取……英俊那家亲戚在农村开的矿，那条件……那地方我这辈子也不想再去……”

“不好就早早回来，还要在那儿待这么久，傻呀你……”房小优听得一脸心疼。

“我早就说要回来，可是他不听呀……英俊他一心想把事业做起来再回来，可是我实在熬不下去，这次回来，我俩身上就剩了点路费……姐，不瞒你说，我们现在是山穷水尽，身无分文，别说回家看我爸妈，就是住你这里，怕也拿不出什么生活费……”

“别傻了，我哪会跟你讨生活费？安心住着，从明天开始你俩先找工作，工作稳定之后就赶紧回家看你爸妈，别再让他们担心，学会懂事，明白了吗？”房小优突然觉得，这场傻傻的私奔真像一场小孩子过家家的游戏，玩不下去了，才想起家的好来，这俩孩子究竟什么时候才能长大?

姐妹俩似有千言万语，却不知从何说起，这时韩英俊在房门外敲门，进来时手里托着一盘水果。那是房小优给他俩准备的西瓜，只是忘记了，没想到，西瓜被切成细小块，籽被剔了去，还挨个插上了牙签。这份细心和周到虽说可贵，但在房小优心里，总感觉少了点什么，直到西瓜吃完，她才似乎想通了一点，那就是这是自己家，作为客人的韩英俊没有半点陌生感，这本身就有一种不对劲儿。

一个过于用心的人，总会给人一种别有用心的感觉。

房小优很希望是自己多想了，却不料当晚就发生了让她揪心的事。

房小优本意是让韩英俊自己睡客房，她还有很多话想跟表妹说，却不料，郑恩娜被韩英俊叫进客房说了几句，立马改了主意，告诉房小优“英俊不习惯自己睡，我还是陪他吧”。看着郑恩娜走进客房的背影，房小优突然觉得这个韩英俊不可小觑。看他把郑恩娜握在手里死死的样子，仿佛有太多事不希望自己知道，多少有点神秘，让人猜不透。再联想他毫无陌生感地动手切西瓜，还收拾得那样利落，房小优越来越觉得这个男孩没那么简单。

夜深沉，想起这些天接二连三发生的事，房小优睡意渐失，心里头总觉得乱乱的。拿起手机翻微信，房小优发现大黄给自己传过简讯，下意识地将手机音量调小，打开留言，大黄的声音显得低沉又迟缓:“小优，对不起，今天的事让你觉得为难了吧？我知道是我难为了你，你接受也好，拒绝也罢，我只希望别失去你这个……好朋友。”房小优把留言反复听了几次，却不知该如何回复，只好作罢。

看看时间，已经是 11 点整，转个身想赶紧睡去，没想到隔壁客房却传来了争执声，声音尽管是故意压抑着的，但还是让房小优听着了。她起身，不好意思直接开房门，只得把耳朵贴在墙壁上听。两个卧室之间相连的这堵墙，当初装修时，只是用三合板隔开了而已，声音是关不住的。

朦胧间，听到表妹的声音："都怪你，说什么下矿危险不愿意干，说什么上班赚得少还得看人脸色，还说什么你父母年龄大了，你家里条件不好，没钱帮咱们……当初咱俩走的时候，我偷的是我爸妈的存折，现在回来了还让我回家去要钱，我好意思吗？现在住在我姐家，咱俩一分钱生活费都没有，你竟然还想让我姐出钱帮咱俩开什么店，韩英俊，你到底想干什么？你告诉我，咱们现在这样相处下去，还会有将来吗？"带着哭声，一声声质问下，声调越来越高，听得出来，这是郑恩娜压抑已久的委屈。

"好了，不想开店就给别人打工吧，反正你愿意打工你去，我是不去。"韩英俊还在坚持。

郑恩娜的声音愈发激动："你就是好吃懒做！"

话说到这儿，这头的房小优算是听明白了，原来表妹这一年多过的就是这样的日子，原来这韩英俊竟然是这样一个男人。她气不过，想冲过去问个明白，讨个说法，更想把表妹拉过来，劝她趁早分手，可是，就在她走到房门前时，分明又听到了郑恩娜的声音。

"我说这些，不是想惹你生气，我爱你，英俊，我不能没有你，我只是想让咱俩过得好一点，至少能保证咱俩的生活，你就听我的，找份工作，先稳定下来，成吗？"这分明是委曲求全，分明是为爱赴死的节奏，这样的痴心为爱，作为一个外人听来，完全已经没有必要再去探讨谁对谁错了。

房小优收回脚步，狠狠地将自己抛回到床上，深叹一口气，觉得自己越来越不能理解什么是爱情了。

3. 品人就像品酒，时间是关键

聪明的女人，在面对真相时，最好的选择就是沉默，并等待时机让真相自己浮出水面。

看得出表妹和小男朋友之间的矛盾所在，也深知这个叫韩英俊的男孩很不靠谱，但是棒打鸳鸯的事别说自己做不来，就算做得出来，至少也要让事实说话，让事实证明郑恩娜的选择是错误的。眼下，表妹显然还把这个韩英俊当成心爱之人，自然就只能先顺着她的心意。

早餐是房小优精心准备的，清水馄饨，虽说是速冻的，但她知道表妹喜欢这一口。

果不其然，郑恩娜连吃了两碗，意犹未尽的，就好像离家多年才吃到家乡风味的小吃一样，喜不自胜。倒是韩英俊比较有眼力见儿，一眼就看到了餐桌上的那份早报。

早报上，房小优特意打开了求职那栏，上面全是招聘的字眼，一个个黑色的小框里装着的仿佛不是一家家招工广告，而是直接戳到韩英俊痛处的刺，下意识地，他把报纸合上，放到餐桌一旁，当作没看见。

房小优似有意还无意，再次把报纸拿起并展开，一脸轻松地说："今天报纸的内容还真丰富，你们看看。"

韩英俊明白房小优的意思，郑恩娜却无心，她一边吃馄饨一边说："姐，一会儿你上班给我一把钥匙呗？我俩出去找工作，不知道啥时候回来呢。"

房小优转身取了钥匙回来，接着说起工作的事："你俩年轻，什么工作都好找，别挑肥拣瘦，肯定没问题。"说完，又意味深长地看了一眼韩英俊，韩英俊躲过她的目光，低头吃馄饨。

不知为何，他越是这样，越让房小优心里有一种隐隐的不安。昨晚的事让她已经看明白，表妹是不可以没有这个男孩的，明知他有这种那种的问题，还是愿意私奔，愿意跟着受苦，愿意听他的话，愿意处处为他着想，这份爱不是自己三言两语就能打消的。所以，对于这个男孩一来需要观察，二来需要时日，正所谓日久见人心，她必须等待表妹自己成熟起来，自己学会看清一些真相。

从家里出来，房小优一路上还在担心表妹的问题。走进公司，她又记起昨天大黄表白的事，怕再遇见，偏偏刚进电梯又真的碰到了对方。房小优满心尴尬，不知如何应对，倒是大黄把一切看开了，主动打招呼："怎么样，你妹妹是不是要过来住两天？"

这样一问就打开了房小优的话匣子，本身她和大黄过去就是那种无话不谈的朋友，如今遇上这等极品小情侣，自然免不了想找人讨个主意。

"我这妹妹呀，真是让人操碎了心，大学毕业一直没工作，谈个男朋友还是吃闲饭的，如今都在我家待业呢。"房小优一脸的忧心忡忡，说不操心是假的，毕竟那是自己的亲表妹，从小一起玩到大，感情不可谓不深厚。

看着房小优一脸的担忧，大黄也不由自主地跟着着急，一时之间又想不出什么办法，只好安慰说："你别急，我和你一起想想办法，看能不能先帮他们找份工作，至少生活得有保障了才行……”

“大黄，谢谢你，这种事还要麻烦你，真是……不知说什么才好……”房小优满心感激。

俩人说着话走出电梯时，在电梯前焦急等待的是林灿灿，电梯一打开，一看到房小优，林灿灿赶紧上前拉她出来：“小优，不好了，不好了……”

“怎么了？大早上的，像着了火似的……”

“我刚收到消息，新项目负责人可能不是你……”林灿灿有些语无伦次，“希望传言不会是真的，怎么着，也轮不到他呀……”

房小优听出了话里的意思，不过是个竞岗，谁都有参与的分儿，谁都有上岗的心，轮不着自己也属正常，她心里并没有那么在意。

看到房小优不着急，林灿灿更加着急：“你还不明白呀，新项目负责人有可能是田千亩！”

房小优心里咯噔一下，是谁她都不吃惊，要是这个人，她一万个不服，人品有问题的负责人绝对带不出什么好团队。

“怎么会是他？”

“我是听老板助理讲的，目前还没下达人事通知，不过据说是八九不离十……我比你还吃惊呢，要真是他，那还有咱俩好果子吃？特别是我……唉，要真是他，这工作不要也罢！”林灿灿满心地抱怨。

大黄听得已经忍不住：“人事还没宣布呢，你俩就自乱阵脚，没等开战就输了。”

大黄的话让房小优精神为之一振，想起上次田千亩和自己抢客户的事，老板其实也是知道的，这样的人，老板绝对不会加以重用，这样一想，瞬间就信心爆棚：“我相信我的策划案好过他的，更相信自己的工作能力高过他，走吧，一起开会去！”

信心，有时候就是一个调皮的孩子，你越是相信它，它越是躲开你，或是直接在你背后来个深恶痛绝的反戈。

田千亩不知用了什么计谋，愣是让老板同意了他的新产品策划案，更让众人大跌眼镜的是，人事通知上竟然还写着，部门内部人员调动可由田千亩自行决定。这就意味着，几天不到，一个反转间，田千亩就成了房小优等人的上司。

房小优不服，又没有勇气去质问老板。任人用人是老板决定的，自己充其量就是一个打工的，况且想到自己还有房贷，甚至暂时还有表妹要照顾，她不能因为一时痛快而失去这份工作，忍了又忍，直忍到田千亩一脸骄横地搬进负责人办公室。

透过办公室的落地玻璃窗，看着田千亩指挥若定地让人帮自己收拾杂物，房小优有一种不好的预感，而接下来发生的事更加让她接受不了。

田千亩刚把办公室归整明白，立即召集大家开会，开会的唯一主题就是他需要一个助手，而这个助手他要林灿灿来担任。林灿灿当然是反对的，有点坚决不从的意思，没想到田千亩却说：“放心吧，咱俩只是同事关系，我和你的事已经成为过去，我不会再纠缠。”此话一出，要是林灿灿再不从，倒显得有些小家子气。

林灿灿不得不小声地跟坐在自己旁边的房小优商量：“我能相信这个人吗？”

房小优下意识地摇头，表示不知道。她的这个细微动作让田千亩看在眼里，极为不舒服，误会她在阻挠林灿灿做自己的助手，当下便把房小优之前做的市场调研书扔还给她：“这种东西还是留着自己看吧，老板说了，毫无新意。”

众目睽睽之下，也算是给了房小优一枚不小的暗雷。

大黄看不下去，跟田千亩叫板：“那就请田经理把你的调研书拿出来让大家看看吧，也好比较一下，小优输在哪里。”他的话让众人附和，田千亩犹豫了一下，把自己的那份抛了出来。

大黄看了一页，已经惊讶得说不出话来，房小优惊觉有异，接过去，打开，没想到她刚看了两眼，也惊呆了。

田千亩的调研书完全就是房小优调研书的翻版，唯一不同的是，两人的市场调研数字有所出入。这让房小优极为恼火，站起来想跟田千亩问个明白，这时大黄一把将她拉了下来，小声地提醒：“他要是反咬你一口，说是你抄他的呢。”这样的提醒很有必要，想想当初田千亩和自己抢客户的时候，他曾经这样反咬过一次，说那客户之前是他的，不过是后来让房小优抢了去，反正理论到最后，也没分出个所谓的胜负，最后只能不了了之。如今，旧戏重演，怕是田千亩早就计划好了的。

只是，是谁在背后帮田千亩的呢？这让房小优百思不得其解。这时旁边有同事小声告诉她：“听说田千亩有大学同学空降到集团做了高层，想必这小子是有了靠山，咱们还是少惹为妙。”

原来如此。

一个人嚣张，不是个性问题，完全是背景惹的祸。

品人更像品酒，需要的仅是时间。

众人面前已经猥琐惯了的田千亩突然扬眉吐气，变得无法无天起来，房小优不想跟这样的人继续理论下去，起身离开会议室，林灿灿和大黄也要跟着离开，田千亩却把林灿灿叫住。

林灿灿被叫进田千亩的办公室，还没等她说话，田千亩突然一个转身，一副深情款款的样子，走向她，声音温柔得令林灿灿无所适从："灿灿，对于上次的误会我不做过多解释，你看我现在升职了，薪水也翻了番，将来是有能力买得起豪宅开得起名车的。Do you believe？"

听到田千亩那口带着小县城口音的英文，林灿灿没忍住打了一个激灵："打住吧，田千亩别看你现在升职成了我的上司，但是我可不怕得罪你。一咱俩没关系了；二你是怎么坐上这个位置的，你心里明白；三我想知道，你怎么能抄人家房小优的创意？"

田千亩并不意外她会这样做，反而像准备好了答案一样："咱俩不可能没关系，至少还是同事嘛。我坐上这个位置只因为老板赏识。至于你说我抄房小优的创意，那我倒要问问，一般的市场调研不都是一个模子下来的吗？真正有区别的是数据，我和她的数据没有一处相同，这就说明我和她之间不存在什么抄与不抄的问题，你说我说得对吗？"

林灿灿被田千亩问得哑口无言，心里极不情愿跟他对峙下去，转身要离开，这时田千亩又说："晚上要应酬个客户，新客户，你一定要来。"

"你是负责人，你去就行，我没时间。"林灿灿想也不想就拒绝。

"这是老板决定的，老板也会去，你自己看着办吧。"田千亩打开门，故意大声告诉已经离开的林灿灿。

林灿灿气冲冲地从田千亩办公室出来，一脸愤懑，房小优赶紧过去安慰。林灿灿满心厌恶地说："我以前怎么会想到跟他这种人……真是恶心，刚当上个项目负责人，就嘚瑟得不会说中国话，还让我晚上去应酬什么客户，我才不去呢。”

房小优还是了解林灿灿的，刚才透过玻璃窗她已经瞧出几分不对劲来：“你刚才跟他起争执，是不是因为我？其实一份调研书根本说明不了什么问题，相似度高也是可以理解的，你没必要为我去跟他争论……还有，我好像刚才听他说什么老板决定的，是什么意思？”

林灿灿想起田千亩的嘴脸很是厌恶，可是想到他说应酬时老板也会去，便不免几分担心：“晚上应酬时，他说老板也会去，让我也去，看来这应酬是躲不掉了。”

房小优点点头：“别跟他计较，只要记得，我们是为自己工作就够了。”

应酬晚宴，林灿灿还是去了。让她想不到的是，酒店包房里除了客户就是自己和田千亩，老板根本就没来，这时候她才知道，自己上了田千亩的当。更让她生气的是，田千亩在饭桌上竭尽全力地讨好客户，一直讨好到明明他没养过狗，偏要跟养狗的客户谈什么养狗经。林灿灿没好意思打断他的精彩表演，却偏偏又听到他说：“我收养过十几条流浪狗，看到它们无家可归我就感觉心疼，那一双双小眼神看着就让我忍不住想亲近，想抱抱，想要帮助它们。狗都是有灵魂的生命体，为什么就有人舍得抛弃它们呢？……”如此拙劣的谎言虽说客户满意，林灿灿却听得连连作呕，几次没忍住跑到卫生间躲起了清静。

再回到宴席时，林灿灿隔着门听到田千亩跟客户吹嘘：“我是自己一步一个脚印走过来的，公司百分之八十的客户都是我跑下来的。没后台，也没过人的能力，我就是靠自己的为人，把客户当朋友来相处，客户的事就是我的事，有合作时是客户，没合作时是朋友，永远的朋友……”如此高调的论谈，让林灿灿忍不住冷笑了几声，隔着门，客户说了些什么她没听清，这时田千亩的声音再次高高传来：“她呀？有房有车，人长得也还行，条件是不错，最近一直反追我呢，不断地示好，我还犹豫要不要接受呢……王总您跟我父亲年龄差不多，听您说灿灿不错，那我就当真考虑一下，只当是一个小辈听长辈的意见，给自己找一个伴，也给您找一个满意的儿媳妇……”

田千亩的话让门外的林灿灿听得真真切切，一番话真是抬高了客户的身份，直接成了他田千亩的长辈，而自己却莫名成了别人的过继儿媳妇。这样的不实和侮辱让林灿灿终于没忍住，推开门，径直走到席位上，拿起自己的包就往外走。客户吃惊，田千亩更不明所以，他并不知道林灿灿已经听到自己在吹牛，还装作一脸亲昵问：“怎么了，灿灿？”听到他喊自己的名字，林灿灿都觉得反胃，索性来了个直接报复。

林灿灿先是笑靥如花地看了看客户，接着又假装极为尊敬地跟田千亩告假：“田经理，真对不起，我男朋友在酒店楼下等着接我回家呢，我只能先行一步，失陪了。”说完，林灿灿并不给对方反应的时机，转身就离开了。

出了包房的门，林灿灿给自己做了一个胜利的手势，真心觉得是出了气，泄了火。忍不住，她赶紧打电话把这消息告诉房小优，可是电话那头却听到一阵众人乱成一团的声音，林灿灿赶紧问：“发生什么事了，小优？”

房小优隔着电话，许久才传来一句：“我家里已经乱成粥了，回头再打给你吧。”

4. 爱到绝望时，女人总需要抓住点什么

习惯了清静的人，对于突然多出来的声音总是异常敏感，特别是一个单身女人家里突然多出两个很爱争吵的人，更是止不住喧嚣。

事情的起因还是工作问题。

郑恩娜和韩英俊跑了整整一天，都没找着合适的工作，在人才市场等待韩英俊面试出来的郑恩娜，等了半天才发现对方早就出了人才市场。回到家她才知道，韩英俊背着自己用他俩最后的一点点钱买了一身新衣服，白色衬衫配上天蓝牛仔裤。尽管不是什么名牌，穿上身还是显得韩英俊很精神很帅气，只是郑恩娜已然没心情去欣赏这种帅气，她闹心的还是韩英俊的不着调。

“咱俩啥也没有，吃的是我姐的，住的也是我姐的，就那点钱留着充个话费多好啊！万一找着工作，手机停了，连通知都收不到，你怎么就不考虑一下实际情况呢？穿得帅就能找到好工作？穿得帅就能当饭吃？”

郑恩娜一声声质问，韩英俊无法应答，却听得房小优满心疼痛。看着尚在青春期的表妹，二十出头，这个年纪本来是多么的美好，享受爱情，享受生活，甚至还可以享受父母的护佑，没有生活压力，没有房贷，更没有担心年龄大了嫁不出去的必要……而此刻，房小优从她的话里分明听出了对生活的无奈，对现实的妥协。

韩英俊本能地解释：“我也想快点找到工作，可是那些工作都不适合我。我买这身衣服也不贵，又不是名牌，怎么就不行……”

完全是牛头不对马嘴的解释。

房小优听不下去了，拉着表妹进了自己房间，关上门，打开钱夹，掏出全部，递给郑恩娜："没钱就跟姐说。"

郑恩娜犹豫着，不肯接："吃住在你家，还花你的钱，那我成啥了？"

"你是啥？别人啃父母，你啃老姐呗。拿着！"房小优坚持把钱塞进郑恩娜手里，"现在这种情况，我也不能说谁对谁错，姐只想劝你一句，有些人需要睁大眼睛看清楚，现在看不清不怕，时间还很长，眼下要做的是先把自己做好，我已经托人帮你们在找工作。你也别太急，当然，急也没用，早知道急，何必闹成现在这样。"

房门是开着的，房小优知道韩英俊就站在门外偷听，她故意说给他听，甚至还借此机会教训他一番。而这时，偏偏听到韩英俊的手机响起，音乐声很大，郑恩娜起疑，走到门旁，大声问："你不是刚换的号吗？谁会知道你的新号码？"

韩英俊没回答，而是抱着手机回了客房，门也被带上。

郑恩娜对房小优苦笑："我俩现在真是……我都不知道该怎么说，就觉得相互之间已经陌生了，我很怕这种感觉，姐，你知道的，我爱他，我希望他好，希望我俩能过好……"这样说的时候，眼里已经蓄满了泪水，盈满了，一眨，便成了溪流，蜿蜒而下。

房小优赶紧安慰："姐当然知道你爱他，不爱他能私奔吗？不爱他能拉下脸来求到姐这儿吗？不过爱情是爱情，生活是生活，没有面包的爱情一定会败给生活的，你明白吗？"

郑恩娜摇头，狠狠地抹了把泪水，试图收回去："我对他还是信任的，我相信他不会丢下我，也不会背叛我，因为我们有共同的理想。姐，你听说过这样一句话吗？有共同理想的爱人是打不散、分不开的，因为他们有共同的目标一起去奋斗……"

理想。共同的目标。一起奋斗。这些话听起来虽然幼稚，却还是如此熟悉。当初，自己不也是认定某个人，认为他是个有理想的人，而自己的理想跟他是那么接近，更曾想过和他一起去实现这个理想……一切仿若昨天，如今却一切都回不去了。

理想终究当不了饭吃，也带不来美满的爱情。

房小优深深地叹息。

郑恩娜却依然滔滔不绝："一起吃过苦的情人是不会轻易放下彼此的。对了，姐，你就没遇上一个有共同理想的人吗？"

有，当然有，不过刚分开。房小优在心里很快速地应了，嘴上却否认。"我哪有你这么幸运，找到这么爱的人。"说完，又怕自己的表情将自己出卖，赶紧岔开话题，"你就不想知道，是谁打电话给小韩？"

这话倒提醒了郑恩娜，她赶紧起身往客房走去，这时，客房的门倒开了，韩英俊从里面走出来，看到郑恩娜，有些吃惊，却还是镇定地解释："今天出去遇见了一个同学，没想到她也在这个城市，所以就留了个电话。"

"男的女的？我怎么没听你提起？"只有小女孩才会如此关心自己爱人在跟同类还是异性交往。

韩英俊避重就轻："她说明天可以帮我介绍一份工作，还是早点休息吧。"

听到工作有了着落，郑恩娜刚才的小情绪立马收了回去，转怒为喜："真的呀？太好了！希望明天一切顺利哦，要是你有了工作，那么我们就可以早点在这里落脚……"说着话，郑恩娜拉着韩英俊往客房走，韩英俊却把她推向房小优的大卧室，理由凿凿。

“刚从银川回来，你肯定没跟姐好好聊过天呢，昨天大家都心事重重的，现在我马上就有工作了，心里也轻松了，你可以好好陪姐聊聊，今晚我就委屈自己一个人睡吧，你们姐妹俩好好说说话……”

妥帖的理由让郑恩娜小鸟一样欢呼，认定韩英俊不仅爱自己，更爱自己的家人，转身就在房小优面前为他说起了好话：“姐，你和我爸妈都误会英俊了，其实他人特别好，特别愿意为别人考虑……”

郑恩娜像极了一只爱情鸟，叽叽喳喳，满嘴都是爱情的歌儿。房小优深知陷入爱情的人是轻易拔不出来的，所以也就任她叫着嚷着。听她说着自己和韩英俊之间交往的点滴，可是听来听去，无非也就是一见钟情，再见倾心，三见就想要私奔的老旧版本，这倒让她更加担心，其实表妹并不懂爱情。

真正的爱情见得了光，受得起世俗的探寻，经得起现实的考验，完全没必要以私奔的方式来证明究竟有多爱。

当然，想要劝陷入爱情里的人回头，难度不亚于医治一个已经失明多年的病人。习惯了在黑暗里摸索光明，一下子把她带进光明反而会产生不习惯，最好的办法就是一天给她一副药，一剂针，直至慢慢恢复，慢慢发现。

想要看清一个人，有时候很简单，简单到只需要命运拐角时的一个转机。

房小优无论如何也想不到，真相揭开会如此之快。

隔了短短两天，正当她准备了一桌子菜，准备庆祝韩英俊成为某广告公司职员时，郑恩娜看韩英俊的表情已然由熟悉转为陌生。

韩英俊刚夹起菜的筷子被郑恩娜毫不留情地打落，尴尬，静默，一股凝聚在一起的空气停滞不动，压抑着在座的三个人。

“娜娜，你这是干什么？”房小优首先打破了沉默，她能看出表妹的变化，却猜不出原因。

韩英俊却似乎明白了什么，把筷子放下，起身进客房收拾自己的东西。房小优不明所以，跟进去追问，韩英俊收拾好了箱子，要走时才吐出一句：“谢谢这些天的照顾，我不在这儿住了，马上就搬走。”

听到韩英俊要搬走，坐在餐桌前的郑恩娜突然放声大哭，这一哭，倒让房小优没了主意，只好先拦住要离开的韩英俊：“事情还没说清楚，你不能走。告诉我，你俩究竟怎么了？”

韩英俊欲言又止，看看痛哭的郑恩娜：“以后娜娜就托你好好照顾。”说完，还是坚持往外走，房小优不放。

这时，郑恩娜突然指着大门说：“你敢走出去，咱俩就真的完了！”

郑恩娜在关键时刻还是能唬住韩英俊的，此话一出，对方竟真的不走了。房小优意识到问题的严重，赶紧拉着两人坐下，这才问明白了事情的起因。

原来，在韩英俊第一天上班时，郑恩娜出于好奇，找到韩英俊上班的那家广告公司，想来只是想在办公楼外看看广告公司到底多大，却没想到，远远地就看到一个女人迎上前来冲着韩英俊微笑。开始郑恩娜还没在意，尽管女人笑得暧昧，她还是愿意相信这是公司的迎宾。只是没想到，等到韩英俊走近女人时，女人很自然地挽起了韩英俊的胳膊，而他竟然不拒绝！看着两人相携而行的背影快消失时，郑恩娜这才反应过来，想冲进广告公司找到俩人问个明白，却被看门的大叔拦下来。问起才知，刚才那个女人是公司老板的侄女，大叔还有意无意地透露，说韩英俊是这个女人新找的男朋友。

瞬间，有股寒意袭来，韩英俊哪是找工作，分明找的是女朋友。

而自己到底有多傻，竟到这时才看清真相。

其实，从韩英俊忙着买新衣打扮自己那刻起，就应该猜得出来，这天下不光有女为悦己者容的事，男人更愿意为知己者死。如此说来，自己所承受的不仅有欺骗，还有背叛！

郑恩娜的个性直接、爽快，对于爱情追求专一、干净，遇上这种事自然不会善罢甘休。所以她一直等到广告公司下班，看到韩英俊一出来，赶紧迎上去，而韩英俊看到她，除了惊讶就是躲闪。郑恩娜顾不了那么多，抓住他就问："你和那个女的什么关系？"

韩英俊不想回答，因为他知道，郑恩娜一定知道了什么，而此时再说谎，无疑会加剧争执，索性不理，任凭郑恩娜一次又一次追问。

偏偏这时，那个女人又出现了。听到郑恩娜的问话，也看到了韩英俊的躲闪，那女人倒是很勇敢，迎上来，自我介绍："我叫何欢露，过去是韩英俊的中学同学，现在是他的女朋友。"

女朋友。这三个字从何欢露的嘴里吐出来的时候，郑恩娜的眼睛死死地盯着韩英俊。她多希望此时这个男人站出来否认，并承认自己的身份，她多希望这是一个误会，一次自己眼睛看错、耳朵听错的误会。

然而，却没有。

何欢露的手挽过韩英俊的胳膊，他竟没有半点拒绝，连挣扎都免了，完全顺从。

此时的郑恩娜却像极了一个第三者，仿佛是她介入了如此恩爱的一对情侣之间，抵死纠缠，不肯离开。

韩英俊看着失神的郑恩娜，终于吐出了一句："有些事，我们还是回家商量解决吧。"

郑恩娜忍不住一声冷笑："回家？我们的家在哪？是银川还是这儿？是我家还是你家？"

韩英俊被问住，这时何欢露站了出来。这个有着丰满胸部却长着一张黑赤脸的女人，显然很清楚韩英俊和郑恩娜之间的关系。

"郑恩娜，实话告诉你吧，我和韩英俊从中学就相互爱慕，这些年我一直在找他，他也一直没忘记过我，现在我们重逢了，也就没你什么事儿了。英俊都跟我说了，你俩过得并不幸福，所以就识相点儿，赶紧放了他！"

何欢露的话让郑恩娜想笑："过得不幸福？是我不幸福还是他不幸福？况且，你一个第三者有什么资格说这样的话？"她反过头来质问韩英俊："你跟我在一起真的没有幸福过吗？"

韩英俊显然理亏，不知如何回答，何欢露却强出头："你俩过的连日子都算不上，吃不好穿不好，连个窝都没有！我实话告诉你吧，我们家把婚房都装修好了，只等着我找个喜欢的人嫁了，这些，你有吗？你们在一起，你连零花钱都不舍得多给他，更别说房子，不是吗？"

房子。

这个字眼第一次在郑恩娜的人生字典里出现。

她从未想过房子和车子，只要有住的地方，有一口饭吃，能跟心爱的男人在一起，这难道不是世间最美好的事情吗？如今想来，这只是自己的一厢情愿。

何欢露继续嘲笑："你就是一个'无产女'，什么都没有，有什么资格谈恋爱？有什么资格跟我抢男人？"

无产女。何时，无房女已经成了自己的专属代称。

郑恩娜此时此刻已经无心去追问韩英俊是否变心。她无比清楚地意识到，在爱情的世界里，不仅是女人可以要求男人，男人同样可以要求女人，甚至要求更多。只是，她从未想过会因为房子败下阵来。

郑恩娜只问了一句:“韩英俊，你今天跟我走，还是跟她走？”

韩英俊没有回答，却用行动背叛了她。家是回了，东西也收拾了，分手的话也说出了口，而这之前，他们还幻想过共同的理想，她还亲口说自己多么信任这个男人，如今想来，完全就是一出悲剧。

悲剧落幕，伤得最深的是戏中人，哭得心疼的是看戏人。

听完表妹的控诉，房小优想杀韩英俊的心都有了。她上前一步，推着这个不争气的男人赶紧离开。韩英俊想要解释什么，房小优摆手表示不想听:“吃软饭的男人不会有好下场的，你赶紧滚出我的家！”

韩英俊想要说的话瞬间被封住，而郑恩娜始终不看他一眼。

韩英俊拖着自己的行李箱，头也不回地离开。

门关上那刻，郑恩娜再次没忍住，失声痛哭，泪水是她唯一的表达，也是她唯一拥有的东西，而房小优能做的就是陪她掉眼泪，陪她一起缅怀那场夭折的私奔。

哭了多久，不记得了，甚至在房小优心里还认定这场分手是件好事，只是让她想不到的是，抹干眼泪的郑恩娜说的第一句话竟然是:“姐，我想好了，我要努力赚钱，我要跟你一样，拥有属于自己的房子！”

房小优下意识地阻拦:“千万不要随便买什么房子，很累的，而且女人有房之后……”她想说有房女人难嫁出去，又怕再次打击到表妹，只好噤声。

郑恩娜表情幽幽的，有些吓人，嗓子哭得有些暗哑，声音却无比坚定："有了房子，爱情还会远吗？"

女人总想爱得其所，现实却一次又一次令她们失望，失望多了就成了绝望，这时候的女人需要的是一处可以安放身心的房子，任自己哭，任自己笑。说到底，伤女人的是男人，守护女人的却是房子，所以才有那么多的女人向房子进发。

这一刻，房小优是理解郑恩娜的。

第四章

有多伤，就有多坚强

对于男人来说，千万别让女人受伤，因为受过伤的女人更容易成长为老虎，会咬伤猎物，能自己舔舐伤口，有多伤，就有多坚强，而这样的女人对于男人来说，是对手，是劲敌，更有可能成为亲密爱人。

1. 有些男人是避不开的暗影，有些男人却像一缕阳光

只有女人才了解女人的苦。

就如同房小优多么了解此刻受伤的郑恩娜是怎样的一种心情。

一个女人只有深受爱情之伤时，才会彻底明白这个世界的现实与可恶。拥有爱情的女人总是认为拥有了全世界，总是认定自己是全世界最幸福的人，失去了爱情，幸福没了，自信仿佛也丢了。

当然，还有另外一种情况，那就是受伤的女人更容易站起来，迅速成长。

对于男人来说，千万别让女人受伤，因为受过伤的女人更容易成长为老虎，会咬伤猎物，能自己舔舐伤口，有多伤，就有多坚强。

而这样的女人对于男人来说，是对手，是劲敌，更有可能成为亲密爱人。

郑恩娜是在第二天早上彻底爆发的。

像一道旋风一样，郑恩娜披盔戴甲，飞速出门，当房小优起床时，人已经不见了。

旋风一样的郑恩娜此刻的心情像极了当天的天气，天空阴沉着，带着雨意，而她的心也阴沉着，带着恨带着伤，还带着一丝丝说不清的杀气。

还是放不下，还是想问个明白。辗转整夜的思绪，往事历历，无一不在告诉她，韩英俊和自己曾经共患难，曾经共甘苦，曾经有过太多美好或清晰的回忆，怎么可能几天之间就忘怀呢？她还是想听他说出转变的真相，哪怕是一句“我已经不爱你了”，至少心会牺牲得明明白白。

郑恩娜在广告公司门口一蹲就是两个多小时，直到陆续有人开始上班，直到韩英俊背着背包，一身光鲜地出现，她才在依然带着寒气的风中凌乱起身，迎着走来的韩英俊，她的眼神突然变得复杂、不舍、留恋、心痛，还有一丝外人难以言说的迷惘。

看到郑恩娜出现在公司门口，韩英俊立时有点慌神。他快走两步，上前把郑恩娜拉到公司大门外不远处的拐角，看着一夜未睡而面容憔悴的郑恩娜，他的眼里到底还是流露出了最起码的心疼。

“娜娜，别这样折磨自己，没用的。”

郑恩娜已经说不出一句话，眼前这个男人，她为之付出青春，付出等待，付出一切，如今只想讨一个分手的真相，要求如此简单，却问不出那句话。

韩英俊抬起手腕，看看时间，腕上的表在清晨的光影里竟然闪现了几分晶莹，郑恩娜意识到这表价格不菲，同时她也断定，这表的来路跟另外一个女人有关。

“这是何欢露送你的吧？”

韩英俊倒也不否认：“早就送了，一直没戴，怕你……多想。”

早就送了，代表两人早就联系上了，而自己，始终是那个被蒙在鼓里最后一个知道真相的傻瓜。

对方已经明晃晃地承认了自己的背叛，还有什么问不出口的？这样一个念头闪过，郑恩娜的目光突然变得凛冽。

“韩英俊，你真的是为了一块表，一份工作，一套房子，而跟我分手的，是吗？”

韩英俊被这个问题问住，没忍住，咬了咬嘴唇，不作声。

在对方思量如何应答的时候，郑恩娜心里多么希望他来个否认，哪怕是骗自己的理由，她至少也有个台阶下，可是，韩英俊想了半天，最终沉默以对。

沉默是最好的默认。这样的道理，郑恩娜岂是不明白的？

心在那刻痛到纠结于一处，心室和心房仿佛合并，相互挤压着，相互残杀着，鲜血外溢到了泪腺，变成一滴滴眼泪，滚烫，澎湃，热烈却又卑微。

“难道，我们之间经历的一切都是幻影？”郑恩娜似在问韩英俊，又似在问自己。

韩英俊终于放开紧咬的嘴唇，一副愧疚模样：“娜娜，请你原谅我吧……过去咱俩过的那哪是日子，太苦了……我不希望你跟着我再受那些苦，我也知道过去让你受苦是我没做好……娜娜，忘记过去吧……”

“忘记过去就意味着背叛！”郑恩娜悲从中来，“那么多的苦都熬过来了，现在生活刚有转机，你竟然说让我忘了？就算嘴上说忘了，你心里真的忘得了吗？就算你哪天心里也忘了，可是做梦你保证能不再梦到吗？英俊，我们一起经历了那么多，许过一生一世，说过不离不弃，怎么就……怎么就能轻易忘了呢？”

韩英俊没办法回答，这个男人的心里始终让人猜不透在想什么，而能帮他回答郑恩娜的人适时出现，这个人当然是何欢露。

何欢露两手各举着一杯咖啡，一脸浓妆遮挡不住脸上清晰可见的雀斑，胖胖的身材浑圆着，走路就像一颗圆球在扭动。这样一打量，倒让郑恩娜越发怀疑韩英俊会真的爱上这样一种女人。

“哟，英俊，我买好咖啡到处找你，你怎么跑这儿来了呢？……”明显是故意说给郑恩娜听的，何欢露的声音透着甜腻，“昨晚上没睡好吧？大半夜听到你还在叹气，原来……”说到这儿，看一眼郑恩娜，一脸鄙夷，“原来是担心会不会被人骚扰。”

面对这个抢走自己爱情的女人，郑恩娜怒从中来：“我和韩英俊还没分手呢，你有什么资格说三道四？你了解我们之间有多少过往？你知道我们之间感情有多深厚？如果不是你，我们现在还好好的在一起……”说到这儿，明显的底气不足，眼神转到韩英俊脸上，“英俊，跟我回家吧，好不好？”

何欢露倒是比郑恩娜淡定得多，把一只手里的咖啡递给韩英俊：“英俊，你作出个选择吧，省得天天看着闹心！”

两个女人，一个满目忧伤，眼含期待，一个盛气凌人，态度笃定，韩英俊瞬间有一种被吃定的感觉。只是心里那个跳着小人舞的小人儿舞动着，纠结着，指引着，使他不得不把公平的天平放下，转而，伸手拉过了何欢露的手。

“娜娜,你回去吧,咱俩……分手吧。”这样的话郑恩娜并不陌生，让她陌生的是眼前那两只相握的手。

何欢露的手和韩英俊的手，紧握在一起，就在她的眼前，刺一般，刺疼了她的神经。曾经，那双白皙的男人手握着的是自己这只柔弱的女人香，曾经他说过，这辈子只牵你的手，跟你一起走。

誓言回荡，人在眼前，爱却没了，何其悲哀。

“英俊，这是你的真心话吗？我不相信！我知道，你跟她在一起是为了房子，我来就是要告诉你，我也要买房子，我也会有房子的，我也会有一切的……”郑恩娜似乎是在叫嚷着给自己听，又似乎想通过这种叫嚷给自己增加点反败为胜的机会。

眼前的何欢露虽是一声不吭，却已是满脸鄙夷，她的态度那么痛地刺伤了郑恩娜最后那层又薄又可怜的自尊心，她太想扳回一局，哪怕是一句来自这个男人的安慰。

只是这一次，郑恩娜再次失望了。

韩英俊以无比清晰的声音，不带一丝犹豫地告诉她：“以后是以后的事，眼下，我怕极了过去那种日子，我也恨极了过去那种生活，我想要的，你给不了。娜娜，求你放了我吧！”

放了我。求你放了我。无比文艺的分手言辞，听着像一个女人的絮叨和不舍，而这些极文艺的话却偏偏出自一个男人之口。这个男人曾经恰是自己爱过的，愿意私奔、愿意付出一切的韩英俊。

何欢露冷笑了，携着韩英俊满意地离去，一高一矮，一胖一瘦的两个背影是那么的滑稽，却又是那么的亲密，这是多么深的伤害，多么痛的领悟。

阳光被云层罩着，还是没有出来，寒风里，郑恩娜第一次知道什么叫寒入骨髓。

那种寒，透着伤，透着痛，透着麻木，灵魂飘出躯体，恍如隔世。

男人变心的速度像闪电，令女人猝不及防，却又惊心骇目。

郑恩娜已经失去言语的能力，傻傻地，任自己在风中凌乱。

直到表姐房小优的电话一遍又一遍追来，郑恩娜接起电话之后才“哇”的一下哭出声来，这场哭泣是她对心上人的最后告别。说不清是什么原因，只是觉得，此刻，只有眼泪才能让她觉得自己还活着。

而此刻，电话这头的房小优听到那一声哭，心也终于放下了。从小一起长大的姐妹，她比任何人都了解，郑恩娜只有在想开了之后才会发出如此痛彻的哭泣，哭出来才代表一切过去。

安慰完了表妹，让房小优更担心的还有眼前的林灿灿。

自上次饭局涮了一把田千亩之后，林灿灿的日子就没好过过。

田千亩整人的招数与常人不同，大有一种从哪里跌倒就想从哪里爬起来的架势。林灿灿在饭局上拒绝他的暧昧，田千亩偏偏就喜欢让林灿灿参加各种应酬，不管是吃饭还是唱K，他都喜欢有意无意地制造些许小暧昧。比如吃饭时会关照服务生别放太多辣椒，然后回头向客户解释说“灿灿吃不得辣，请多包涵”。再比如唱K时，他会点两首对唱情歌，总有那么一首是客户不熟悉的，于是他拿起话筒说“这是我和灿灿的必备曲目，特意献给最尊敬的您”。就连在公司，他也会故意当着大家的面儿拿出那股子亲密劲儿，指着某个合同或是新项目里的某个不足问林灿灿：“灿灿，你帮我看看这样改行不行？”那样子，十足的就像一个老公在征询自己老婆的意见。任同事们看了都有一种两人是否已经复合的假象，更何况是不谙真相的客户，所以流言也就多了起来，很多人认定两人还是有戏。

林灿灿最烦这种误会，误会越多，对田千亩的抵触越多，此刻的她恨不能一位男神从天而降前来拯救自己。

“灿灿，别理他，那种人你越生气，他越高兴。他强由他强，清风拂山冈；他横由他横，明月照大江；他自狠来他自恶，我自一口真气足。”房小优安慰林灿灿。

林灿灿突然笑了：“哪来的歪理？”

“《九阴真经》的精髓所在，拿来用用，实在不行，你就赏他一记黑虎掏心，保证管用。”房小优继续幽默着，逗得林灿灿倒是乐了。

“小优，看来你心情还真是不错，我以为……我以为你还没走出安子洋带来的阴影呢，现在看来，你是已经放下了。”

林灿灿的话让房小优收起笑容，心有点沉，却又在顷刻间淡定：“我和他本来也无所谓开不开始，不过是他请我吃过五次饭，我给他送过三次爱心餐，如此而已。”

房小优本意是撇清自己和安子洋的过去，却让林灿灿听出了弦外之音。作为多年的好友,她知道房小优其实没放下。有谁愿意相信，一个女人忘了成为过去式的男朋友时，还会记得两人你来我往地交往过几回？记得清，就是忘不了，忘不了，就是放不下。

当然，林灿灿还是愿意房小优放下这一切，她算是领教过安子洋的大男子主义，极致到不可理喻：“其实，我看得出来，大黄一直对你放不下,就算你不喜欢他,至少也该找个像他那样在乎你的男人。”

说起大黄，房小优便无语。她刚想告诉林灿灿以后别再瞎撮合，这时，田千亩敲打着办公室的玻璃窗，示意林灿灿到他的办公室去。

林灿灿吐着舌头，不情愿地往田千亩的办公室走去。

刚进办公室，田千亩就把一份表格扔到她面前，林灿灿瞬间感觉整个人都不好了。

这就是田千亩，当着众人的面儿，他可以把林灿灿当成自己的上司，一副暧昧又小心的卑微模样，而只要进了自己的办公室，哪怕林灿灿工作上出过一点点纰漏，他也能让手中的那一点点权力得到充分的发挥。

“这份新产品策划案已经改过几回了？越改越乱，数字一次比一次大，这叫超支！难道你不清楚上面批给咱们的活动经费是多少吗！”

林灿灿把掉在地上的文件夹捡起来，表情不悦：“活动多了，自然费用也就多了，这叫平衡。经费不够可以再申请，这是我的意见。”

田千亩当即就笑了：“林灿灿，你还真把自己当成……你的意见？在这儿是听你的还是听我的？”

“田千亩，别跟我摆你那臭架子！我知道你想说什么，是的，你不是愿意在外人面前表演暧昧吗？你不是当着客户的面儿说什么一半决策听我的吗？那我今天就做一回主，这经费一分也不能少，你填申请表格吧，我一会儿就送到财务报批！”林灿灿忍无可忍。

田千亩有点不可置信地盯着她看，看了半天，再次冷笑：“林灿灿，你今天吃错药了吧？你知道你在跟谁说话吗？知道自己在说什么吗？”

林灿灿不甘示弱：“不是我吃错药，是您药一直没停！明知道我心里想的是什么，你偏偏要搞七搞八，有意思吗？明知道你这个破助理我不愿意干，还非要强人所难，你真觉得自己是土皇帝，我们都是你的死忠之臣？”

田千亩不满林灿灿对自己的奚落，又怕林灿灿的叫嚷被外面的同事听到，赶紧上前两步，把办公室的门关上，回头，一脸不满地盯着林灿灿：“你过分了！我对你可是不薄，灿灿，你知道我对你的心思，但也不能凭借这些而对我不尊重！”

“想要别人的尊重，请先尊重别人。”林灿灿寸步不让。

“好了，我不想咱俩在这里发生争吵，请你现在拿着你的策划案出去认真改了。”

林灿灿不愿搭理田千亩，转身往外走去，走了两步，意识到自己的笔记本还在田千亩办公桌上。回身去取时，田千亩横在办公桌和自己之间，她十分恼怒地单手去拿笔记本，没承受得住笔记本的重量，不小心摔到了地上。

笔记本没有四分五裂，却也像受了伤的战士，胳膊和腿彻底分了家，一分为二的惨烈，让林灿灿心痛不已。这是最新款的苹果机，足足花了她两个月的薪水。

看到林灿灿的笔记本摔到了地上，田千亩也着急了，想上前帮忙，却被林灿灿一脚踹开。瘦小的田千亩竟然被林灿灿一个飞脚踢到了办公室的角落里，他本人惊呆了，连在办公室外面听到响动纷纷注目过来的同事们也惊呆了，而更让人惊呆的是，林灿灿抱着一分为二的笔记本飞一般的速度冲出办公室，那样子是大家从未见过的愤怒、惊恐，有一种视死如归的壮烈感。

林灿灿抱着笔记本，如同抱着自己受伤的孩子，发动车，第一时间赶到最近的电脑维修店。当她把笔记本放到维修台上时，一个瘦高个的男人接待了她。

“有保修卡吗？掉的零件都带齐全了吗？里面有没有重要的文件？还在不在保修期内？要是里面的文件修复不了，你是否同意……”一连串的问题，就如同医生对着一个濒临死亡的病人在做最后的诊断，而作为“这个病人”唯一的亲人，林灿灿早已经对这样的医生心怀不满。

“你是不是姓唐单名一个僧字？哪来那么多问题！”

林灿灿的话让瘦高个男人无所适从，又心生不满：“修电脑必须走的程序，爱修不修，朝我发什么火呀！”

“电脑坏了，本来就着急，你就帮忙好好修修，哪来这么多乱七八糟的问题！要是一个人病了到你们这儿来治，还没咽气也会被你们给耽误死的！”

“你……”男人无言以对，表情自然不算愉快，回头朝维修间的里屋说了一句，“杨阳，还是你来吧！”

很快，从里屋走出一个男人。打开门的瞬间，有阳光从屋内射过来，正好投映在男人身上，林灿灿抬头去看的时候，目光突然一下子温柔起来。

阳光中的男人，五官端正，脸部轮廓分明，带着微微笑意，个子不高不矮，身材不胖不瘦，发出来的声音恰好又是林灿灿最喜欢的男低音，充满了磁性。

“你好。电脑坏了心里都急，我能理解的……现在，我一边修，请你一边跟我说说电脑的情况，可以吗？”杨阳一开口，林灿灿心里的那股火突然就没了，仿佛是那道光驱散了心里的雾霾，又仿佛是这个男人让自己突然觉得温暖。

此刻，林灿灿心里涌起一句诗一样的语言——有些男人是避不开的阴影，有些男人却像一道阳光。

这个叫杨阳的男人，如此明亮，明亮到晃得她半天睁不开眼，恍若入梦。

2. 想靠近的，想远离的

爱情的发生从来不分什么地点，不讲什么道理，更不论什么天时地利人和，只是感觉它来了，有那么一阵思想的眩晕，有那么一点心里的小波动，然后，自己就有些控制不住，于是，就给这种感受取名叫缘分来了。

看到杨阳，盯着这张平凡却充满温暖的脸，听着他充满安慰的磁性声音，刚刚还烦躁不安的心瞬间就平和了，气也消了大半儿，倒让林灿灿对自己刚才的态度自省起来。

“那个……杨工程师，刚才有点不好意思……不过我真的特别着急，这电脑里有公司最新项目的策划方案，要是修不回来，怕就完蛋了，所以求求你，帮帮忙。”林灿灿小心地回应。

杨阳看了看摔成两半的电脑，一直摇头：“人有脾气，这机器也是有脾气的，能被你摔成这样，万一它发起脾气来，怕就为难我喽。”

此言一出，倒让林灿灿转怒为喜：“你这人还挺幽默。”

杨阳不再说话，专心维修起笔记本。等他七七八八地把电脑拆开以后，林灿灿看着堆在桌上的一堆零件，又心慌了：“硬盘里的东西很重要，千万别弄丢了呀，那可是我的饭碗……”

“知道。文件是你的饭碗，这硬盘就是它的饭碗，不到万不得已，它怎么可能舍得把饭碗砸了。”杨阳边说边从卸开的电脑里拿出了硬盘，小心翼翼地放到桌上。

杨阳的幽默再次打动了林灿灿，本来心情不算好，听他这一席话，倒觉得世上也没什么过不去的，瞬间心情就明媚起来。

再看看眼前认真工作的杨阳，俯身低首间，有一种说不出来的味道，高高隆起的前额，饱满丰盈，眼睛的睫毛低垂着，长长的，细细的，宛如女子般妩媚。林灿灿注视着这张明媚的脸，瞧着那对眼睫毛，忽闪着，忽闪着，突然心里深处某根神经狠狠地悸动，颤抖，一种说不清道不明的感觉让她欲罢不能，就连旁边有人递了一杯水过来都不曾察觉。

递水过来的是刚才的维修工程师，看到林灿灿对杨阳的态度，再对比对自己的态度，他立马开起了玩笑：“我们杨大工程师手艺好得很，您先喝杯水，坐下等吧。”

林灿灿一边感谢一边不自觉地冒出一句：“是啊，杨工程师说话很好听，他的女朋友一定天天都合不拢嘴呢。”

本是一句无意的试探，深知不合适，却还是冒了出来，说完之后连自己都觉得赧颜。

还好，维修工程师没在意，只是告诉她：“杨阳还是一个人呢。”

这一试探，瞬间便有了值得的感觉。

林灿灿突然就笑了，盯着杨阳，竟有些许失神。

杨阳把拆下来的硬盘装进自己的电脑里，打开，然后问林灿灿：“带U盘了吗？我把文件给你拷下来，以防万一。”

林灿灿还沉浸在臆想中，冷不丁看到杨阳在跟自己说话，来不及思想，突然说：“哦，我也没有男朋友。”此话一出，不仅杨阳惊呆了，连旁边的工程师也都愣了，等到林灿灿反应过来时，已经晚了。

一种叫羞涩的东西许久不曾光临，如今，林灿灿却羞涩到恨不能找个地方赶紧让自己藏匿或消失。

“那个……我的意思是，我没带U盘。”她赶紧解释。

杨阳从自己的随身包里拿出一个U盘，插进电脑里：“那我先帮你存着，回头你拿回去拷贝，完了之后再还给我。”

林灿灿连忙道谢，却连头都不敢抬，只觉得自己的心思好像被人窥了去，羞得慌，赶紧起身：“要是今天修不好，那我明天再来取吧。”

杨阳把U盘从电脑上撤下来，递给她：“看样子还真得明天来取了。硬盘没问题，我得挨个查查其他零件，要是内存和显卡也没问题，声卡或网卡摔坏了倒也无妨。”

林灿灿把U盘匆匆收进包里：“谢谢，再见！”说完就赶紧撤了出来，走出电脑维修店，脸上像被烙铁烫了一般，止不住地烧。

这种感觉，回想起来，除了初恋，似乎再不曾发生过。

曾几何时，早已经把自己归类于女汉子，喜欢就大声说出来，不喜欢就勇敢抛开，从未有过这种纠结又羞人的感觉。难道这就是感觉吗？这就是喜欢一个人的感觉吗？

林灿灿在心里无数次问自己，却怎么也回答不了这个问题。她觉得，今天是个不一般的日子，至少，认识了杨阳，这个阳光一般的男人，一切就值得。

带着满腹纠结，林灿灿回到公司，一见到她回来，房小优立即把她推进茶水间。

“怎么啦？瞧你这神色慌张的……不会是田千亩又为难你了吧？”林灿灿看到房小优脸色不太好，一脸关切地问。

房小优叹了一声："唉，我现在有两个消息，都不好，你要先听哪一个？"

"那就听稍微好一点点的那个吧。"林灿灿心情依旧不错，"本姑娘暂时不想破坏今天的好心情哦。"

房小优被林灿灿的话惊到了，好好打量，这才发现了什么。从公司出去的时候，她抱着一个破笔记本，一脸愤怒，如今回来却是春风不倦，笑容不断，倒是很令人起疑。

"灿灿，你出门撞着五百万彩票了吧？"

"我遇上了一个比钱更值钱的人。"林灿灿掩饰不住兴奋，"小优，你知道吗？我今天遇上了一个超完美的男人，那气质，那声音，那睫毛，哪儿哪儿都让人沉醉。有句歌不是这样唱的吗？'你就像春风醉了我的心'，嗯，春风一样的男人，让人好想靠近哦……"

看林灿灿一脸的灿若桃花，房小优明白了几分："哪来的好男人让你撞上了？"

"说来话长。"林灿灿看一眼房小优，发现她的脸色始终不太好，"算了，你还是先说你的事情吧。"

房小优跟着又叹气："唉，还不是我那不争气的表妹，这工作一直没着落，男朋友又劈腿，这不，我想让你帮我想想办法。"

"我一直记着这件事呢，这事不能急，慢慢来，你急也没用。"林灿灿安慰着，"她男朋友那种人，早分早超度，分得好。"

房小优点头："我也这么认为，只是我那傻妹妹想不开。要不，晚上你到我们家吃饭，帮我劝劝她呗？"

"有饭吃，有酒喝，我乐意奉陪。"林灿灿答应得很爽快，"那么，第二件事呢？"

“我上午去总部送文件，听到风声说总部领导又要换了，还说因为连年亏损，有可能引起大裁员呢。”房小优不无担心，“要是这消息是真的，那就惨了。”

“此处不留爷，自有留爷处，我早就干够了。”林灿灿却一脸无所谓。

“我哪能跟你比呀？你是公主命，好车好房，好爹好娘，我哪有？我一切都是自己打拼来的。我还有十八年零七个月的房贷，我还要攒钱买车，我还需要钱来成家立命，将来还要养活孩子……总之，要是没这工作，我怕真是活不下去……”房小优近来身心俱疲。

房小优的话还没说完，茶水间的门被人打开，走进来的是大黄，显然，他在门外听了几耳朵，一进门就过来安慰房小优。

“小优，别听他们瞎说，杞人忧天！再说了，就算裁员也裁不到你身上，我的业务能力还不如你呢，放心吧，我罩着你！”大黄半是认真半是玩笑地劝慰。

房小优报以微笑，再看看林灿灿，四目相对，突然不知说什么才好。

大黄接着说：“正好，灿灿也在，今天是我的生日，叫上你俩一起热闹一下，怎样？两位美女赏个脸呗？”

听到大黄生日的事，房小优突然自责起来：这场朋友之交算下来也有六七年的时间了，她从来都不记得对方的生日，倒是自己每年生日，大黄总能及时送上礼物。这让她深感愧疚的同时，隐隐觉得自己对大黄确实有些疏忽。

“不嫌弃的话，就去我家吃饭吧，你们不是都喜欢吃我做的黄酥鸡吗？我给你们露一手。”房小优真心实意地邀请。

大黄当即表示乐意，林灿灿看看房小优，笑了笑，以示回应。

大黄显然兴奋过了头，几乎是跳着走出茶水间的。林灿灿上前看一眼房小优，似有深意地提醒：“你这样做，看起来是为了弥补自己的愧疚，实际上是再次给了某些人机会。”

房小优的叹息一次接着一次：“唉，我现在也有点乱，这大黄虽然不错，待我也是真心实意，可我总感觉哪里有问题，对不上频率。”

“那是你心里那个人还没拔除干净。你看我，跟田千亩拜拜之后，现在遇上杨阳，立马觉得爱情的春天来了！”林灿灿一脸小幸福状。

被点到痛处的房小优逃似的奔出茶水间，她不想提及这个话题，一来对大黄不公平，二来一想到安子洋，想到跟他有关的过往，心就难以平静。都说心不静是因为依然爱着，房小优最怕的就是这样。

一个从分手到现在，连条微信都不曾有过的男人，还有什么值得留恋的呢？

这种想法一直持续到房小优回家，进入厨房，手斩白条鸡，一丝丝、一缕缕把鸡肉分离时，房小优就如同在剥拣着那些和安子洋的历历往事，交往不深，情却深重。想起安子洋的那个福利院的理想，什么以贵老养幼小，什么老幼相依，就让她觉得这是个有想法有魄力的男人。这样的男人尽管身上有这样那样的毛病，至少，他是向上的，是成功的，是可以带给女人安全感的。

黄酥鸡入锅不久，郑恩娜回来了，闻着肉香，却丝毫不为所动，绷着一张脸，一看就是求职被拒了。

房小优赶紧上前安慰：“找工作的事慢慢来吧，我托了朋友帮忙呢，人多力量大，你别太逼自己。今天，我同事过生日，我邀请他们来家里聚聚，正好也介绍给你认识。”

郑恩娜表情漠然："不用别人帮忙，工作我找着了。"

"这么快？什么工作？待遇怎样？"

"只要肯吃苦，没有饿死的，吃得苦中苦，方为人上人。姐，这些天我想明白了，想买房子就必须有钱，想有钱就必须苦干，我这次是真拼了，我一定要赚到房子和车子，我要让他后悔！"郑恩娜的表情并不轻松，看得出来，她对分手这件事依然心存芥蒂。

房小优推着郑恩娜到房间换衣服，一边换一边尝试着说服："其实女人没有必要活得这么累，什么房呀车呀都是身外物，再说你还年轻，将来什么条件的男人找不着？听姐一句劝，找工作可以，拼命赚钱也可以，就是千万别学姐，买房很辛苦的，特别是对一个女人来讲……"

"姐，你别劝我了。买房是辛苦，但没房就没有爱情，我受不了。"

"房子怎么能跟爱情扯上关系呢？"

"韩英俊说了，有房才有爱情，他和那个女人在一起，就是为了房子，为了将来不受苦，他说，过去的苦日子他过够了，让我……让我放了他……"想起曾经所受的侮辱，郑恩娜几近哽咽，明知道是这个男人变了心，却还是放不下。

房小优听到这样的话，立马就火了："这是什么话？放了他？是他一直拽着你好不好？拽着你私奔，拽着你丢下父母，拽着你混不下去又跑回来……他现在倒打一耙，有意思吗？不行，这小子还吃了我好几天的饭呢，我得找他去，骂死他这个没良心的……"

看到表姐为自己的事生气上火，郑恩娜赶紧拉住："好了，姐，别为我操心，我自己的事我自己会解决，眼下，我最要紧的就是买套房，至于和他的事，以后再说吧……"

房小优想再次劝表妹打消买房这个念头，这时门外响起了敲门声，不得不起身去开门。

大黄和林灿灿结伴而来。大黄两只手拎的东西满满的，让房小优过意不去。大黄倒也不客气，左右打量房小优的小两居，一副满足的样子："真不错，这小窝越看越喜欢。"

房小优笑话他："你都来过好几回了，还没看够？要不，我让给你住几天？"

大黄笑笑，上前跟郑恩娜打招呼。林灿灿走进厨房想帮忙，被房小优拉到一旁开玩笑："怎么没把你的杨阳帅哥带来？让我们也瞧瞧你爱情的春天究竟是啥样。"

林灿灿一脸骄傲："看着吧，不出两天，我就能把他搞定。"说完，看看在客厅闲聊的大黄，小声地劝房小优："来的路上，大黄可对我说了，他对你一直放不下，怎样？要不要给个机会？人生难得有个对自己好的男人哦。"

房小优听林灿灿这样说，不知如何回应也不想回应，借口上菜。

菜上齐了，众人举杯时，电视里突然传来一条新闻报道，报道一出，所有人都没了胃口。

报道里说，本市年轻企业家安子洋的建筑工地出现了食物中毒事件，几十号工人集体送进医院，目前该事件正在进一步处理中。

电视视频里，安子洋一脸憔悴地在医院看望工人，并承诺会给出一个满意的赔偿方案。房小优的眼睛一眨不眨地盯着电视屏幕，而大黄一直盯着她在看，林灿灿看看两人的神情，突然明白了，不再说话。连郑恩娜也瞧出了哪里不对劲儿，放下筷子，没了胃口。

3. 有多伤，就有多坚强

女人放不下一个男人的表现，体现在眼神里，体现在食不知其味中，体现在不分时刻地对这个男人的担忧里。

房小优放不下安子洋，这谁都看得出来，吃饭时能把筷子放进汤里，而又把勺子插进了菜里，这种颠三倒四的行为让林灿灿最先忍不住。

林灿灿用筷子在餐桌上使劲拍了拍："今天可是大寿星黄胜利同志的生日，小优，要不要说点什么？"

房小优回过神来，举杯向大黄道贺，却一脸的心不在焉，就连郑恩娜都看不过去，赶紧起身给大黄加满酒，帮表姐打圆场。

"大黄哥，谢谢你帮我找工作，明天我就去面试，要是成了，我一定补一顿回请，你可要赏脸哦。"郑恩娜一边说一边举杯，"生日快乐！"

大黄举杯相谢，眼神却一直飘荡在房小优的身上，房小优深知自己有点走神，赶紧回过神来，举杯再祝："大黄，生日快乐！多吃点，我到厨房再加个菜。"说完，起身往厨房走去。

站在厨房里，房小优脑海里一直回荡着刚刚那条新闻，心中滋味百般。

她前脚进厨房，林灿灿后脚就跟了进来，一个劲儿地埋怨房小优："你这人怎么回事？是你让人家大黄来家里过生日的，好嘛，看几眼电视，魂就被前男友勾走了。真还有那心，你就去跟人家求复合呀，但是可别说我没提醒你，求男人复合的下场就是日后事事顺着他，依着他，在他眼里，你就是一块甩不掉的泥巴，别指望受到任何尊重！”

显然，这是反话正说。别说让房小优去复合，就连说起安子洋这个人，林灿灿都是一肚子的不满，自然不会向着他说好话，这一点，房小优理解。

“我刚才失态，不是故意的，就是控制不住，听不得他一点不好，哪怕已经分手，心里还是会挂念，你说，我这是怎么了？”房小优坦白地承认。

林灿灿把厨房隔断门拉上：“喜欢一个对的人，完全可以去追求，但明知这个人不是你的菜，你还偏要把他端上桌，这就是自讨苦吃喽。还有，人家大黄对你一片丹心可证日月，你怎么就不走心呢？不走心也就算了，还做出那样一副样子伤人家的心，唉，真是没心没肺！”

房小优在林灿灿的提醒下，也深觉自己有点过分，赶紧切了一盘冻牛肉，又加了一盘辣蒜肠，端出去。本想着给大黄道歉，可是没想到刚端上桌，大黄就起身不吃了。

“小优，我想去看看安子洋，你要不要一起去？”大黄的话让众人吃惊，房小优的心跳得厉害，不知如何回答。

“你不想去我也不勉强，那我……先走了。”大黄说完便往门外走。

这突如其来的告别让众人不知所措，留也不是，不留也不是。林灿灿果断地踢了房小优一脚，示意她送送大黄。

房小优和大黄一前一后地走出家门，却默默无语。谁都知道开口的结果，谁都知道自己无力打破这个结局，只好沉默着，思忖着，各怀心事。

快走到小区门口的时候，大黄停下来，回头看着房小优：“小优，我知道你放不下他，如果是这样，我愿意退回到好朋友的位置，也愿意帮助你们再次走到一起。”

大黄的大度让房小优再次感动，只是她也知道，自己和安子洋根本回不去，连最后的分手都是吵着骂着的情侣，有几个会回头轻易认错说对不起？更何况，安子洋还是那样的大男子主义的男人，他一定不会先低头，那么自己呢？显然也放不下这个身段。

“我和他的事，你就别操心了，倒是你，没能好好地过个生日，真是对不起。”

大黄点点头：“生日年年有，可以再补的，今年的生日挺特别的，也挺好。”

房小优知道这是大黄在安慰自己，小区门口进进出出的人又多，一时之间不知该如何接话，只好匆匆和大黄告别：“那么，再见。”

大黄似乎有点不放心，走了两步，又退回来：“小优，我还是想劝你，虽说你现在有房子，但不管怎么样，年龄不小了，心里真有对方，就别再执拗，有时候给别人一个机会，也就等于给了自己一个机会。”

房小优感激地还了大黄一个微笑，两人终于道别。看着大黄的背影，房小优知道这是一个居家好男人。他好似闺蜜，时刻明白自己需要什么，经常会提醒自己注意什么，偶尔也会惹自己发点小脾气，可是更多的时候还是会包容自己那么多的小任性。在这样的一个人面前，自己就如同一个透明人，没有秘密可言，似乎也不用考虑保留什么神秘感。你好与不好，他就在那里，你想与不想，他早就明了你的心思，你幸不幸福，他看得比你还要明白。这样的一个男人，何其普通又何其珍贵。唯一遗憾的是，朋友就是朋友。没有恋爱里那种波澜壮阔的思想起伏和深入骨髓的爱恨情仇，所以，也只能是朋友。

房小优回到家，还没等她开口，林灿灿和郑恩娜便集体向她开火。

“姐，你真不应该这样对人家黄大哥，他人挺好的，还帮我找了份工作呢，多用心啊，这样的男人不正是大家说的憨厚靠谱又适合居家过日子的那种人吗？”郑恩娜好像比房小优还着急她的婚事，“你也不小了，该为自己考虑了，总不能一辈子守着这套房子过日子吧？”

房小优不说话，心事重重，林灿灿又急了：“大黄的心思，我们可都看得明明白白，你这个局中人非要装傻，那也是没办法的事，但是过了这个村可没这个店了，你想清楚。”

房小优坐回餐桌前，看着那盘没怎么动过的黄酥鸡，告诉眼前的两个姐妹：“你们知道黄酥鸡为什么好吃吗？有人说是它的肉嫩，有人说是腌制的味道好，其实都不是，黄酥鸡最重要的是加酒要适量。刚好锅里要起点火星，不能太小也不能太大，把鸡的外皮煎炸出脆皮之后还要保证它能上颜色，酒多了就有了酒味，鸡也就焦了，酒少了火候不够，自然就只能半途而废，所以酒才是关键所在。”房小优说到这停了一下，看看眼前两张不明所以的脸，继续说：“黄酥鸡里的酒，就相当于爱情的感觉。感觉不对，再好也白费。这下明白了吧？”

女人在爱情当中，十之八九是感觉至上，感觉对了，哪怕这个男人瞎了残了，也是最完美的，一旦没有感觉，就算谈个十年八年或是对方再优秀，不过也就是个将就。

房小优第一次承认了自己对安子洋很有感觉。从第一眼，第一次约会，他就是她的菜，吃多少都不腻，哪怕今天辣着了，明天又呛她一下，回味里也都是幸福。

无药可救。这是林灿灿最后丢给房小优的评价。

林灿灿走后，郑恩娜第一时间把房小优推进卧室，打开衣柜，开始帮她挑衣服。房小优不明所以，郑恩娜一语道破:“赶紧去看他吧，我支持你，姐！”

房小优一边换衣服，一边不解地问:“你刚刚不是还反对来着吗？”

“那是我不了解你对这个男人用情有多深。女人虽说一辈子不一定只爱一个男人，但只要爱上了，绝对都是唯一。现在你心里只有一个他，当然支持你去见他，我理解，这叫爱情的苦，女人的命……”郑恩娜的这番话让房小优差点掉下泪来，这一刻她觉得自己的小表妹真的成熟了。

在郑恩娜的支持下，房小优当真去看了安子洋。

进到公司时，大厅里站了很多闹事的工人家属，房小优几乎是挤着进去的，没想到进了办公室，发现安子洋办公室里也挤满了各种各样的人。有闹事的家属，有正被调查的食堂工作人员，还有自己从医院跑出来边打点滴边讨赔偿的工人，夹在其中的安子洋有些力不从心。

房小优走到安子洋面前，看到她，安子洋愣了一下，多日不见，房小优竟清瘦不少，而他，此刻在房小优眼里，已然憔悴。

“你怎么来了？”

“发生这样的事，我来看看，能不能帮上点儿忙。”

“你也看到了，这里一团乱，还是回去吧。”

房小优正要回答，这时有工人上前闹事，指着安子洋说：“安总，我们可是吃了公司的饭才出事的，不出事还好，出了事连养家糊口都难了，怎么着也得赔小半年的工资……”他的狮子大开口让房小优意识到问题的蹊跷。

房小优问安子洋："报案了吗？"

一听到报案，安子洋赶紧制止："都上电视了，再报案的话，那公司名誉损失可就大了……况且我最近还有一个大项目在谈，不希望事件扩大化。"

房小优小声地劝道："你没看出来吗？这好像是人为的，是故意投毒，你要是再不报案，他们会更嚣张。听我的，还是报案吧。"

安子洋犹豫着："我不希望这件事再被传来传去的……"

听到他们要报案，刚才说话的工人不干了，上前指着安子洋："安总，私下赔偿我们还可以商量，要是报案，就真的没商量了，你就等着我们罢工吧。"

这话的意思更加明显，房小优敏感地认定，这是工人们集体作案。她毫不犹豫地走出办公室，拿出电话，打给自己在派出所工作的同学。安子洋被工人围在办公室，根本不知道她做了什么。

很快，警察来了，案子立了，闹事的工人却悄悄地消失了。

众人散尽后，安子洋质问房小优为何背着自己报警，房小优突然间觉得他不可理喻，颇为不解地吼他："你不这样处理，难道要看着这些人天天来闹事吗？再说，已经上电视了，还有几个人不知道的？况且现在最重要的不是找张纸把火包上，而是要查出是什么人究竟为什么目的来投毒！安子洋，在你心里究竟是面子重要还是真相重要？"

被房小优这样一番怒吼，安子洋仿佛不认识她似的，半天没说出一句话来。

看着哑口无言的安子洋，房小优转怒为忧："你一定没吃饭吧？赶紧收拾一下去吃饭吧。我同学说了，这案子很快就会破的，你就安心等结果吧。我……先走了。”

房小优转身走出办公室。出门时，她有片刻的停留，不知道是希望安子洋挽留自己，还是有些不舍这再次的相见，只是身后，安子洋始终无语。她突然觉得，自己这趟来得实在是毫无意义，至少，安子洋没有像自己牵挂他那样记挂过自己。她不敢想象，自己这次来是不是又自作多情了，更不敢想，这样做的后果会不会让安子洋凭空又多了几分骄傲？

回到家里，夜已深了。

郑恩娜房间里的灯却还亮着，房小优走进去，发现郑恩娜的书桌上摆着厚厚一沓书稿，足有几斤重，她不明就里。郑恩娜告诉她：“这是出版社的样书，校对用的，我现在是这家出版社的编外校稿员，赚点外快。”

“累坏眼睛了吧？这么晚了还盯着这些豆腐块儿。”房小优心疼表妹，拿来一杯牛奶，“喝了早点睡。”

郑恩娜却睡意全无，非要拉着她谈谈和安子洋见面的情况。房小优想了半天，不知道该如何形容这场见面，只好一语带过：“我们就是相互看了对方一眼，彼此什么也没说。”

郑恩娜一脸质疑：“这究竟是爱的最高境界，还是你俩心里根本就没有彼此？真正相爱的人之间哪会这样呢？”

“也许，从开始他就不曾爱过我，是我一直在自作多情吧。”

房小优丢下这句话，匆匆回了自己房间。这趟奔波，她真的累了，也不知道该用怎样的语言来形容这场相识。现在她只觉得放不下，又生怕深陷其中，怎一个纠结了得。

这一夜，辗转反侧，好不容易才睡着，第二天早上竟起晚了。

房小优想给郑恩娜准备早餐，没想到起床后发现郑恩娜早就出门了。她打电话过去，对方电话那头传来熙熙攘攘的声音，之后才听到郑恩娜的声音传过来："姐，我在早餐店帮忙呢，你不用为我准备早饭，午饭我也不回去吃，我要去大黄哥介绍的公司面试，还有晚上，晚上我可能也晚点回去，你不用等我……"

房小优不禁担心起来。她看得出来，郑恩娜被那场失败的爱情完全毁了，过去她人生的信条是知足就好，如今看来，真有种不买房不罢休的势头。

房小优决定，晚上回来跟郑恩娜好好谈谈。

4."有房女"最怕的事情来了

女人心里一旦定下目标，通常是比较执拗的，不达目标决不罢休，甚至还有人会剑走偏锋，为达目标而不择手段。

郑恩娜的心里只有一个目标：房子。

为了房子，只有两个字：拼了。

早上帮早餐店打理客人或送外卖，之后跑到一家卖车行做销售，晚上还要校对出版社发来的稿子，有时候是电子稿，盯着电脑屏幕就是大半夜，眼睛都快熬成了老花眼，着实辛苦。可是就算这样，她依然不满足，手里拿着计算器噼里啪啦地算计着一月能挣多少，能买零点几个平方的房子，真可谓苦中作乐，累并坚持着。

房小优看在眼里，疼在心里，不止一次劝表妹不要这样拼，实在不行，就把自己的房子让一半给她。话都说到这份儿上，郑恩娜还是在拼，她告诉房小优："我的爱情是因为房子没的，我就是要买套房子，看看它能不能盛得下我想要的爱情。"

房小优这才惊觉，有多少女人是毁在失败的爱情上。

房小优问郑恩娜："在你心里，除了房子和爱情，最怕失去的是什么？难道健康和快乐不重要吗？"

郑恩娜想都不想就回答："我最怕失去的就是爱情，偏偏它因为房子失去了，所以我现在无比渴望有套自己的房子。至于健康和快乐，我还年轻，有了房子以后，一切都会有的，就像你一样。"

房小优苦笑："你觉得有套房子，我就幸福吗？"

"那你又最怕失去什么呢？"

郑恩娜的问题让房小优想了半天，因为她怕失去的东西很多。这个问题换在几年前或许会和郑恩娜一样的想法，怕失去爱情，怕没有人疼爱，可是换作现在，她最怕的是手上的房贷断了，换言之，她更怕失去工作。

渴望经济独立的女人才算得上是完全成熟的女人。

可是偏偏，公司最近噩耗不断。

大早上的，刚进办公室，就听到有人在议论什么裁员和辞退的问题，房小优的心不由得一紧，最害怕的事情终于发生了。

而更让房小优心急的事情还在后面。经她一手谈的净水项目移交田千亩之后，田千亩因为任人唯亲，把那么好的一个项目错交给了一个新人，据说这个新人还是公司某高层的亲戚，真是一环套着一环，环环相扣。利益相关，只因能力有限，人心复杂，最终成了个镜花水月，竹篮打水一场空。

想到自己追踪多时的一个好项目，就这么被一个新人糟蹋掉，房小优气得牙根紧咬，如果不是正处于人事变动的紧要关头，她一定会向田千亩讨个说法。

林灿灿为房小优不平，主动跑去跟田千亩讨公平，说他毁了房小优的一番心血，田千亩至此对房小优更加不待见。

房小优得知真相后，埋怨林灿灿做事太武断："我自己的事情自己会想办法解决，你这样让我无形中得罪了那个小人，以后他给我穿小鞋倒不怕，万一遇上人事变动，那我可就惨了，我可不能失去工作。"

林灿灿一番好心却办了坏事，只想为朋友出头却落了个埋怨，她自然不愿意："真是好心没好报，让狗咬了吕洞宾。"

她的话多少让房小优不爽，本来就是林灿灿强出头，如今还以狗来形容自己，她吃不消："那你以后就别好心办坏事。"

"你……"林灿灿气得说不出话来，转身走了。

以往两人也会在工作中发生争执，但都是为了工作，再争再吵也并无芥蒂。可是如今林灿灿委屈地认定，自己帮了房小优却反受埋怨，而房小优却认为林灿灿多管闲事，让她在这种人事变动时期多少有点被动。一闹脾气，两人皆不爽，相互不搭理，倒让和事佬大黄显得不知所措。

房小优和林灿灿就这样犟着，一整天没说过一句话。快下班时，房小优心软了，觉得该主动和林灿灿和好，却不料，接到了安子洋的电话。

安子洋告诉房小优，投毒的事抓着了主谋，是一个工人故意所为，目的是想勒索公司钱财。在电话里，他一再感谢房小优推荐的派出所的同学，说帮了自己的大忙，并邀请房小优共进晚餐。但是他却并不知道，此时的房小优哪里还有胃口吃晚餐。公司里有跟自己赌气的林灿灿，家里还有一天打三份工、誓把自己累成狗也要买得起房的郑恩娜，哪儿哪儿都走不开，所以房小优只好拒绝。

电话里，安子洋听到她的拒绝，深深地沉默，半天才憋出一句："小优，你是在怪我还是在躲避我？"

房小优握着电话，直到发烫，却给不出一个答案。

只有自己心里明白，她从来就没埋怨过，何来责怪？从来都是牵挂多，何来回避？房小优只是觉得两人之间横着一道深渠，她奔不过去，而他又不肯跨越，就那么僵持着，谁也不肯相让。

说到底，房小优若有责怪，那也只是怪安子洋不懂女人心，不懂自己的心。

房小优把电话默默地收了，一句话也没有。

倒是林灿灿干脆，一下班就打电话约杨阳，本着修电脑的名义，实则是想多跟对方待上几分钟。

林灿灿对于杨阳其实内心是充满了好感的，她越接触越认定这是一个好男人：维修水平没得挑，任何疑难杂症到他手里准能手到病除；在为人上，林灿灿也偷偷观察了，凡是有难题或是难以接待的客户，同事都愿意把杨阳推出来，只要他出马，难题立马解决，客户立马改变态度，就像当初的自己一样。

这个男人身上有一种叫魅力的东西。

就像乌云层上的金边，因为隔着云层，方才显得珍贵又独特。

特别是对林灿灿来说，经历过各种恋爱失败症之后，这个男人身上的某些东西正是她欣赏的、寻找的、渴望的和想要得到的。

林灿灿到维修店去的时候，赶上店里正忙，取电脑的，维修的，还有买配件的，忙成一团，人手明显不足。林灿灿乐意帮忙，竟然帮着两个客户顺利取走电脑，并成功卖出一组团购的网卡，这让店里老板很是高兴，非要请她吃饭，林灿灿顽皮一笑："杨工程师去，我就去。"

杨阳此时正忙着组装一台电脑，头也不抬地说："我工作是我该干的，哪有让老板请客的道理，我不去。"

尽管被拒，但林灿灿还是满心欢喜，越发觉得这个男人不贪小便宜，钻石品质。所以当即就表示等自己的电脑修好之后，一定请杨阳吃饭。

杨阳告诉她："电脑的声卡摔坏了，得两天后才到货，你后天来取吧。"

林灿灿赶紧回应："没关系，我每天下班都路过这里，顺路过来看看。"

话是如此，其实只有她自己才明白，维修店离她家足足跨越了两个区，开车过来都要半个小时，可是这种善意的谎言，也足以证明林灿灿内心对杨阳这个男人有多么中意。

女人恋爱时，就是这么傻，宁愿多跑几段路，多说几句可爱的小谎言，只为了多看一眼意中人。

这一夜，林灿灿睡得无比甜蜜。

跟她相比，房小优却是彻夜难眠。

这一夜，房小优是抱着计算器躺在床上的，她不停地预算着手里的存款还能支撑多久，除去生活费、房贷，还得预留一部分失业金。这是自己留给自己的失业金，在单身有房女的生活字典里，失业金是一定得预留的，万一失业，房贷、生活怎么办？

不算不知道，一算还真把房小优吓了一跳，手里的余粮只够她支撑一年的，也就是说，万一失业，坐在家里的她只能维持一年的房贷和生活，这还不包括购物和旅游。这时候，房小优就有些恐惧，甚至特别恨自己，恨自己过往消费得太过厉害，养什么名狗，喝什么红酒，其实这都是不必要的奢侈，如果过往能节制一些，那至少还能多出半年的富余。

可是现在，说什么都晚了，余粮告急，办法只有两个，一是保住工作，二是开源节流。

半夜，房小优还是睡不着，起身，发现客房里的郑恩娜还在校稿，她敲门进去，嘱咐对方节约用电。这让郑恩娜误会她在浪费，表情微微不悦，倒让房小优觉得对不起表妹，赶紧改口："我更怕你浪费睡觉时间，变丑了。这种活儿赚不了几个钱，赶紧辞了，对身体没好处。"

回到自己卧室，房小优躺在床上，拥着被子，痛哭失声，第一次觉得自己活得如此卑微，连水电都要控制额度，未来还有十八年的贷款，怎么过？这时候，突然有一种感觉，想要找个人依靠，哪怕对方只是借自己一条手臂，说"不怕，有我在呢"，这样也好。可是这个人，为什么就迟迟得不到呢？

这一夜，房小优回想着自己一次次的相亲，一次次的失败，一次次以有房女的身份高傲地拒绝别人，一次次又被别人以有房贷为借口回绝的事……往事历历，生活不易，在这即将被逼进生活胡同的时刻，房小优觉得自己好像理解了男人为何对有房女心存看法，因为他们也怕负担，也怕出现万一，也怕生活不济……

房小优越想越后怕，越觉得自己不能失去这份工作。她觉得，明天一上班，自己应该先去跟田千亩道个歉，不管他是否接受，至少自己心里能够踏实点。

为生活而折腰，为房贷而低头，谁说有房女的生活无比美好？不买房又何来这种苦楚？房小优竟有些后悔自己当初冲动买房了……

或许是夜里前思后想的事情太多，房小优睡得晚，起得更晚，一睁眼就过了上班时间。她来不及收拾，拿起外套就往公司奔，一路上催得出租车司机都烦了，误会她是不是经常迟到。房小优无奈地叹气，从进公司到现在，七八年的老员工，迟到还真是第一次。不幸的是，这次的迟到发生得不是时候。

到了公司，房小优立即感觉出气氛有点不对。同事们的眼神有些异样，却似乎又有一种东西是相同的，那就是无奈和郁闷，这让她立马意识到公司肯定有了重大宣布，于是赶紧跟大黄打听。

大黄偷偷告诉她："净水项目停了，总部的银行贷款到期，加上高层最近调动频繁，公司总体来说有些运作得不太正常。早上人事开例会说了，这个月工资先发 70%，过两天还要精减人员，现在大家都人心惶惶的……"说到这儿，看看房小优，一脸不解，"从来不迟到的，你怎么偏偏就今天迟到呢？"

房小优张了张嘴想解释，却又觉得自己说什么都是多余，晚了就是晚了，时间总不能倒回去重来，迟到的原因千千万，能说自己是因为对未来生活产生了恐惧而彻夜难眠吗？想到那 70% 的工资，房小优再次傻了眼，除了房贷和基本的生活费，自己还真是连化妆品都要省了，看来，苦日子真的来了。

房小优四处看了看，发现没见着林灿灿，转头问大黄："灿灿去哪儿了？"

大黄一脸神秘地凑过来："她和田千亩见客户去了，这次是主动要求去的。"

"她不是最讨厌和田千亩一起去应酬吗？"

"我也是刚得到的最新消息，林灿灿那辆小马 mini 原来是贷款买的，她也背负着十多万贷款呢，现在这种时候怎么可能得罪田千亩？"

大黄的话让房小优诧异。她一直以为林灿灿家世好，一辆几十万的宝马还是买得起的，却不料，也是贷款来的。而这些，林灿灿在自己面前从未提及，或许是她太要面子了。不过这时候房小优也理解了林灿灿，女人一旦背负了房贷或是车贷，内心终究是有几分小凄惶的。

"唉，同是天涯沦落人，大家活得都不容易啊。"大黄一声感慨，闪人去忙了。

为了弥补自己的迟到，房小优主动给同事们泡了一杯杯热咖啡，越是艰难时越要讨个好人缘。她深知在一个公司里，同事们是水，领导们是舟，作为一枚水滴，她无力撑舟，只希望能在水中自由畅行。

大家喝着房小优的咖啡，感谢声阵阵，房小优还没一一回应过来，田千亩就从外面匆匆赶了回来，一见到房小优便喊："房小优，你到我办公室来一趟。"这一喊，房小优心里有点发蒙，再看看众同事的表情，不是转头就是低头装作在忙，完全没有了刚才的温情，这征兆让房小优心里有了一种不好的预感，预感到有大事要发生。

第五章

有房女的生活，又狠又累

有房女最怕遇见经济危机，失去工作和赚钱的机会比失去爱情和男人更令她们崩溃。所以，要么活得像狮子，绝不允许外敌来犯；要么活得像狗，没日没夜拼搏，只为了生活安稳一些，再安稳一些。

1. 众志成城，为了生活

一个小肚鸡肠的男人往往会跟女人计较到底，一个小肚鸡肠的上司往往会将为难进行到底，哀之不幸，这两种男人合二为一，作为下属的女人要么忍气吞声，要么对抗到底。

进到田千亩办公室的第一秒，房小优就感觉到了气氛不对。田千亩脸色阴沉，一张细薄的嘴唇因为吸抿过度而变得青紫，老远看上去就像涂了一层黑色的唇膏，显得整个人暮气、肃杀，带着一种说不出来的煞气。

本来，房小优还想跟田千亩道歉的，比如迟到。

可是，见到这个人的瞬间，什么道歉的话都说不出，而且田千亩也根本不给她这个机会。

“说吧，今天为什么没参加例会？咱们部门你是唯一缺席的，全公司你也是唯一一个迟到的，给我个理由。”

田千亩果然在生迟到的气，这样的开场白倒让房小优轻松下来，毕竟不是什么大事。

“对不起，迟到是我不对，我确实不应该来晚，只是……真的有点急事，走不开。”房小优当然不能说自己起晚了，这样的理由根本不是能通得过的。

田千亩追问：“什么急事？”

房小优装出一副为难的样子：“家里人出了点状况，没来得及请假。”

田千亩还想追问，房小优也知道，这个男人压根就不知道什么叫难言之隐，什么叫尊重他人，索性她积极地把话题岔开了。

“田主管，我听说大家的薪水都减了三成，是真的吗？”

“你想让它成为现实吗？还是说你想赚得更多？”田千亩跟她大玩迂回。

房小优心知肚明，却还是一脸请教的样子。

田千亩看看房小优，似有话说，又似乎记起什么更重要的事，表情立时轻松下来，从办公桌上拿起一份资料，递给房小优，语气温和下来：“这个，过去是你负责的项目，现在让你重新来做，如果做得好，我相信你的收入不仅不会减，还会翻番上涨。”

房小优欣喜地接过来，打开，笑容立刻凝固。

这份计划书她再熟悉不过，净水项目的计划书，本来就是她拟写的。当初如果不是田千亩想讨好上层领导，把对方根本不懂行情的亲戚弄进来做责任人，那么现在说不定这个项目早就成功了。

房小优把计划书还回去，放回办公桌，沉默不语。

“怎么？没信心？”田千亩追问。

房小优摇头：“对不起，我没有替人打扫乱摊子的习惯。这个项目我做不了。”

田千亩笑了，表情有些阴冷：“我知道，你肯定听了某些议论，说我拿项目做人情所托非人之类的，我也实话告诉你，我确实这么做的，但是这个项目失败的原因根本不在于我，而在于你的计划书做得不够详细。做策划的都知道，每份策划都要有个备用方案，而你这份计划书里根本就没提，所以，失败也是你的原因。现在，给你一个机会，让你来弥补这次失误，我也是为你好。”

这就是田千亩！是非错对，黑白无常！房小优一边听一边忍不住发出一声冷笑。

“感谢田主管给我这么好的项目，只是我现在忙得很，怕顾不过来，你还是另请高明吧。”

她的再次拒绝让田千亩不快：“房小优，我这是给你面子，别太把自己当盘菜，你知道公司现在正准备裁员，没有任何工作业绩的员工留在公司本就是多余，你可想好了，我这是给你创造业绩的机会，我这是帮你，也是可怜你。我知道，你贷款买了房，过得怕是不容易吧？”

房子，这根要挟房小优的肋骨，还真是折磨人。她深知，田千亩手里握着人事裁员的大权，得罪不起。

“我不是不想要这个机会，也不是不给田主管面子，只是这个项目我侧面打听过，说前任负责人已经把客户得罪光了，想要再重头来过，很难。”房小优说出心里的担忧。

田千亩却并没给她过多的支持：“这是个凭本事吃饭的年代，看你本事吧。”

“我现在对这个项目没信心。”房小优实话实说。

“想想你的房贷，想想每天银行里翻滚的利息，我相信你会有办法的。”田千亩紧追不舍，“对于一个没老公也没男朋友的女人来说，要是再没了工作，身上背负着房贷可不是一件轻松的事。”

哪里有软肋就往哪里戳。

田千亩再次把计划书抛给她，房小优咬了咬牙，接了过去：“我试试。”

房小优走出办公室的那刻，田千亩脸上露出一丝不易察觉的微笑，又轻轻叹了一口气，仿佛卸下了一个重包袱一般轻松。

这头，房小优却愁了，客户的电话打过去，一看是她们公司的电话，对方连接都不肯。房小优不清楚究竟发生了什么事，她决定亲自去拜会客户，为防万一，她叫上了大黄。

负责人是个将近五十岁的男人，秃头，短舌头，说话带着南方口音的矫情劲儿，最要命的是那双眯成一条线的小色眼，每次盯着房小优看都会从头扫到胸，再从胸扫到脚，这让房小优觉得极其不舒服。

房小优把合作意向书展开给对方看，一脸真诚状：“高总，我现在是这个项目的负责人，您看咱们两家公司的合作能不能重新开启？国共都有合作机会呢，何况咱们一直是朋友……”

对方把意向书合上，手不自觉地滑过房小优的胳膊，房小优下意识地缩了回去。这一切被大黄看在眼里，他眼里都喷出了火花儿，房小优用眼神制止，并继续游说客户，没想到客户听了半天的游说，最终只说了一句话：“这周末一个人寂寞得慌，不如咱俩找个地方边吃边聊。”

谈业务遇上主动要求请吃饭的，必是有眉目或是有意向要合作的。房小优当即同意。

从客户公司出来，大黄要求房小优请客那天带上他，房小优想了想，说：“高总刚才送咱们出门的时候说了，就我跟他，我怕你跟着去，你俩再打起来。我也想过了，我会约在人比较多的酒店，有什么事喊一声就没事了，再说以他的身份肯定也不可能来横的，你就放心吧！”

“小优，你就这么想要谈成这个项目？”大黄很是关心。

房小优在大黄面前根本不掩饰自己眼下面临的困境：“不是想要谈成，我是必须要谈成，你不会明白一个女人身上背负着房贷是多么累的一件事情，不管是吃喝还是穿戴根本不敢渴望奢侈，温饱就足矣。就算是只求个温饱，我还要算计着留一份钱出来以防意外，什么得病呀，家里有事呀，或者同学结婚，这都是不小的支出……以前咱们公司收入还算不错，现在突然降薪三成，我还真有点吃不消……”

大黄看着房小优，一脸疼惜，却说不出什么来。房小优苦笑着，继续诉苦。

“自从买了房，什么名牌的衣服和包包，我全戒了，就想攒点钱赶紧把房贷这个窟窿堵上，每天一睁眼，想到的就是银行那利息，哗哗的，流水一样，一大半财产都还了利息，想想都冤得慌……”看大黄一眼不眨地倾听，房小优突然不想说了，“算了，跟你说你也不明白，你又不买房，又没外债压身，何苦听我说这些，别吓着你。”

显然，她的话已经吓着了大黄，话音落了许久，大黄还站在原地若有所思，房小优立即笑了：“真吓着你了？”

没等大黄回答，房小优的电话就响了，是刚才的客户打来的。对方告诉房小优，晚上有个应酬，想让她陪自己去。房小优犹豫时，对方又加上一句：“顺便谈谈咱俩的合作。”话虽暧昧，房小优还是慌不迭地点头，答应下来。

大黄询问何事，房小优想了想，说：“哦，没事，高总就是问了点合作上的事。”

大黄察觉出房小优没跟自己说实话，又不便当众点破，只好亦步亦趋地跟在房小优后面。

其实，对于晚上的应酬，房小优心里是没底的。她不知道约在何处，更不知道约的是些什么人。她深知每个行业都有潜规则，也深知对于一个五十多岁的老男人来说，但凡有点姿色的女人都会予以笑纳，以便充实他们剩余不多的风流人生。这样一想，房小优更加没有底气，挣扎到最后一秒，想想身上背负的种种压力，一咬牙，还是去了。临走时特意给郑恩娜发信息，告诉她如果自己晚上十一点还不回来，一定多打几个电话，怕郑恩娜担心，又加了一句：“我去应酬怕喝多了会忘时间，你要记得在十一点以后每隔几分钟就打个电话来提醒我。”做好一切准备之后，房小优这才换装出门。

事实果然不出房小优所料，客户所谓的应酬不过是个借口，只是一个老男人无法面对寂寞的夜，想发泄一些欲望罢了。房小优踏进客户家里立即有种不好的感觉，赶紧找借口往外走，可是说时迟那时快，客户上前一把抱住她，房小优拼尽全力挣脱开，跑到门前用狠力将门打开，客户不甘心，上前还想拉住她，这时房门被人上前踢了一脚，两人一下子都愣了。

来的不是别人，是大黄。

他从那个电话里早就听出了异样，以多年对房小优的了解，他知道她一定有事瞒着自己，所以一直跟着，直到此刻。

客户回过神来，怒斥房小优没有诚意，房小优反手给了客户一个嘴巴子，问:“这下够诚意了吧？你这个不正经的老色鬼，要不是看在你年龄大的分儿上，我真想把你送到公安局！”

一听这话，客户也吓傻了，晚节不保自然不是什么光彩的事，恳请房小优放自己一马。房小优聪明地打开了手机录音，录完音却一言不发地离开了。

房小优向大黄道谢，大黄责怪她不相信自己，埋怨她一个人出来应酬太危险，房小优不知如何解释，只好苦笑作答:“咱俩之间就是同事，朋友，我还能依赖你到什么分儿上？你为我做得已经够多的了，我怎能一而再、再而三地麻烦你？”

如此客套的话便是硬生生地疏远了，大黄听得真切，房小优说得真诚，两人再无语。

让房小优想不到的是，打人事件仅隔了一个晚上，第二天就在公司传得沸沸扬扬。从田千亩的怒火中，房小优听出来了，是客户投诉了她和大黄。

房小优想对田千亩解释，可是田千亩口口声声只说要业绩，对于这种猥琐男人，她也不想再浪费口水，任凭他小丑跳梁去表演。

“你们这是破坏公司形象，影响公司声誉，本来能谈成的项目就这样黄了，你俩得负全责！”田千亩几近叫嚣。

“田主管，别说废话，说你的处理意见吧。”大黄不耐烦地说。自从田千亩升职之后，曾经还能坐在一起喝酒的他们不仅成了陌路，而且随着田千亩不靠谱的事越做越多，大黄对他已然全无好感。

“好,那我就宣布一下我对这件事情的处理意见。房小优,黄胜利,因为你俩的失误令公司失去新项目继续进行下去的机会，所以我代表公司宣布，你俩被开除了，从明天开始不用再来公司上班了。”

田千亩的话刚说完，大黄就挥着拳头打上来，不偏不倚打在正中,疼得田千亩捂着脑袋,躲闪不及,大黄的另一只拳头又挥了上来,一边打，大黄还不解气:“田千亩，你还真把自己当成土皇帝啦，你还代表公司宣布,我和小优犯了哪条规定哪条法律,用得着你来宣布,还开除我们？我告诉你，你没有这份权利！”

大黄追着田千亩满办公室地跑，房小优完全被这一幕惊呆了，同事多年，从未见过大黄发这样大的火，从未见他跟一个人如此大动干戈，大黄今天的表现着实令人意外。更让人意外的是，在田千亩办公室外面看热闹的同事，看到大黄在追打田千亩，不仅没有进来劝架的，还都在旁边大声叫好，真有一种“老鼠过街，人人喊打”的势头。房小优这时也看明白了，其实大家平时对田千亩都有意见，只是敢怒不敢言而已。

大黄追打着田千亩，田千亩见众人不帮自己，更加怒了:“你们就等着一个个被裁吧！”

听到要被裁，看热闹的众人急急散去，房小优记起刚刚田千亩说的开除之事，赶紧叫停大黄:“大黄，别打了，咱俩要是被开除，可怎么办呀？”

大黄打累了，也打傻了，一双眼睛呆呆地，停在原地，就像一个失去灵魂的人找不着回家的路，不管房小优怎么叫怎么说，他一句也听不进去。

倒是田千亩有了喘息的机会，一边整理自己被打乱的头发，一边恶狠狠地叫嚣：“你俩，开除了，赶紧离开！我不想再看到你们！”

房小优不满地跟田千亩理论：“公司开除员工可没你说的这么简单，就算是死，也得弄明白自己是怎么死的，凭什么你一张嘴合了关，关了合，我们就得听你的！”

“在这里，就得听我的！”田千亩气急败坏，“房小优，你现在就可以离开了！”

房小优气不打一处来，又不知如何替自己辩解，而大黄已经整个人都傻了，站在原地，呆若木鸡。

“谁说房小优要离开？谁说黄胜利要离开？他俩一个也不能少！”

突然，林灿灿从外面走进来，手里拿着一张纸，进了办公室，直接把纸扔到田千亩面前：“田主管，这是大老板早上刚刚收到的举报信，信里清清楚楚写着，姓高的曾经调戏过公司多名女员工，他现在已经被净水公司开除了，而你呢，作为一个部门的负责人，不替员工伸张正义，反而要开除有功之臣，这不是失职是什么？”

林灿灿的话唬得田千亩一愣一愣的，小眼睛眨了又眨，把那封举报信看了又看，再看看林灿灿，不敢置信地问：“灿灿，这可是写给大老板的，你哪儿得来的？”

林灿灿一脸骄傲：“你以为只有你认识什么空降高层，我一直没告诉你，我跟大老板也是认识的，一来是咱为人低调，二来怕吓着你。”

林灿灿的话还真吓着了田千亩。大老板是新来的，脾气和禀性谁也不了解，田千亩对自己的地位过于在乎，又过于小心，他自然不会轻易得罪大老板。好做变色龙的他赶紧转身向林灿灿示好：“是我有眼不识泰山，对不住，灿灿。”

林灿灿不理他，指了指房小优和大黄：“你对不起的不是我，是他们。”

田千亩赶紧向两人道歉。听到自己不会被开除，房小优竟然有泪花儿涌出来，刚要上前拥抱林灿灿，却被大黄抢了先。大黄冲上前去紧紧地拥抱了林灿灿，整个人就像又活过来一样：“灿灿，你简直就是个天使，谢谢，谢谢你救了我的命，救了我的房子……”

众人这才知道，原来大黄刚刚贷款买了房子，他现在也是一身房贷，而房小优也突然理解了为何大黄刚刚会疯了似的追打田千亩，有过房贷的人都明白，那叫死里求生，也叫不顾一切，不曾溺水的人不会明白个中滋味。

2. 旧爱新欢，男人你还想要什么

真友谊需要千锤百炼的考验。

经历了这场闹剧，房小优和林灿灿不仅重归于好，而且友情还更深一步，特别是听到林灿灿说自己其实根本不认识什么新来的大老板，不过是跟大老板的助理有些私交时，房小优更加感激林灿灿的“冒死相救”。

当然，对于大黄隐瞒买房这件事，林灿灿和房小优就没那么客气了，她们一同质问大黄为何瞒着她们买房，大黄一脸苦相：“我这完全就是苦逼节奏，不买房，你们女人哪个肯嫁？逼着我们男人做房奴的可是你们。”

“我现在不理解房奴的苦，倒是理解了为何大多数女人都不愿意嫁给有贷在身的男人，因为她们怕，怕万一男人失业或是病倒，她们就要面对这些没完没了的贷款，生活岂是一个累字了得啊……”林灿灿坦言，“要是我，可能也不会这样选择。”

“所以，你们女人贷款买套房就叫能干，我们男人贷款买房就叫应该。在男人眼里，能贷款买房的女人是强者，在女人眼里，贷款买房的男人叫无能。这些我早就看得很明白。”大黄倾诉他的苦水，“不瞒你俩，最近我相了两次亲。一个听说我有房贷直接没露面就吹了；另外一个听说我有房贷，直接说不会跟我一起还贷款，除非我在房产证上加上她的名字，不然就不谈……”

“还有这样的事？我们伟大的女性同胞已经强悍到这种地步？哈哈哈……”林灿灿不由得笑了，“看来，我和小优以后嫁人就容易喽，有房在身，还怕嫁不出去吗？”

房小优却并不乐观：“你是有房无贷一身轻，我可有将近二十年的贷款，哪个男人愿意娶我才怪……”话还没说完，有电话进来，低下头一看，竟然是安子洋打来的。

房小优犹豫了一下，并未去接。

林灿灿和大黄猜出几分，只作不知，继续他们的话题。

“我有件事也瞒过你们，其实我那辆小马是贷款买的，也有小十万贷款呢。”林灿灿坦白，“我不说，不是所谓的虚荣，而是我觉得自己完全有能力还贷，区区小十万，努力工作两年就还上了，何苦说出来让别人同情呢。”

“知道你条件好，吃家里的，住家里的，生活费不用掏半分，挣来的工资除了打扮别无他用，当然还得起贷款。”房小优感慨，“我家离得远，除了房贷，还要自己兼顾生活，偶尔来个人还要照顾一二。唉，每个月的支出都要超出预算，不算不知道，一算总能吓一跳，钱就像水，刚接到手里立马就流失掉了，根本连焐热的机会都不给你。这个时候真是羡慕那些款呀爷呀的，何时上天派下一位给我，大笔一挥，开张支票说：‘拿去吧，把你那点零头一样的贷款还上吧，爷丢不起这个人。’听着多爽！”

“想着也爽！”林灿灿附和着。

大黄忍不住叫苦：“你们女人多好啊，可以盼个款呀爷呀来拯救，我们这些房贷男可怎么办……”

林灿灿没忍住笑：“你可以找个姐呀姨呀来养呀，哈哈哈……”

大黄白了林灿灿一眼：“你要是款姐，你愿意养一个小白男吗？给我说实话。”

林灿灿装作认真思考的样子，想了半天，刚要回答，这时她的电话也响了。看到屏幕上跳动着杨阳的名字，她笑得更灿烂了，跑到一边接电话，接完了，几乎是跳着回来了，大黄和房小优意识到，她又恋爱了。

房小优知道对方可能是杨阳，大黄却并不知情，追问林灿灿：“我猜你一定不会养小白，因为养小白的女人哪会这么兴高采烈，一定是款爷字辈的有约，对不对？”

林灿灿收起笑，一本正经地回答他：“错。我的这个他是正儿八经的小白，不过，是我愿意养，人家不愿意被收的那种小白。”说完，还故意瞪了大黄一眼，“让你失望了吧？哈哈，对不起，本姑娘要去陪小白啦，你俩慢慢聊。”

林灿灿几乎是一蹦一跳着离开的，欢快的表情，跳动的背影，令人以为是刚刚恋爱的小姑娘，房小优看着她的背影又是羡慕又是摇头，大黄却一头雾水。

“小优，你是不是知道她又恋爱了？到底是个什么样的男人，这些年我可从来没见过林灿灿这么动情过，当初跟田千亩在一起的时候，没见她这么激动过……”

林灿灿摇头，又摇头：“究竟是何方神圣，我也没见过，不过有一点可以肯定，这个男人不一般啊。”

大黄微微点头：“能让一个不相信爱情的女人像小鸟一样飞翔起来，这是个有力度的男人，真希望早一天见见。”

房小优点头，却再不说话。

大黄看看房小优，半是迟疑半是试探：“那你呢？你有过这样的感觉吗？”

房小优有片刻的恍惚，不知如何回答。爱情这种东西只有自己慢慢体会，感觉是第一眼的，幸福却需要慢品。几段不成功的恋爱让她明白，爱情贵乎细水长流，她需要的不是这种飞翔起来不管不顾的感觉，她需要一个人长长久久的陪伴。

见房小优许久未答，大黄误会她心里还在惦记安子洋。曾经他喜欢过房小优，希望能跟房小优在一起，现在看着坐在对面神情恍惚的房小优，他也在瞬间有了无力感。深知走不进一个女人的心里是多么的悲哀，多么的无奈，又是多么的无能为力，而在这份无能为力的背后，他突然就愈加憎恨那个和自己竞争的人。

“小优，你还忘不了安子洋，对不对？”大黄终于没能忍住。

听到这个名字，房小优的眼神有那么一刻亮了一下，却又瞬间黯淡下去，而这些表情自然躲不过大黄的眼睛。她越是回避，他越是明白，自己曾经导演的那场相亲闹剧是如何的荒唐。本意是想让房小优在成功男面前知难而退，却不料，有了成功男为标本，自己这个“普相男”在房小优眼里变得更加默默无闻。

大黄不想再追问下去，作为一个男人，追问一个各方面优于自己的同性，又败于这样一个同性，自己是何其惨烈。

房小优又何尝不明白大黄的心思。只是，对于这个男人，她止于好朋友，甚至闺蜜，再往前迈一步的勇气不是没有，只是差了一点感觉，差了一点心思。在安子洋面前，她是小女人，有那种安于做他身后的女人的心甘情愿，而对于大黄，就算在一起，她想到的第一件事却是如何拼搏出更好的生活，因为她明白，大黄在生活中不算强者，在职场更不是。他只是一个普通到如同大海里的沙砾一般的男人，而安子洋是大海里的鲨鱼，他有强大的力量，能征服海洋的力量，她始终相信，他是最优秀的。

说到底，房小优比任何人都明白，不管自己是多么强大的女人，哪怕有职场的竞争力，哪怕有房有车有存款，内心依然是个娇弱的小女人，依然需要一副能让自己依靠的肩膀。而这副肩膀必须强大到令自己信服，显然，大黄做不到。

而这些，又不能明说，怕说出来，会被人误会，她房小优不过是想找个成功男。

其实不是，房小优明白，自己需要一个有理想有抱负的男人，她愿意在精神上跟他共同畅想，在职场中跟他共同奋斗，在生活中跟他共同成长。而这个男人的标准，安子洋显然都已达到。

男女之间的感情其实是件很怪的东西，不管是友情还是爱情，越想解释清楚越难以开口，房小优已经不知该如何跟大黄说明白这些话，索性以工作为借口转身走了。她越是沉默，大黄内心越是自卑，越是难受，偏偏这时，安子洋打来电话想约他一起喝酒，大黄下意识就拒绝了："不去了，工作都要黄了，哪还有心思喝酒。"安子洋再三询问，大黄这才把刚刚发生的事说给他听，安子洋听到最后安慰他："不怕，还有哥们儿呢，不行就到哥们儿的公司来，绝不亏待你。"大黄刚刚心里一暖，没等他回应，安子洋突然问起房小优："小优现在怎么样？她没事吧？"此言一出，大黄的心又凉了半截："想知道就自己去问吧。"大黄匆匆挂断电话，表情复杂，内心更是翻江倒海般的难过，一边是最好的哥们儿，一边是自己倾心却得不到的女人，相互在他面前流露出来的那种挂念之情让他既羡慕又生恨。

经历了上次食物中毒事件之后，安子洋对房小优产生了异样的感觉。之前他认为这个女人有点小温柔，有点小任性，还有点儿一般般，是那种丢在人海里未必能寻得到的普通女人。他认为爱也不是深爱，弃之也不可惜。但是经历了那件事之后，看到她上门来关心自己以及果断报警的处事不惊，让他心生敬佩。过去他会认为有房女人过分骄傲，事后想来自己也有不妥之处，最重要的就是来不及了解就已经失去，这种失去让他心里有一丝丝后悔，只是对于一个把自尊和面子看得比天高比山重的男人来说，低下头求失去的女人再回来，他做不到。

当然，安子洋并非小气的男人，在自己最低落的时候，房小优能上门来探望，在房小优有难的时候，他肯定会义不容辞地送上安慰。

安子洋的电话打来的时候，房小优刚刚下班回到家。又惊又险的一天过去了，心里还是隐隐担忧，失去工作不可怕，可怕的是突然失去，毫无准备。对于自己这样的女人来说，失业有时候比失身还要可怕，她不得不多为自己作份打算。

郑恩娜听房小优说完发生的一切之后，不由得替她着急："姐，你真的该找个男人好好被疼爱，自己这么硬撑下去，就算身体没事，心理也会出问题，要是有个人可以帮你，可以让你依靠，你就不会这么累了。”

话恰在痛处，房小优无力接茬的时候，安子洋的电话就打了进来。看到他的电话，房小优有片刻的犹豫，郑恩娜乖巧地躲进自己的房间默默地校稿，房小优这才接起来。

“小优，你还好吗？我都听说了，你们公司最近有些动荡，有什么需要的，我能帮忙的，你尽管说，或者……房贷有什么需要，我也可以……”安子洋虽是好心，说话却过于直接，这让房小优刚开始感动了一下，情绪又接着激动了。

“安子洋，你太小看我，就算我失业或是公司倒闭，我也有办法生存下去，房子我能买就能供得起，不用你操心，再说咱俩现在什么关系也没有，我怎么可能用你的钱？谢谢你的好意，没什么事的话就这样吧，我累了。”

女人就是如此，越是在自己喜欢的人面前越容易假装镇定，假装强大。

在放下安子洋电话的那一刻，房小优有种想流泪的感觉。她在心里一直恨，恨安子洋，在一起时从未如此贴心过，如今分手了，反过来像个暖男一样嘘寒问暖，她受不得，受不起，更不知该如何面对这份关怀：握住吧，怕是片刻温存，撒手呢，又怕等了三十年才等到的心仪之人就这样拱手让人。

郑恩娜从房间出来，看房小优表情不对，赶紧问起，房小优并不隐瞒，说出自己内心的担忧和不解：“在一起时，他就是个大男子主义的人，根本谈不上什么理解和关怀，现在分手了，态度倒变了，不是说要请你吃饭，就是打个电话来问你好不好。你说，他这是什么意思？”

郑恩娜撇了撇嘴，一脸不屑：“对于男人来说，管他新欢还是旧爱，他都舍不得呗。”

“说好的专一呢？”房小优跟着撇嘴，心情却微微好转，不管怎样，安子洋能打来电话，对她来说就是最大的安慰。

“对于男人来说，专一是最没价值的强求。”郑恩娜本是一句安慰话，却又一语中的。

第二天早上，当郑恩娜背着外卖箱跑到某小区敲开一家房门准备送早餐的时候，开门的人竟然是许久不见的韩英俊。

四目相对，多少质疑，多少不安，多少委屈，多少难堪，此时此刻全都撞到了一起。

韩英俊穿着一身真丝睡衣，睡眼惺忪，头发蓬乱，唯一不变的是那张更加白皙的脸。或许是日子真的好过了，多日不见，韩英俊竟生出些许圆润。看到郑恩娜的这一刻，那张圆润的脸微微堆起些许歉疚。

“娜娜，你怎么……”韩英俊指了指郑恩娜手里的外卖箱。

郑恩娜瞪着韩英俊，委屈，犹豫，怨恨，甚至还有些许的不舍，想说的太多，一时之间又不知该如何说起。

两人对峙时，有人穿着拖鞋窸窸窣窣地走过来，之后，郑恩娜看到何欢露像个火红的肉球一样出现在门口。看到郑恩娜，何欢露半眯的眼睛立时瞪了个通圆，一边往韩英俊身上贴，一边半是仇视地警告：“大早上的，你别闹啊，你俩已经分手了，什么关系也没有，再来闹，我可报警了！”

面对这样的情敌，郑恩娜觉得好笑。她这一笑，心里就有了斗下去的准备：“谁说我们没关系？不是你不光彩地插了一脚，我们现在肯定还在一起。就算你抢走了他，至少他还是我的前男友，你说对不对？”

何欢露的眼睛瞪得更大了，显然，郑恩娜的话刺激到了她：“你这个女人，大早上的跑到别人家里来闹事，太过分了……”话虽如此，还是有些底气不足。她深知这是自己的家，闹起来，郑恩娜如果不依不饶的话，邻居们难免会知道事情的真相，只好转身用手掐身边的韩英俊：“你惹的好事，赶紧让她滚！”

韩英俊对郑恩娜心里毕竟有那么几分愧疚，一时之间不知道该帮哪一个。

郑恩娜看到两人穿着睡衣贴在一起的样子，心里早就溢满了厌恶和恶心，把手里的早餐包扬了扬，放在门口，随后坚决转身，跑下楼去。

何欢露这才明白，郑恩娜是来送早餐的，突然也就笑了，告诉韩英俊：“原来是个早餐妹，她竟然是来送早餐的。哈哈哈，昨天晚上做了个好梦，今天早上这么开心。韩英俊，难道你过去找的女人就是一个早餐妹吗？”

经何欢露如此一提醒，韩英俊像记起什么似的，赶紧打开门，冲下楼去，一边冲一边喊：“娜娜，你等一下！”

3. 有房女和普通女子有什么不一样

一个男人如果对旧爱心生愧疚的话，大多数时候他还是愿意为旧爱做任何事情的。

郑恩娜跌跌撞撞地跑出那栋楼的时候，心里充满了耻辱感。曾经还是拥自己在怀的爱人，如今却成了别的女人的肉心枕头；曾经承诺将来自己的房间里永远只有一种女人香，如今温香软玉已非良人；曾经指天盟誓说今生非你不娶的男人，如今誓言还在，却只说给别的女人听……

最让她受不了的是，自己来给这样一对贱人送早餐。

这是一种伤，一种痛，一种侮辱。

郑恩娜又痛又恨，脚步匆匆，却还是被急急追来的韩英俊给追上了。他一把拉过郑恩娜的胳膊，声音卑微又真诚："娜娜，听我解释。"

郑恩娜甩开对方的手："回去陪你的新欢吧，我们之间已经没有什么可解释的。"

韩英俊往身后看了一眼，确认何欢露没有跑出来，于是把郑恩娜的胳膊拽得更紧："娜娜，你要理解我，我这样做也是迫不得已，我想在广告公司立足，只有她能帮我。我现在要多赚钱，将来才能买得起房，娶得起你……"

郑恩娜怕自己听错："买房？娶我？"

"娜娜，身为男人也有男人的无奈。我们之前过的那种苦日子，你不想重复，我更不想！我想过了，三年，或者五年，我一定可以拼出一套房子，你知道我是真心爱你的，所以……"韩英俊的话还没说完，身后匆匆跟出来的何欢露已经跑近了，一边跑还一边冲他大叫："你俩拉拉扯扯的干什么呢！"

韩英俊受了惊吓一般，赶紧将拽郑恩娜的手放开。

搭在自己胳膊上的手，一刻前拽得那么紧，那么疼，一刻后松得这般利落，这般干脆。看着这只手，郑恩娜像做了一个梦，前一刻在梦里还是恩爱无比，后一刻戏码突然大反转。因为她清楚地听到韩英俊的解释。

“哦，我下来给她送早餐钱，她不要，所以……”

何欢露上来一把将韩英俊拉回到自己身边，一脸嘲讽地说：“郑恩娜，原先我还担心你会抢走英俊，现在我一点也不担心。现在的你不过一个早餐妹，送早餐的，有什么资格跟我抢。你也不打听打听，这片，就这片……”何欢露边说边指着小区四周，“我们家光是房子就三四套，你说你凭什么跟我抢男人？”

又是房子。这是郑恩娜的死穴。因为房子，韩英俊离开自己，因为房子，何欢露可以如此无情地一次又一次嘲笑自己，而她，竟不知该如何还击。没有房子，有时候就等于没有尊严。

“所以，我劝你，女人长得漂亮没用，得货真价实。瞧瞧你，家里有钱吗？自己有房吗？有好工作吗？能挣几个钱？唉，活到你这份儿上，也真够悲哀的。以后要是没钱付房租或是吃不上饭，可以来找我和英俊，我们可以借你点，不，给你点钱……”何欢露嘲讽的本事历来厉害，她图的是嘴上痛快，自然不会去想别人心里是否痛快。

郑恩娜感觉自己心里像揣了只气球，何欢露的话就像一口又一口输入进来的气体，她每说一句，气球就增大一些。就在即将爆炸的时候，韩英俊突然跳出来，拉着何欢露往回走，何欢露挣扎了几下，还是被韩英俊拽走了。

郑恩娜心里的气球终于爆炸了！

冲着整个小区，郑恩娜无比仇恨又无比渴望地喊：“我郑恩娜发誓，一定要买房子！属于我郑恩娜的房子！我要买房子……买房子……”

小区是那种扇形的，一排排，一层层，高矮错落，郑恩娜的声音在大早上显得异常刺耳。几乎同时，有几家的窗户打开，探下头来看，显然，他们已经听到了郑恩娜的叫喊；还有人探出头来，埋怨她打扰清梦，骂她神经病。可是这些郑恩娜都听不见。她只觉得，喊出来之后，心里那个气球这才瘪下去，轻松不少。只是，话是喊的，牛皮不是吹的，她越来越渴望房子，一套属于自己的房子。

女人面对爱情，不论得失，总有几分那么不理智。

被何欢露一番羞辱之后，郑恩娜几乎是带着气回到快餐店的。因为耽误了几分钟，郑恩娜先是被领班训，之后因为心不在焉和客人发生摩擦，这一早上过的，简直是窝囊又窝心。经理发现她情绪不对又得罪了客人，自然对她不会容忍，拉她到一旁，声言态度不好是要被开除的，并指责郑恩娜中看不中用，笼络不住客人。

对郑恩娜来说，这一早上受的委屈简直就是气上加气，特别是听到经理说自己是那种中看不中用的女人时，她联想到何欢露说自己漂亮无用，并深感女人没钱就是可耻的，这种感觉让她忍不住跟经理吵了起来：“我凭劳动吃饭，怎么就中看不中用了？我比那些不是啃老就是靠男人养的女人差哪儿了？”

一番叫嚷，经理都没来得及反驳，这时有位常来光临的客人走上前来。

客人有五十岁的样子，保养得当，面容光洁，一身名牌西装，看起来倒是斯文有礼。他先是制止了经理向郑恩娜发难，之后又向郑恩娜表达了关切之情：“每个人都有心情低落的时候，一个像你这样漂亮的女人能干这么累的工作，我认为你就是一个好女孩。”说完，主动递上自己的名片，“既然这家餐厅不留你，我的公司大门向你敞开。”

郑恩娜犹豫着接过名片，向客人表示感谢，这一幕倒看得餐厅经理有些愣神。直到客人走了，餐厅经理才提醒她：“小郑，你真是走运，这客人是国昌贸易的翟总，身价不菲，哎，你知道吗，有多少人想托关系进去还找不着门路呢，你倒好，他亲自邀请……”

郑恩娜没心思听一个势利眼说东道西，她也没心思去什么贸易公司，当然，早上这份送早餐的活儿也是做不成了，索性辞职，然后奔向大黄介绍的公司上班。

意外一个接着一个。

大黄介绍的公司本就是一家普通的做软件的小公司，郑恩娜身为前台，工资不高，但很轻松。本想着早上和晚上辛苦些，到了公司倒是可以休息一下的，可是郑恩娜刚进公司大门就被告知，游戏部的主管谈的新女朋友被安排做了前台，郑恩娜如果愿意的话，可以考虑做业务。但她深知这家软件公司的业绩一直不好，作为一个软件门外汉，去跑业务又不占什么优势，郑恩娜左思右想，觉得这是逼自己离职的征兆。早上刚丢一份工作，要是这份工作再弄丢了，别说是房子，吃饭都成问题，所以她又不敢轻易拒绝，只好忍着，答应先做做试试。

做业务需要人脉，处处靠关系。对刚到这个城市来寻求发展的郑恩娜来说，除了自己的表姐，她哪还有社会关系？更何况还是十分不景气的软件行业，跑了一整天也没有任何收获。最终就在她决定放弃，收拾东西的时候发现了包里放着的那张国昌贸易的名片，郑恩娜抱着试试看的态度打去了电话，没想到对方一下子就听出了她的声音，只是在听到要做业务的时候有些犹豫，但还是邀请她明天一起吃饭，郑恩娜想了想，答应了。

女人的生活有时候就像话剧一般，不可捉摸。

这头郑恩娜和房小优还在为工作和生活而备受折磨时，那头林灿灿已经开始了紧锣密鼓的“追男”计划。

对于杨阳这个男人，林灿灿大有一种相见恨晚的感觉。

去取电脑的时候，林灿灿刻意打扮了一番：一身短衣长裤的奶白色洋装衬着她凹凸有致的身材，恰到好处的胭脂涂抹出一张精致无比的脸，最满意的性感厚唇轻轻向上一努，给男人一种无法抗拒的诱惑。最让杨阳同事们热议的还是她那辆三十多万的迷你宝马，车只要在维修店门前一停下，杨阳马上会被同事推出来，都说他交了一位女神级的女人，而且这个女人对他有好感。

众人都能瞧得出来的事情，作为局中人的杨阳岂能不知？

面对林灿灿一次又一次的示好，杨阳总是装出后知后觉的样子，要么回避，要么假装不知情，要么干脆来个拒绝。

林灿灿对于这样的结果并不意外，相反，如此招摇的自己，如果被别有用心的男人看到，不用自己诱惑，对方早已经寻找心思来接近自己，这样的男人她不是没遇见过。因为懂得这些男人的心思，所以她更加珍惜像杨阳这般冷傲躲闪的男人。她认定，这个男人的品质值得信赖。

把修好的电脑带回家，林灿灿将杨阳事先拷贝在他 U 盘里的文件备份到电脑上。就在做备份的时候，她发现 U 盘里还有一个文件夹，一看文件名就知道不是自己的存货，上面写着“感恩”二字。她好奇，急忙打开，这一看，不知不觉间眼睛竟然湿润了。

文件夹是杨阳的，里面有一页 EXCEL 表格和一页 WORD 文档。EXCEL 表格里清清楚楚地记着一年年的日期和一笔笔的金钱数字，最低一百，最高五千多，中间甚至还有零有整。而在 WORD 文档里，杨阳清清楚楚地写道："从 2004 到 2014，十年间，从刚上大学时的贷款到十年后还完最后一笔贷款，我的心终于平静。我靠自己的能力上完大学，没给父母增添压力，这是为人儿女的一种义务，更是我以后面对人生的勇气。至于将来，我可以骄傲地宣布：我行！我可以！我一定能！当然，对于村里的贷款和那些借钱帮助过我们家的人，我也必须要一一感谢，然后为他们做力所能及的事……2008 年，我帮王婶家的儿子找到了工作；2011 年，我去职业学院帮宋爷爷的孙女交了下半年的学费；2014 年，我给云南遭受地震的阿强寄去三千块钱，因为大学时我蹭了人家一年多的饭；2015 年，我想去认养一个失学儿童，目前正在洽谈中……"

一笔笔，一行行，林灿灿看着看着，眼里有东西滑落下来，这些字仿佛闪着金光，又仿佛是眼前的一片花海，那么美，那么真，那么令人难以想象……林灿灿反反复复地读，反反复复地看，最终得出结论，杨阳是来自农村，靠贷款和好心人的资助才读完大学的，大学毕业后他开始努力工作还贷，并利用个人能力回馈那些帮助过他的人……这怎么看都会是小说里的情节，他怎么看都觉得像电视剧里的好男人，可是这种好男人在生活中偏偏让自己遇上了，更重要的是自己还喜欢上了他！

林灿灿一刻也不想再耽误，冲出家门，开车疾驰到了维修店，杨阳没来得及拒绝，林灿灿已经把他拉到餐厅。烛光摇曳里，林灿灿激动得不知从何说起，一双眼睛既脉脉含情又依依不舍，怕说急了会坏了此时的气氛，又怕不说出来会失去牵手这个男人的机会，最终在杨阳的再三追问下，她决定勇敢一次。

“我……就是特别想认识你。”林灿灿盯着杨阳，想直接说又怕太失矜持，只好迂回，“我觉得你是一个不错的人，人好，有技能，品行端正，还有爱心……”

话没说完，杨阳先笑了：“咱俩刚认识，你怎么就这么肯定我的为人？”

林灿灿从包里拿出U盘，递过去：“它就是最好的见证。”

杨阳收起U盘，还不太明白：“这不是专门给你拷贝用的吗？它能说明什么？”

“对不起，里面有一个文件夹，我没经你同意就打开了……”林灿灿小心翼翼地道歉，“我不是故意要看的，真的。”

杨阳想了想，似乎想起了什么，一脸坦然：“怪我，只想着别弄丢你的文件，没想到自己的隐私还在里面……”看林灿灿一脸愧疚，便安慰她，“看了也没什么，这相当于我的……前半个人生吧。也许你也看明白了。没错，我是靠助学贷款完成学业的穷小子，一无所有，除了……梦想。”

有梦想的男人最能打动女人，更何况，还是一个品质优良的好男人，敢于直面不幸的人生，直面贫穷和落魄，还把这种苦中作乐的生活当作人生的丰富和历练。这种男人敢担当，有品行，不忘本，自己还有什么不能托付呢？

林灿灿几乎激动得不能自持，几乎没有思想，便伸过手去，握住了杨阳的手：“我对你深有好感，我也知道你没有女朋友，我能不能…… 自荐？让我做你的女朋友！”

林灿灿的行为多少有些吓着了杨阳，他先是一愣，接着又是一阵恍惚，好半天才缓过神儿来，嘴张了张，却没吐出半个字，脸倒闹了个绯红。

林灿灿以为这就是答应了，她始终相信自己的魅力，更相信自己的实力。一个家世良好、物质优越、职业不错、品行相貌又上乘的女人，对自己中意的男人表达爱慕之情，对方就算不是十分激动，至少也会迫不及待地点头吧？所以，她以为他的沉默是在准备措辞，她甚至很期待从他嘴里说出那句——我愿意。

只是，林灿灿等了许久，等来的结果却让她意外。

先是那只握在手里的手被轻轻剥离，接着杨阳浑厚的男低声带着磁性缓缓传来：“你是个好女孩儿…… 只是，咱俩不在一个频道，我知道你有房有车不差钱儿，但是对于感情这种事，我更渴望找一个普通女人共度一生……”

4. 命运，总有那么多意外相遇

爱情里最伤人的情节不是不爱，而是你踌躇满志地认定对方，对方却告诉你说，我们不属于同一个世界。

更悲催的是，他还宁愿选择比你差的，也绝对不愿意接受美好的你，让你的自信瞬间崩塌。

杨阳的拒绝让林灿灿有了一种厌世厌己的感觉，自己满腔热情主动示好，他不接受倒罢，偏偏还要将自己推开，说什么不在一个频道上，赤裸裸的拒绝，毫不留情的冷漠与讽刺。

最后的一丝尊严让林灿灿再无二话，收起自己刚才的话，坚持把饭吃完，一边吃一边道歉："对不起，我收回刚才的话，可能是我……来之前喝了点酒，有点乱说话，请原谅。"

杨阳不再作声，看看林灿灿，表情莫测。其实在他心里，不是对林灿灿毫无感觉，只是认定自己从小地方走出来不容易，他怕有所闪失，更怕把握不住。对于一个渴望安定的男人来说，安稳和有把握才是他所追求的生活状态，而林灿灿，人如其名，就像天上的星星一样，今天明亮，说不定明天就不见了。和灿烂精彩的美景相比，他更渴望踏实有烟火气息的生活，而这些，他觉得林灿灿做不到，也给不了自己。

林灿灿忍着内心的深悲巨痛，吃完最后一口饭，努力支撑住自己坚强又不失尊严的礼仪，毕竟是自己一定要请对方吃饭。客在主在，她一遍遍地提醒自己，做好这个饭局。丢感情的面儿可以解释成醉话，丢了做人的面儿想再挽回就难了。

一顿饭，吃得各怀心思，一顿饭，犹如千山万水，让林灿灿有种再踏不回来的感觉。

杨阳其实很识相，知道再坐下去无非就是多生几层尴尬，饭局至尾时主动提出加班，人就闪了。等到他一走出餐厅大门，林灿灿不管不顾地将头埋在餐桌上，心情复杂。

她觉得，这个男人终是看轻了自己，终是离自己远去了。

心情压抑，林灿灿将电话打给房小优，告诉她："我被自己选择的爱情抛弃了，死的心都有了，怎么办？怎么办？"

好闺蜜的作用就是需要时及时赶到。

房小优出现时，林灿灿当真喝多了，一个人的时候，点了两杯酒，心情不爽，两口下肚，就已经不行了。因为林灿灿的家太远，房小优只好开着林灿灿的车将她载回自己家。

也许是受了夜风的吹拂，也许是心事太重睡意全无，房小优把林灿灿带回家之后，林灿灿突然清醒过来，坐在沙发上，不停地向房小优发牢骚，说了半天，房小优也终于听明白刚刚发生了什么的事。

郑恩娜也在，听到林灿灿说着倒追杨阳的事，不等房小优发言，她已经抢了先。

"你自荐当人家女朋友？像你这样时尚、漂亮又有身家的女人向一个小白男求爱被拒绝？哈哈哈……灿灿姐，你这哪儿是自荐，明明就是犯贱，丢咱们女人的脸。"

郑恩娜的话让房小优不爽，埋怨她："你呀，总是口无遮拦，很伤人的，知不知道？"回头又安慰林灿灿："娜娜她有口无心，你可别往心里去，其实我觉得你做得对，爱就是爱，不爱可以拒绝，拒绝之后咱们可以从头再来嘛。"

"从头再来？哪还有这么好的男人呀……"林灿灿还是依依不舍，"他是个自强自立又很有自尊心的男人，跟之前的出国男和田千亩根本不一样……"

房小优看林灿灿陷得深，也只好重言相劝："他千好万好，只一样不好，他不爱你呀，所以，别再想了，把心收回来，重新开始。"

"心给出去了，还能收回来吗？你试过将心收回来吗？"林灿灿的反问让房小优和郑恩娜都沉默了。

有过感情之伤的女人，自然明白心不可收的痛。

只是再痛，日子还是要过的。

林灿灿看两人沉默，也明白点到了各自的痛处，深叹一口气，接着诉苦：“好不容易鼓足勇气想再相信一次爱情，可是我又被爱情抛弃了，找一个相爱的值得爱的男人，真的这么难吗？”

又是一记重锤，狠狠敲打在房小优和郑恩娜的心头。

哪个女人不想要找可靠又相爱的男人共度一生，偏偏以为找着了，回首，一身伤。

一声电话铃声打断了三个人的沉默，房小优的电话偏执地响着。听声音，房小优就不想接，倒是郑恩娜眼尖，瞥了一眼屏幕，笑了：“姐，姨妈又想押你去相亲吧？”

房小优无奈地接起电话，边听边往卧室走去。

郑恩娜向林灿灿示意：“隔三岔五就这么一通逼婚，我姐这日子也不好过呢。”

话刚落间，房小优已经从卧室出来，看到俩人一脸好奇，自己倒是一脸轻松：“我以为是逼我相亲去呢，没想到，我妈帮我回绝了，这老太太，比我还挑剔呢。”

“我姨妈又不催你了？”郑恩娜瞪大了眼睛。

房小优笑着坐下：“我妈说了，介绍人没介绍清楚，这要见面了才知道男方根本没有房子，她觉得自己的女儿有房子，要是找个没房的，那岂不是吃亏，所以帮我拒绝了呗。”

房小优的话让林灿灿突然悟明白了什么似的，倒是郑恩娜的脸色一点点黯淡下去。

“唉，这女人有了房子，就好像有了身价，谈个对象都可以挑三拣四的，像我这样没房子没存款的女人，是不是嫁不出去了呀？”

郑恩娜的话让林灿灿失声大笑：“哈哈哈……有房没房，不都是女人吗？再说，因为房子，我跟你姐吃亏还少吗？”说到这儿，又想起自己的伤心事，“别的不说，单说这杨阳吧，我有房，人家还不要我呢。”

“你想多了，我觉得杨阳是不够自信，心里自卑。这样的男人说得好听点儿叫自尊心强，说难听点儿，是不想在女人面前失去面子。”房小优接着说，“不过话说回来，他比田千亩那种男人要好得多。要我选，我宁愿选这种要面子要自尊的男人，也绝对不会选像田千亩那种为求过上好日子就向别人卑躬屈膝的！”

林灿灿若有所思，郑恩娜坐不住了，起身往房间走去，房间里还有大量没校完的稿子在等她。房小优怕表妹累着，在她身后喊：“娜娜，你别太拼命，有时间还是抽空回趟家吧。”

“等我把房子买了就回家。”郑恩娜探出头来，说完这句话，又使劲地将房门关上。

林灿灿一头雾水：“她……要买房？”

房小优无可奈何地摇头：“女人一旦跟房子较上劲儿，命运可就悲催喽。”

“你还在担心工作问题？”林灿灿毕竟是了解房小优的。自从上次的裁员风波之后，公司里人心惶惶，别说是房小优，就连她也是担心不已，毕竟是三十岁的女人，换换爱情容易，说到换工作就有些发慌。

房小优也不避讳，大方地承认：“以前从没想过会失业或是失去这份收入。买房子的时候算计的都是几年能涨一回工资，一年能多发多少奖金，完全忘记了自己会减薪，甚至会失业。现在一闹这些，就有些淡定不了了，心里诚惶诚恐，要是没有了工作，我这房子可拿什么供哦……”

林灿灿赶紧安慰：“不怕，有我呢，我帮你。”

“你？”房小优更加担心，“先不说你那辆小马的十多万贷款，就说你这平常消费，今天一套香奈尔，明天一个限量版迪奥，吃的是澳洲龙虾，喝的是 Kona Nigari，薪水这么一降，你自己消费够吗？”

林灿灿被问得哑口无言，起身往外走：“本来是求安慰的，聊着聊着，突然觉得活着都没啥希望了，不聊了，回家睡觉去。哦，对了，明天田千亩去总公司开会，交代让你去跟新的净水公司谈合作，约的地点我都安排好了，在净心大酒店，你记得早点到。”

送走林灿灿，房小优刚要回卧室，郑恩娜的房门突然打开了，走向她，交出一张银行卡：“姐，你减薪水啦？这又要生活又要供房，肯定不容易，我每个月还有几千块收入，这卡你拿着，随用随取。”

房小优当然不同意，郑恩娜还是坚持递过来：“姐，本来就应该替你分担的，再说我在你这儿白吃白住的，拿着吧。”

房小优安慰：“娜娜，你想多了，薪水再减，我也够供房的。你刚才也听见林灿灿说的，明天跟新客户谈合作，只要成功，大笔奖金挡都挡不住，还怕这点房贷？再说，你不是一直在攒钱买房吗？自己好好收着，你的心意我领了。”

说到买房，郑恩娜的表情微微复杂，也就不再坚持，把卡收了回来：“姐，我现在也不知道怎么了，一说房子，这心情就难以平静，越想心里就越难受……”

“你不是放不下房子，你只是放不下那个因为房子而离开的人。娜娜，听姐一句劝，那种男人，你为他做什么也是不值得的。”房小优将郑恩娜推回房间，“所以，把手里的稿校完，以后不许再接这种活儿，早点休息，注意身体。”

郑恩娜刚要回应，这时，有电话进来，她看了一眼，满脸的不自在，房小优追问：“这么晚了，谁呀？韩英俊？”

郑恩娜赶紧摇头：“不是，一个普通朋友。”说着，走进自己房间把门关上，低声接起电话：“喂，翟总，是我……明天？哦，有时间……我知道了……”

看到郑恩娜一脸神秘，房小优虽说有些担心，但是也总算放下心来，透过表情便明白了，这个电话一定不是韩英俊那小子打过来的。对一个失恋的女人来说，接老情人电话的表情要么是恨要么是厌恶，反而越是神秘越是避讳，便越让人觉得，这是一场新的恋爱。

第二天，房小优回公司带上资料，准备跟新合作方去谈判。大黄不放心，非要跟着来，房小优回绝了：“不是所有的都像那个姓高的，你就安心工作吧，别忘了，你还得挣钱还房贷呢。”只是一句小小的提醒，大黄便不再坚持，这时候房小优心里的那份小小的悲哀再次升腾。都说是买了房子的人好像身价提高了不少，却又有谁知道，贷款供房的人心里究竟有多少委屈和忍耐，女人可以为了房子不化妆不打扮甚至听任客户和上司的骚扰，而男人何尝不是因为房子放下面子放下尊严。

有房女最怕遇上经济危机，失去工作和赚钱的机会比失去爱情和男人更令她们崩溃，所以，要么活得像狮子，绝不允许外敌来犯，要么活得像狗，没日没夜拼搏，只为了生活安稳一些，再安稳一些。

一房试透百心，一房看透炎凉。

中午，房小优带着资料匆匆赶往酒店，进入酒店时，又觉得单独进入客户房间有失礼仪，于是自作主张在大厅等待，并点了咖啡和点心，这才打电话把客户叫下楼来，只是让她想不到的是，新的合作方在电话里谈得好好的，见了面，态度却突然变了。

客户告诉她："本来我们是带着诚意从浙江赶来，但是听闻贵公司的一些情况之后，我们决定再考虑一下……"

房小优赶紧解释："王总，我们公司在本地有良好的口碑和众多客户群，是什么让您突然犹豫了呢？如果是担心利润分配问题，那我可以再跟公司商量分成办法，凡事都是可以商量的，只要您提出来，我就会想办法解决。"

客户有些犹豫："这个……听高总说，贵公司在生意上有些让人不放心，信誉是我一直看好的，所以真对不起……"

听到对方谈起那个耍流氓的老客户，房小优气不打一处来，忍住，以理据争："生意合作贵在真诚，争取利益尚可理解，但如果想利用手中的这点小权利欺男霸女，这就是品质问题！如果您在意的是这些，听取的也是这些人的看法，那我无话可说，但是我要告诉您的是，一个被自己公司开除的人，他的话不是有待商榷，是完全不值得相信！"

"你是说高总是被开除的？"客户有些不相信。

房小优忍住胸中怒火："王总，您还是先查清事实，然后我们再谈合作的事情。"

两人正说着话，这时，酒店门外走进来安子洋，一身奶白色西装打扮下的他显得斯文高雅，房小优正犹豫要不要上前打招呼，却见他身后跟着一脸狐媚的安妮。

见房小优在大厅坐着，安子洋倒显得没那么意外，径直冲她走过来。

看着越来越近的安子洋，房小优突然有些不知所措，偏偏这时，客户转过头去，看到安子洋，一脸热情地起身，伸手相握：“安总，你来啦。”

安子洋跟对方握了握手，并看看房小优：“你们也在谈事？要不要我先回避？”

房小优还没弄明白他们怎么会认识，这时客户倒先开了口：“原来安总和房小姐认识，真是无巧不成书。”

安妮扭着水蛇腰蹭到安子洋身边，一脸戒备地看着房小优。房小优看到她，更是一脸不快，拿起包，起身就要往酒店外面走：“既然你们也有事要谈，那么，我先告辞，王总，意向书您再看看，是否合作也请您考虑一下，失陪。”

离开座位，经过安子洋身边时，安子洋突然拉住她的胳膊：“跟我来，我有几句话要问你。”不经同意，房小优的人已经被安子洋带着走到了电梯旁的拐角处，安子洋看着房小优，一本正经地问：“我约了你两次，为什么要拒绝？”

房小优刚要解释，目光突然被等电梯的一对男女惊着了。

女的高挑年轻，男的中年长相，俩人手挽着手从电梯出来，说说笑笑，男人的手抚在女人柔软的腰肢上十分不老实，女人微有察觉，却依然笑着回应，男人更加得寸进尺，手顺着腰一点点下移到臀部，女人有所抗拒，却又很快顺从，腻味得很。换作平时，这不是什么惊人的景象，偏偏这个年轻女人不是别人，正是自己的表妹郑恩娜！

第六章

有房女的爱情，又痴又狂

在男人眼里，有房女高冷、傲骄，不可靠近，在有房女心里，值得以心换心的男人越来越少，一旦遇上，必是又痴又狂，绝不轻负。

1. 别问我爱谁，我现在最爱的是自己

在爱情面前，唯一能让女人战胜感性的时刻，是自己亲人出现危急的时刻。亲情是浸润着同一份血液的奇妙情缘，爱情可以令人伤心欲绝，亲情也同样可以令人伤筋动骨。

郑恩娜的意外出现，让房小优早已摒弃了对安子洋的好奇。她三步并作两步走上前去，不由分说就将快进入电梯的郑恩娜和中年男人拽了回来。

四目相对，房小优一脸愤懑，郑恩娜一脸惶恐。

房小优一双眼睛死死地盯着郑恩娜和中年男人挽在一起的手，脑子里似有千百只蜜蜂嗡嗡作响，嘴张了又张，却什么也问不出来。

“姐……”郑恩娜赶紧撒开中年男人的手，小心翼翼地解释，“我和翟总出来谈点事儿……你别误会。”

房小优把目光收回来，却又盯住郑恩娜，目光里有九分不信任，还有一分怒气难消。

被这样的目光一盯，郑恩娜倒先怯了场，不敢吱声。

中年男人表现得异常淡定，走上前来，伸手想要和房小优打招呼，却被房小优拒绝，只好尴尬地将手收回来，喃喃地解释："小郑姐姐？哦，我和小郑确实是有点事儿要谈，我准备让她到我的公司工作，就是这样。"

房小优当然不相信这种蹩脚的解释，对于这种男人她最是憎恶，更可恶的是自己的表妹竟然与这种人为伍。

房小优上前一步，把郑恩娜从中年男人的身边带离，二话不说就要往酒店外面走。郑恩娜不敢争执，乖乖地跟在她身后，这时中年男人倒不乐意了，追在后面喊："小郑，咱俩的工作还没谈呢……"

一直冷眼旁观的安子洋终于看不下去了，大踏步跟上前，把中年男人一把扯回来，大声训斥："有什么好谈的？我看你是色胆包天！再敢纠缠她们俩，我可不客气……"他的话被快要走出酒店大门的房小优听到了。

房小优稍稍停了下来，回头，看一眼安子洋，欲言又止，之后还是拉着郑恩娜头也不回地走了。

安子洋看着房小优的背影，微微有些走神儿。这个女人对他来说，是越来越看不懂。过去的她对他来说是个温顺到可以随意支配的小女人，如今她像一只暴躁的小海豹，正呵护着差点掉队的表妹，虽然一句话也不说，却给人一种不可侵犯的威严感。这种感觉对于他来说，恰是另外一种吸引。

说到底，温顺的女人换来的是男人一时的喜欢，而个性的女人得到的却是男人百般的朝思暮想。因为看不透，更加想看透，这就是安子洋此刻对房小优的感觉。

当然，房小优没有安子洋那么复杂的心思。此刻，客户不再重要，安子洋也不再重要，重要的是表妹何时变成了那种女人？

一回到家，房小优几乎是用脚把门踹上的。回家的时候，一路上房小优紧拽着郑恩娜的手，生怕她再跑了，一进门立马又撒开了，把个头高过自己的郑恩娜狠狠地摔向沙发。

“姐，你想说什么就说吧。”明知欺骗解决不了问题，郑恩娜倒也干脆，“你一定怀疑我和他的关系吧？我们啥也没有，你多虑了。”

打小一起长大，房小优当然了解这个妹妹，面对问题，越是想问，她越是不会作答，而你若是不问，她反倒会来个竹筒倒豆子。所以，房小优只是盯着郑恩娜，盯到她发毛，发慌，发现自己错了，一切真相也就明白了。

果然，郑恩娜见房小优不相信自己说的话，又接着解释：“那个翟总人是有点花，不过也没占过我什么便宜。先前他是早餐店的常客，经常来吃早餐，有一次我被领班欺负，是他出头替我解决的，他还邀请我去他公司工作。我今天去就是想跟他谈谈工作的事，中午吃饭时一起多喝了两杯，他有点走不稳，喝多了，所以，所以就……”

房小优听了个大概，却还是觉得有问题，于是坚决不同意郑恩娜到那家公司上班。

“正常老板没有请员工到酒店谈工作的，此其一。其二，他的手都差点摸到你屁股上去，你还以为他喝多了？只能说明这是个老色鬼。总之，我不同意你到他公司上班。”

“姐，我想去。”郑恩娜坚持。

“除了他那家公司，再没有能养活自己的地儿？你怎么……”房小优急了，一脸不快，“不管你有什么理由，我就是不同意，想继续住在这儿，就得听我的。”

房小优的话让郑恩娜有片刻的吃惊，表情由歉疚慢慢转换成委屈，眼泪一滴两滴从眼眶里滚落下来，只一瞬间，就汪洋成河，心底某处敏感的神经再次被碰触。

房小优下意识地觉得自己的话重了些，试图收回：“我不是说不让你在我家里住，我只是为你着急……”

郑恩娜努力地收了收眼泪，还是没收住，哽咽着：“说到底，我就是没有属于自己的房子，没有房子，我失去了爱情，没有房子，我现在还面临露宿街头……原来，没有房子的女人是这么的悲哀！”

旧恨被重提，新伤重又覆旧伤，郑恩娜突然间就激动了，她不想再做任何解释，更不想再面对房小优的各种质疑，从沙发上迅速起身往门外走去。在房小优反应过来的时候，人已经冲出家门，不见了。

房小优站在原地失神，深知自己说重了话，可是又觉得并没有做错。她始终认为，身为女人，清白重于虚荣，名誉重于一切，所以更不能理解表妹的行为。当然，她也怕郑恩娜会做出什么过火的事情来，来不及细思量，赶紧追出门去。

郑恩娜一路小跑，围着小区转了两圈，最终发现，自己不仅穿着拖鞋就跑了出来，而且根本无处可去，于是坐在小区街心公园里，暗自垂泪。此刻她的心情像极了绿地里的杂草，枯萎，凋零，说不清的纠结。想到刚才表姐下逐客令的表情，她隐隐觉得，自己在这里像个租客，房东心情好时就可以住下来，心情不好随时可以赶你走，而这一切，还是归结于房子。

有一套属于自己的房子，郑恩娜觉得这是最迫切的问题。

而能解决这个问题的人，只有自己。

可是，自己又有什么能力去解决这个问题?

郑恩娜不敢想，却又不得不想，越想越纠结，依然无果。

房小优追出来，围着小区找了两遍，她知道，郑恩娜是个爱美的女孩，穿着拖鞋定是走不远的，所以，最终还是发现了坐在公园里的郑恩娜。

因为瘦，郑恩娜的背影显得特别单薄；因为孤独，郑恩娜的背影又是那么的可怜；而因为委屈和伤心，郑恩娜的背影又让房小优多了几分心疼和自责。

房小优走到郑恩娜背后的时候，郑恩娜并未察觉，直到房小优从背后轻轻抱住她，郑恩娜这才一个激灵地转身，之后望着房小优，又是久久的沉默。

“娜娜，姐这么说你，是姐不对，姐该相信你才是，对不起。”房小优主动道歉。

郑恩娜什么也不说，静静地坐在原地，泪水早已经风干了，贴在脸上的发丝被房小优一根根抚起，郑恩娜表情淡漠却又坚定，终于说：“姐，我必须要有一套属于自己的房子！”

房小优心有忧虑：“对不起，姐知道刚才不应该那么说你，是我刺激了你……”

郑恩娜摇头，却不再说话。

房小优不得不重提旧事：“不管是因为姐，还是因为姓韩的，姐都要劝你一句，女人有房没房，跟是不是幸福根本没关系，重要的还是内心的感受，幸福是感觉出来的，不是用物质堆砌出来的。作为女人，最重要的是对自己好点，多爱自己一些，你明白吗？”

郑恩娜终于点头：“就是为自己考虑，就是因为爱自己，所以我才更想有套房子。它是属于我的唯一领土，没人可以拿得走，它是让我可以自由行走、随意哭闹的专属领地。在那里我肯定可以无拘无束、为所欲为，不用看任何人的脸色，不用去想什么时候会被房东赶走，就算……就算哪天和心爱的男人吵架，闹翻了，至少还有个去处……”

“可是娜娜你要知道，买房子对女人来说是件特别辛苦的事，特别是像你我这样靠自己打拼的女人来说，那是需要付出双倍努力的。”房小优试图劝解，“咱不能为了一套房子就不管不顾地做傻事，以后你一定会遇上一个你爱他、他也爱你的人，一切过去，幸福就来了，不是吗？”

郑恩娜轻轻摇头：“不会再爱了，再爱，我也只会爱自己。什么爱情，什么男人，统统是虚幻的，是假的，只有房子才不会骗人，你住或是不住，你来或是不来，它就在那里，你理或者不理，你爱或者不爱，它还在那里。”

听到郑恩娜这样说，房小优心里有底了，这是一个打定主意要买房子的女人，同时也是一个看开一切的女人，连说话都成了念诗，想必心意已决。

房小优不再劝。她和郑恩娜说起当初自己买房时的心情。

“其实一直没跟你说，当时我买房子的时候，跟你的想法差不多，只是没你这么浪漫。那会儿手里正好有一笔钱够首付，自己租房子的钱算来算去不如供套房，所以就买了，买完之后就想，等将来结婚了，把这房子租出去，房租正好还贷，倒也持平。等到贷款还完，租金就是自己的一部分收入，也能稍微改善一下生活。又或者，万一婚姻不幸，打了闹了之后，我可以跑回这个小窝，把它当个娘家，死活不让那个惹自己生气的人进门……”说这番话时，房小优的表情不时地变化着，有美好回忆时的甜蜜，有委屈落泪时的无奈，有情怀难抒时的惆怅，复杂得很。

郑恩娜听得有点入迷：“你要的生活还真简单。”

“生活不就是这样吗？为一口饱饭，为一处卧榻，为几尺遮羞布，如此而已。”

“这是最实际的想法。我跟你不一样，我从没想过那么长远，我买房子只是想让那些抛弃我的、瞧不起我的人看看，我郑恩娜也有站起来的这一天，我要让他们后悔，让他们自责，让他们无地自容！”郑恩娜有点小气愤，小嚣张，还有点难以自持的小赌气。

房小优这时候也终于想明白，对于一个情场受辱的女人来说，爱情之耻一生难忘，因为难忘，所以更恨，因为有恨，所以才想报复。好在郑恩娜的报复并不极端，她只是想让自己的生活更上一层楼。

对于女人来说，打败情敌最好的办法就是让自己活得更出色。

如果物质可以填补这种遗憾的话，她愿意帮助郑恩娜去实现。

“娜娜，我理解你，也相信你会拥有一套属于你自己的房子，在这片小天地里，你的一切是它的，它的一切也都是你的，时间久了你会发现，有了房子，心也就安定了。所以，加油！”房小优第一次对郑恩娜买房的行为作出了支持。

郑恩娜得到响应和支持，适才的不快瞬间消失，兴奋得如同已经得到新房间的孩子，抬起小尾指和房小优拉钩：“我一定会买起房子，一定会幸福的！”

两人的手指刚碰到一起，房小优的电话响了。接完电话，她露出一副不可思议的表情，是大大的惊喜：新的合作方竟然同意签约，让她一会儿过去细谈。房小优想起自己把对方丢在酒店大厅的事就满怀愧疚，而对方竟然说在看完意向书之后十分满意。

显然，不是诚意打动了对方。

但是至少，自己这次是收获颇丰，这个项目的奖金还算可观，至少今年的房贷不用发愁了。这样一想，就有些小激动，她拉着郑恩娜，久久说不出话来。顷刻间，所有的不快、委屈、辛苦，统统烟消云散，留下来的都是小幸福、小激动，还有小小的成就感。

回家换了衣服，匆匆往客户那儿赶，刚跳上出租车，房小优又接到了安子洋的电话。电话里，安子洋邀请她一起去福利院，处于激动中的房小优想都不想就拒绝了："我有工作，走不开，不能陪你去，就这样。"带着几分小骄傲，她利索地将对方的电话挂了。

有房女对待爱情和事业的态度就是如此鲜明，爱情有时候是锦上添花的东西，哪怕再喜欢也可以暂时放下，而事业是对良好生活品质的一种保证，哪怕再累也要坚持。

只是，当房小优再次见到客户时，心里突然就后悔了。

2. 有房女的爱情，又痴又狂

爱情最美的时刻，不在于玫瑰，也不在于誓言，而是当你以为离它很远时，它却正热烈地为你不动声色地盛开着，不仅伟大，还很感人。

当客户告诉房小优，是安子洋极力说服他跟房小优合作时，房小优的心瞬间就不淡定了。她没想到一向大男子主义的安子洋竟然会为了自己而去求人。从客户的介绍里，她听出对方意欲和安子洋合作开发福利院，并希望房小优能促成自己和安子洋的合作，这时候房小优才明白，安子洋即将承建福利院。想起曾经共同的理想，想起曾经在一起时说过的话、做过的事，房小优心情复杂到不能自持的地步，和客户匆匆签完意向书，便又匆匆离开。

回来的路上，房小优试着给安子洋打电话，可是想到刚刚自己的那份小骄傲就觉得赧颜，索性放下电话，让心情尽量平复。

回到公司，又是匆匆交差，这次房小优是平静的，甚至毫无喜悦之感。而田千亩是意外的，本来是一个死项目，如今却被房小优轻易盘活，这让他不仅吃惊更有了危机感。他比谁都明白，自己当初上位是沾了朋友空降某高层的光，但那仅仅是开始，如果不做出一番作为，他的地位势必会受到影响。

田千亩拿着意向书，笑得脸蛋儿像炸开了皮的核桃，剥去一层皱纹又重生一层皱纹，笑容里更是充满了纠结："不错，厉害……可是你怎么就把它拿下了呢？条件还是按咱们拟好的？哎呀，太神了，房小优，你厉害……"

房小优懒得和他理论，拿上意向书，就往外走："既然你没异议，那我让灿灿尽快打印出来，然后签正式合同。"

林灿灿办公桌前空无一人，桌上凌乱地堆满了各种文件，房小优小声地喊了两嗓子，有同事告诉她，林灿灿去修电脑了。

房小优无语地摇头笑了。这个林灿灿，最近隔三岔五就跑去修电脑，个中心思她岂能不知？因为合同要得急，房小优只好自己动手打印出来，就在她一切准备就绪的时候，林灿灿一脸沮丧地回来了。

房小优把林灿灿拉到一旁，笑她："你这哪是去修电脑，简直是一副让人修理过的样子，说吧，那个杨阳怎么欺负你了？哦，不对，是你又厚着脸皮去找人家，对不对？"

林灿灿倒是一脸无辜："谁说我去找他了？他拒绝过我，我脸皮再厚也不会这么快就返回去找他，多没面子？再说，我林灿灿要房有房要车有车，更是天生丽质，怎么可能没有人喜欢？"

"这么说，你开始新恋爱了？"

"那倒没有，就是相了两回亲。"

"有合适的？"

"有合适的话，我还至于这么生气？"林灿灿说起相亲，就好像被谁欺负了似的，一肚子郁闷，"第一个是我老妈非逼着我去的，对方比我大十岁，虽说是车房俱备，但还有一个拖油瓶，本身我就不愿意，他倒好，也不客气，直接问我婚后是否愿意把我的财产也留给他的儿子……什么人啊，这是想找后妈还是想找雷锋？我可没那么无私！这第二个呢，刚看的，我同学的同事的哥们儿，弯儿转得够大的吧？见到他我脑袋也大了！没房没车我倒不介意，我介意的是，请这一圈介绍人吃饭的时候，他竟然问我介不介意AA制，还解释说他这样做是为了充分的民主和自由？我呸！将来结婚住我的房子开我的车，谁知道水呀电呀煤气费呀是不是也要跟我AA制？"

"两天不见，两次相亲，你也算生猛。"房小优没忍住，扑哧乐了，"早知道这样，我跟着你去相亲多好，可以多长点见识。"

林灿灿却笑不出来。"你见过的奇葩还少吗？反过来笑话我。"想了想，又觉得难受，"过去听这样的故事像笑话，现在看所有的男人，特别是没房的男人，就是一个个笑话。想过好日子，想找好女人，可是他们怎么就不照照镜子，看看自己是什么货色？甭管什么二婚三婚，只要有套房在手，他们照样可以找十八九岁的小姑娘，美其名曰可以给女人一个家，说白了，不就是一套破房子吗？反过来，咱们女人呢，越是有房越悲哀，只想找一个温暖的人共度一生，可偏偏就像自驾南瓜马车的灰姑娘，甭管你外表如何华丽内里如何贤惠，到头来，那些男人不是别有用心就是不够勇敢，所谓的王子不过是童话，骗人的。”

房小优边听边点头，刚要夸林灿灿成熟，却见田千亩鬼鬼祟祟地探头过来，于是赶紧示意林灿灿小声点儿，林灿灿会意错了，以为她不想让自己说下去，更加委屈："我说错了吗？男人甭管有房没房，就是没一个好货色！"

田千亩终于没忍住，咳了两声，林灿灿回身，虽感意外却并不觉尴尬，不由得数落起他来："田千亩，你能不能像个男人样儿，别整天没事站在人身后偷听！"

田千亩在林灿灿面前总是有几分忍让的："我不是有意的……就是想问问合同的事……"想了想，又接着问："灿灿，你相亲了？"

林灿灿想都不想就反驳："关你什么事？"

"这……当然不关我的事，不过看你这几天有事没事就去修电脑，这可有点耽误工作，你得注意点儿，别让我为难，你这样老往外跑，别的同事都有意见的……"

林灿灿不理他，转身拉着房小优走向自己的办公桌。田千亩一脸失落，却又心有不甘，在她们身后喊："为免生变，今天无论如何得把合同签了。"

房小优指着林灿灿的办公桌，一脸无辜状："今天怕是不能如田千亩的愿，合同片头还存在你的电脑里，完成不了。”

林灿灿一拍脑袋：“是啊，电脑拿去修了，片头我也没备份。”想了想，突然又一脸神秘，“要不，你陪我去取吧？怎么着，也不能耽误工作不是？”

这哪里是放不下工作，是不想放过多看一眼杨阳的机会，房小优心知肚明，倒也乐得送这个顺水人情：“好吧，反正客户住的酒店跟维修店在同一个区，过去也方便。”

路上，林灿灿出奇的沉默，房小优知道，每靠近维修店一步，林灿灿的内心便纠结一分。好不容易瞧上的男人就在自己眼前晃着，却是看得见摸不着，这种痛苦就如同刀刃在心尖上一刀刀凌迟，更何况还是被对方拒绝的林灿灿。

林灿灿想必也想到了这些，故意转移话题，问起房小优的合同为何签得这么顺利。房小优不想说是安子洋在帮自己，就只能说是老天帮忙，绝口不提安子洋这三个字，因为她不确定，安子洋帮自己是为了爱情还是为还人情。如果是爱情，她愿意接受这份帮助，如果是人情，将来必定要还回去的。

女人就是如此，宁肯在爱情里扮柔弱，也绝对不会在人前示弱。

倒是林灿灿，每靠近维修站一步，心情就凌乱一分，像个小女孩一样向房小优倾诉：“人家都拒绝得那么明显，我还傻傻地天天来修电脑，每次来取电脑，我还都故意装出不理他的样子，走出店门就后悔。不知道是不是我脑子出了问题，怎么就会跟小女生恋爱一样，不由自主，不分对错，甚至还有那么一点不顾廉耻……我是不是不可救药了？”

房小优想都不想便安慰：“爱一个人是没错的，不过是时间早晚的问题。”

“我怕再这样下去，自己会疯掉。不瞒你说，为了跟他赌气，这些天我拼了命地相亲，可是越相越后悔，越看越后怕，好不容易建立起来的信心又没了……”

“世上的好男人只有杨阳一个吗？”房小优突然有点瞧不起林灿灿，“我今天倒要看看他是个什么厉害角色。”

林灿灿突然不说话了，手指冲车外指了指，示意到站。

停好车，房小优先林灿灿一步下车，说不清心里是怎么想的，又抢先林灿灿一步踏入维修店，刚进店，就看一个顾客拉着一身工作服的维修工道谢，说他帮自己垫付了维修费，今天是特意来感谢的。细听才知道，顾客是从县城来的，因为维修费没带够，被几家维修店拒绝，是这个维修工帮忙垫了几百块钱。

房小优心想，这个维修工倒算得上善良。

林灿灿开门进来，一看到维修工，脸突然红了一下，目光闪了闪，径直去找前台，询问关于电脑维修的事。房小优从这细微的变化中断定，这个维修工应该就是杨阳，不由得多打量了几眼。好看的眉眼，坚挺的鼻子，面容里带着几分倔强，几分善良，个头不高不矮倒也合适，想到他刚才帮助顾客的情形，瞬间房小优对杨阳充满了好感。

杨阳见林灿灿不理自己，暗暗地多看了她几眼，这个细节自然也逃不过房小优的眼睛。她似乎从杨阳看林灿灿的眼神里瞧出了几分端倪，分明是关切、在意，还有几分为难。

林灿灿很快从前台取回了电脑，本来就没什么大问题，连前台都有些忍不住，提醒她：“你这笔记本可不能再拆了，本身也没大毛病，风扇有点脏，清除掉了灰尘，现在基本是静音状态，放心用吧。”

林灿灿被对方说得脸又一红，不知如何回应。

杨阳转身要往维修间走，林灿灿突然回头，看了他一眼。房小优看到两人如同捉迷藏一样，心生一计。她先是喊住杨阳，之后又把林灿灿叫过来："咱们不是有合同急着要打吗？能不能借维修店的打印机用一下？"

杨阳看一眼林灿灿："打印机在维修间里，得进去打，要是机密的话，你俩还是跟着进去吧。"

林灿灿不说话，低头，不看杨阳，分明有几分赌气，房小优自然是瞧得出来的，又把她往前推了一把："灿灿，你进去吧，这可是你的工作范围。"

林灿灿被房小优推着往维修间走，杨阳跟在后面走了进去。

房小优装作无意地跟前台聊天，问起维修店哪个工程师的手艺最好，前台想都没想，告诉她是杨阳。房小优听了，对杨阳的好感度再次增加。

进到维修间没几分钟，林灿灿举着打印好的合同出来了，房小优拿过合同说要去签，并暗示林灿灿："打印合同是你的事，签合同是我的事，我走了，余下的就交给你啦。"说着，故意拿眼神冲维修间示意，林灿灿会意地笑了。

3. 房子，对情伤女人是种诱惑

男女之间就像一场拉力赛，谁能坚持，谁就是胜利者。

杨阳深知林灿灿对自己的感情，从表白到拒绝，仿佛坚持着来了走，走了来，他不傻，自然瞧得明白其中深意，而林灿灿也一样，她能感觉出杨阳并非讨厌自己而心生排斥，只是太多顾虑让他不肯往前走。如今，横在两人中间的除了现实，更多的还是勇气。

谁有勇气往前一步，谁就是这场拉力赛的胜利者。

林灿灿决定，与其等待胜利，不如再次争取胜利。

女人面对拒绝过自己的男人总是愈战愈勇，林灿灿深知杨阳不喜欢过于直接的表达方式，于是亲自上演了一出苦肉计。

拿上电脑，装作离开的样子，开门的瞬间，恰到好处地崴到了脚。

一声尖叫，直接把杨阳从维修间喊了出来。林灿灿坦言自己开不了车，做出一副疼痛难忍的样子。这时有人说自己会开车，可以把林灿灿连人带车送回去，林灿灿抬头看看那人，是杨阳的同事，于是也没拒绝，点头并拿出车钥匙递上去。就在对方接钥匙的时候，杨阳不知从哪里来的勇气，跑上来先行接过钥匙，挽上林灿灿的胳膊，向众同事解释："我的客户还是我来负责吧。"

这是林灿灿和杨阳第一次亲密接触。

他一手扶着她的腰，一手支撑着她的胳膊，如此近的距离，杨阳身上散发出来的男人汗味儿和林灿灿身上的迪奥味儿相互混合着，撞击着，如同两颗相互靠近又相互排斥的心。

林灿灿抬头看了一眼杨阳，发现这是个容易脸红的男人，从发际线一直红到耳朵根，鼻翼上还有几丝氤氲的湿润。而这时，杨阳低头看了林灿灿一眼，四目相对，暧昧，纠结，几分尴尬，几分多情，说不清多少情绪在其中，都不敢出声，也深知无须说什么，一切尽在不言中。

杨阳开车把林灿灿送到小区楼下，林灿灿一瘸一拐地要上楼，杨阳不放心，追上来，执意把她送上楼。

打开门的瞬间，林灿灿站在门外，突然停下来。她不想跨进去，怕这一脚迈进去，杨阳便是一个转身，再难相见。

两个人在门前僵持着，不说请进，也不说离开，有那么两分钟。心门仿佛瞬间就被打开了，是通着的，却又是沉默的，都在等对方先开口。

林灿灿最终还是做了那个主动的人："今天谢谢你，进来坐坐吧。"

杨阳想了又想，还是坚持离开，林灿灿不舍，情急之下拉住他的手："我就那么让你讨厌吗？"

杨阳的手在林灿灿的手心里突然颤抖了一下，林灿灿感应到了，抬头看着杨阳，等待他的回答。

杨阳任由林灿灿握着自己的手，不知该说些什么。

时间如果能停在此刻，想必林灿灿也是愿意的。她愿意等待，一直等到杨阳开口接受自己。

就在此刻，林灿灿等来的却是无情的电话。

杨阳的手机响起，两人的手慢慢分离，电话催杨阳回去，杨阳仿佛找着了某种借口，急匆匆和林灿灿告别。直到杨阳消失在电梯里，林灿灿这才把门关上，之后看着刚刚相握的那只手，生出一种恍然如梦的感觉。

她不知道，此刻之后，自己和杨阳的关系是更近了一步，还是依然未开始。

至少有一点她可以确认，自己在杨阳心里还是有那么一点位置的。

这个发现，已经足以让她幸福。

到了这个时候，林灿灿才深切地意识到，所谓受情伤的女人不会再爱，那只是暂时的。一旦遇上感觉到位又十分信赖的那个男人，再受伤，女人还是愿意相信爱情，依赖爱情，且因为伤过，亦更加懂得怎样的男人才更值得去珍惜。

当然，杨阳心里在想什么，林灿灿也并非不知情。她明白，在男人眼里，有房女高冷、傲骄，不可靠近。其实这只是表象，她想用自己的真心和行动让他明白，在有房女心里，值得以心换心的男人越来越少，一旦遇上，必是又痴又狂，绝不轻负。

绝不轻负，这是爱情里最美的境界。能不辜负且享受这种境界的情人，少之又少。

一如被前任伤之入骨的郑恩娜。

尽管房小优极力反对，但她还是义无反顾地“骗”了表姐，进入国昌贸易翟氏门下，成为总经理助理。说是助理，其实也就是陪着见见客户，吃吃喝喝，在他人眼里如同花瓶一般，说得好听点儿叫助理，难听点叫公关，实在是不受人尊重的一个职位。这一切郑恩娜并非不懂，只是她愿意装傻，反正用不着出卖自己的肉体，顶多被男人们吃点豆腐，想到自己买房子的目标，便觉得一切委屈都是值得的。

当然，不管是职场还是生活，想要得到一些东西，势必就要失去另外一些，比如名誉、信任，以及人与人之间的尊重。这一点，从进入公司的第一天她就感觉到了，翟总前脚刚离开公司，后脚就有个长相甜美却一脸忌妒相的女同事告诉郑恩娜：“你现在坐的位置之前是小艳的哦。”说话的神情有些许轻佻和怪异，郑恩娜问小艳是谁，对方却再不回答。直到在卫生间，几个不知情的女同事凑在一起议论新来的郑恩娜时，因为不知道她也在洗手间，说话间便漏出几句不恭:“这个新来的长相还不如小艳呢，不知道老翟头会享用几天，唉，现在的女人啊，给点钱儿就……”话说到这儿，郑恩娜终于明白了谁是小艳。

其实，谁是小艳不重要，重要的是小艳代表了一种女人的符号，而自己恰不幸地也被归于此类。

如果没有之前的种种遭遇，郑恩娜想必是要跟这些人争执一番的，只是想到自己的处境，她还是忍了。不仅是为钱，还因为一场和韩英俊的意外相遇。

翟总携郑恩娜去赴宴，郑恩娜并没想到这是一场和韩英俊意外重逢的戏码。作为韩英俊所在广告公司的大客户之一，她意外地成为韩英俊的座上客，不仅如此，还因此让一同前来的何欢露闹了一个很尴尬的笑话。

因为晚到，何欢露并不明白郑恩娜现在是总经理的助理，还以为她是跑到酒店来找韩英俊的，脸色难堪也倒罢了，还差点上前跟郑恩娜打起来:“你真是不要脸，他现在已经是我的男人了，还好意思跑到酒店来闹？也不瞧瞧，一个早餐外送妹，还想跟我抢男朋友……”话被韩英俊听进耳朵里，想阻止已经来不及了。郑恩娜深知何欢露的为人，更深知，对于流言自己一旦辩解反而落了下家，沉默以对倒得高贵，更何况翟总对她的过去并非一无所知。

果然，翟总有些看不下去，站起来给何欢露介绍:“这是我新聘请的助理郑恩娜，怎么，何小姐跟她认识？”

这时候，何欢露才算真的傻了眼，明明刚刚她只看到韩英俊陪着翟总，甚至认定了郑恩娜是跑到酒店来闹事的，没想到，乾坤逆转，自己倒成了跳梁小丑。

显然，想要挽回已是不可能，何欢露倒也直爽，索性承认：“对不起，翟总，我和郑助理之间确实有点过节，不过都过去了，请您别介意，刚刚我失言了。”

翟总似乎也没多少介意。不看何欢露，他转头问郑恩娜：“小郑，一会儿是不是还有个饭局要参加？马来西亚的合作商怕是等急了，咱们走吧。”

见两人起身要走，韩英俊比何欢露还要着急，忙上前拉过翟总的手：“对不起，翟总，欢露她说话没个点儿，不是故意的，你别生气，这刚来，菜也都上来了，怎么着也得吃了再走……再说，咱们之间的年度广告合作还没谈呢……”这是他进入广告公司接手的第一个大单，且还是何欢露费了很大神儿转了很多人情才为他讨来的，第一单就走背字，自然是说不过去的。看翟总无动于衷，韩英俊只好讪笑着求郑恩娜：“娜娜，怎么说咱们也算是……朋友，能不能给我一个机会？”

眼前的韩英俊，一身名牌，一头油发，一脸卑微，一声声恳求，不知为何，这让郑恩娜想起了曾经的他。这个男人的曾经，在她的记忆里的模样完全是反的，总是他说什么都是对的，他指东她从来不往西，他说好她从来不辩驳，哪怕是走错了路，撞得头破血流，他不会道歉她更不会抱怨，一切的一切，只因她爱他。女人在爱的男人面前要多卑微有多卑微，卑微到找不着自己，卑微到分手了还是会心疼。

郑恩娜心疼韩英俊此刻的卑微。尽管这份卑微不是为了她。

“我说了不算……一切得听翟总的。”郑恩娜声音细小，却还是为他指明了方向。

翟总的眼睛不大，眼神却很犀利，看了一眼郑恩娜，默不作声，韩英俊转而相求，却仍被他拒绝："年度广告是件大事，我和小郑商量后再通知你们吧。"说完，他拉着郑恩娜便往酒店外面走。这个动作细微、关切，却又突然、暧昧，不仅何欢露和韩英俊傻了眼，就连郑恩娜也傻了眼，木头人一样被对方牵出了酒店。

出了酒店大门，郑恩娜不由自主地放慢了脚步，将手轻轻地从翟总手里抽离，一脸羞涩。

翟总回头看着她，小眼睛里分不出是欣赏还是喜欢，却依然带着几分心疼："那个男人是你的前任吧？那个女人是抢走你男朋友的人，对不对？"

也许是许久没再提及过这件事，也许是刚刚被翟总的关切和诚意打动，也许是连她自己都没想到会在这里遇上韩英俊，前尘旧事纷纷涌上心头的时候，委屈和难过再也抑制不住，郑恩娜刚一点头，泪就落了下来。

"告诉我，究竟是怎么回事？"翟总一脸关切。

郑恩娜哽咽着将事情的来龙去脉跟他说了一遍，说到最后却是这样总结的："说到底，我们都是过怕了穷日子，他想找个有房的女人少奋斗几年，我也能理解。"

"傻丫头，都这种时候，你还替他着想，为他辩解……"翟总一脸心疼，"那你呢？以后什么打算？"

郑恩娜想都不想就回答："我现在的目标就是挣钱，买一套属于自己的房子。"说到这儿又忍不住回头看了一眼酒店，仿佛能看到依然在里面的韩英俊一样，"我要让他后悔，后悔失去我这样一个爱他又有房子的女人！"

翟总听着这样的话，却突然笑了："不是我瞧不起你，也不是想要打击你，现在的房价你也知道，照你现在的收入，怕连个首付也攒不出来……大好年华正是享受青春的时候，你不好好玩乐，却要过攒钱买房的苦日子，不觉得累吗？"

"累不累，已经不是我所能想的，我想要的只有房子。没有房子的女人就像没有根的浮萍，没有方向，没有安全感。"郑恩娜坚持道。

翟总似乎看明白了什么，又似乎有什么想要说的，却犹豫着，不知如何开口。

郑恩娜没察觉到这些，还在为刚才对方的援手而感激："刚刚谢谢翟总那么给面子，要不是您在，我都不知道该如何收场，已经很久没有人能这么为我着想，这么帮我……"说这番话的时候，一脸的楚楚可怜，倒惹得翟总微微心动。

"小郑，其实我还可以帮你更多，比如房子，只要你愿意。"突然就把话说出了口，翟总倒也没了顾虑，"其实从在快餐店见面第一眼，我就觉得你不错，我的意思……你能明白，是不是？"

如此赤裸裸的诱惑。

郑恩娜再单纯也是明白的。

刚刚的相遇让她明白，自己能在韩英俊面前抬起头来，这一切归功于翟总这棵大树，而房子，自己千思百想也不知何时才能买得起的大物件，也不过是这个男人的大手一挥而已。

只是，为了一套房子，轻易就将自己的青春出卖，值得吗？

郑恩娜下意识地要拒绝，却张了张嘴，不知如何措辞。这时候，韩英俊被何欢露挽着胳膊从酒店里出来，俩人相携而来的身影让郑恩娜感到窒息，过去的一幕幕，刚刚的一幕幕，无不在提醒着她，自己过去的这场恋爱是场错误，而曾经的那场分手更是无尽的耻辱。看着何欢露那张叫嚣的脸，内心就涌起一股想要索回一切的报复感。

看到翟总，韩英俊三步并作两步上前讨好地打招呼，何欢露这次也老实了许多，讨好地跟翟总再次道歉。翟总是个聪明人，知道给郑恩娜要面子："你俩跟我说什么也没用，这次的合作我刚刚交给了小郑，以后有事直接跟郑助理谈吧。"

一句点拨让韩英俊和何欢露像斗败了的公鸡，垂头丧气又好不甘心，而只有郑恩娜心里明白，翟总的话其实是另有深意。

4."有房男"的爱情也未必顺利

红尘男女，无所谓忠诚，忠诚是因为背叛的砝码不够分量。至于受过情伤的女人，就算没有诱惑，只要前任令她够伤够疼，报复和嫉妒便成为背叛最重的砝码。

尽管郑恩娜没能给翟总一个明确的答复，但是至少也没有一口回绝。

心情凌乱，郑恩娜拒绝了翟总相送，一个人慢慢往回走。想到因为自己的事让表姐不高兴，她便转身去超市买了一兜水果，快到楼下时突然接到房小优的电话："我妈来了，估计得晚点走，你晚上晚点回来。"就像被拒绝的暗号一样，郑恩娜的心微微收紧，些许悲哀。

不仅是借住的悲哀，更是一个无房女的悲哀。

天色已经渐渐暗下来，不知身在何处，又该去往何处，郑恩娜突然迷惘了。

楼下不远有家网吧，郑恩娜提着一兜水果走了进去。

而此时，房小优的“苦日子”才刚刚开始。老妈说来就来，一点商量的余地也没有，不仅如此，还不经商量就带了一个男人过来，逼着房小优相亲。

一进家门，房小优的老妈就指着房子四下给男人介绍：“这房子是我闺女自己攒钱买的，装修也是，瞧瞧，虽然不大，也算干净。最重要的是什么呢，是这个孩子会过日子，会理财，以后你俩要是结婚，她指定会很好地料理和持家……”听得男人频频点头，老妈介绍的劲头就更大了，“听说你还有一家旅游公司，我闺女上过大学，现在是一家大公司的白领，将来就算跟你一起为公司打拼，也一定是把好手……”说着，还不忘将身后的房小优拉一下，推到男人面前，“你俩站一起还真是般配……”

房小优这才弄明白，老妈这不仅是逼自己相亲，还在极力推销自己，就好像一个滞销产品被人无情地推上展台，不仅降价销售，还有赠品相送，而自己这个滞销品的赠品就是房子。

趁那男人和家里的小狗玩耍时，房小优不满地将老妈拉进厨房，刚要责备却被老妈堵住了嘴：“小优，妈可告诉你，你马上三十岁，再不嫁出去，妈还不知道能不能见着未来的女婿呢，你不急，妈急……”说着，不忘推销那个男人，“这人虽说年龄比你大个六七岁，但是手里有一家特别大的旅游公司，听说要到你们这片区开分公司呢。这不，人家来之前还说要在这附近买套房子，我就干脆把他拉到你这里来……”

“他买房，你拉他到这里来干吗？”

“他在北京每个区都有房子，将来还有可能再开几家分公司，你说你俩要是成了，弄那么多房子能住得过来吗？”老妈一通教训，“你也不想想，是一套房子事儿大，还是几套房外加几家公司事儿大？”

房小优这才转过弯来：“哦，你是想让他将来住我这儿，然后我帮他去管理什么旅游公司？”

老妈赶紧点头：“哎，对了，我就是让他明白，别看他有几套房和几家公司，我闺女也不差，自己也有房，你俩要是成了，他也不吃亏……”

房小优立马不满：“妈，你这算盘打的……要是不成呢？让他住我家，我不是吃亏了吗？”

老妈被问住，房小优一脸不快：“赶紧让他走，哪有第一次见面就到人家家里来的，这种人，我坚决不要。”话音刚落，就听到客厅里小狗一声惨叫，房小优赶紧冲出去。

小狗 Kimi 正被那个男人提在手里，两只小胳膊无奈地撑着，小后脚几乎不着地，痛苦的表情像极了一个受虐待的小孩子。房小优上前一把将小狗抢过来，质问男人：“你想干什么？”

男人赶紧解释：“它刚才吃了个枣，好像卡着了，我帮它顺顺……”

房小优看看茶几上的红枣，不再说话。这时老妈上前打圆场，却被房小优拦下，她故意看看墙上的时钟，一点儿也没有挽留的意思：“我晚上得加班，怕是不能留你们吃饭了，天也不早了，还是赶紧走吧。妈，你要留下还是回去，随你。”

老妈不满女儿的态度，男人热情地邀请房小优一起吃饭，房小优拗不过俩人，只好表示：“吃完饭就各散各的，我真的要加班。”就这样，她被拉着进了一家西餐厅。

刚到餐厅里，房小优就远远地看到，大黄和一个年轻女人坐在另一处角落里，一看就知道是约会来的。

吃饭的时候，老妈不停地撮合男人和房小优。男人为房小优叫了红酒，调了沙拉，为房小优的老妈切好了牛排，细心而体贴。

看着男人熟练地运用着刀叉，以及良好的餐桌礼仪，房小优对男人的排斥感少了许多。老妈自然明白女儿的心思，没忍住，就早早从餐桌撤离，想要给两人更多相处的时间。

从房小优的住处到父母家，整整跨了两个区，就算打车也需要一个多小时，房小优自然不舍得老妈一个人走夜路。男人看她们母女情深，主动提出开车送房小优的老妈回家，这一点又让房小优的好感上升不少，也就没再坚持，同意了。

从餐厅出来的时候，大黄显然看到了房小优，抬手打招呼，房小优怕在路上再次被老妈撮合婚事，于是借机告别老妈和老妈带来的男人："他们是我同事，一会儿要一起加班，要不……" 转头看男人，"麻烦你送我妈回家，然后你也不要再跑回来了，已经不早了，我们就此别过。"

男人修养不错，点头同意，老妈见房小优一再坚持要加班，也就只好听从。

趁老妈不注意，房小优偷偷走到男人身边，附耳给他："我对你没感觉，对不起。"

此话有些伤人，男人无奈地笑了笑，之后还是很有礼貌地请房小优的老妈上车。老妈并不知情，误以为两人有戏，一边上车还一边催促着两人再约，房小优和男人相视一笑，多少有点心意相通的意思。

这个男人本质不错，房小优不否认，只是没有想去爱的感觉。

两人离开之后，房小优赶紧向大黄身边的女伴道歉：“对不起，打扰你们吃饭的雅兴，其实根本没什么加班，我刚刚是瞎说的……”话没说完，大黄身边的女伴已经起身了。

对方也算是个有礼貌的女人，向房小优问好：“没什么可道歉的，我和黄先生已经谈完了，你们聊吧，我要走了。”说完，冲大黄点了点头算是道歉，之后头也不回地走了。

房小优感觉氛围有些不对，赶紧问大黄：“相亲的？还是老相识？”

大黄苦笑：“相亲的老相识呗，前两天相亲认识的，今天是第二次见面，不过，估计以后不会再见了。”

“为什么？我感觉这女人不错呀……”

“可是人家觉得我不够好。”

“你哪里不好？勤劳、善良、朴实，这是内在的，外在吧，有能力，有工作，还刚刚买了房，哪一点不好？”

“就因为刚刚买了房，才不够好。”大黄无奈地摇头。

房小优一头雾水：“她想跟你玩裸婚？”

大黄伸手拍打房小优的头：“你是真笨还是假傻？我那房子不是贷款的吗？现在有几个女人愿意跟你还房贷……”

房小优拍了拍脑袋：“还房贷也总比没房子强，不过话说回来，这两天我忙的……脑子真乱了。”

“你是够忙的，刚签完净水项目，又跑来相亲。”大黄话里有话地说，“刚才那哥们儿也不错哦。”

房小优并不否认：“人确实不错，彬彬有礼的，有身家也有品质，成熟又懂事。”

“相中啦？”

“就是差那么一点点……”房小优突然摇头。

大黄一脸好奇：“差在哪里？”

房小优看看大黄，想逗逗他：“跟你一样呗，差那么一点点……”

大黄表情突然黯淡：“知道，他也是贷款买的房子，你也不想跟男人一起还贷，你们女人就是这么现实……刚刚这位倒还好，人家说一起还贷也可以，房子必须写她的名，且是唯一的房主，我就纳闷了，明明是我交的首付，凭啥换成她的名儿？难道就因为帮我还几年房贷？”

“还房贷不可怕，可怕的是《新婚姻法》，婚前的永远是婚前的，如果不改名，人家帮你把贷款还完，你再一脚把人蹬了，找谁说理去？”房小优替女人辩解，“至于为什么要写成唯一的房主，我想她一定是怕青春一去不复返，将来万一生变的话，房子终归是女人的容身之处吧。”

大黄不满：“你们女人就是容易胡思乱想，结婚就是想要好好一起过一辈子，哪来那么多万一。”

房小优摇头，苦笑：“爱情路上，万一还少吗？”

大黄似有所悟：“就像咱俩，总是走不到一起，你总是看不上我，这也算万一，是吗？”

房小优被他逗笑：“讨厌，都相亲的人了，还开这样的玩笑。咱俩就是哥们儿，好朋友。”

大黄心有不甘，继续刚才的话题：“我就不明白，我是贷款买的房，你刚刚那位也是贷款买的房吧？为什么你愿意跟他相亲，就是不愿意给我一次机会？说什么差一点点，其实就是你一贯拒绝我的借口。”

房小优不置可否：“此言差矣。他不差钱，你也不是因为差钱才差那么一点点，我说的差一点点，差的是感觉。”

大黄一直以来都知道，自己虽然了解房小优，但有时候跟她之间总有那么一点点跨越不过去，原来自己因感觉两字被拒门外。

房小优深知自己一次次的拒绝总是让大黄难堪，赶紧安慰道：“大黄，我说过，你是个很好的男人，相信你以后会遇上一个很好很爱你的女人。当然，我也能理解你现在的处境，咱们公司的效益越来越差，你还有房贷，还要相亲恋爱，压力确实很大。等新项目起来之后，我会和推广部的人商量让他们把你调过去帮忙，现在推广部是唯一能有外快的部门，好多人都想进去。”

大黄一脸感激：“这些年一起工作，你帮我的已经够多了。”

房小优微笑：“你帮我的何尝又少呢？”

一种相互扶持的感觉涌起，往昔相互关心的岁月在眼前浮动，两人都沉默着，怀想着，多年一起走过的路让他们感伤、感恩，同时又感动。

大黄首先打破了沉默：“小优，其实我欠你一个道歉。当初介绍你和安子洋认识，我是有私心的，我以为我还有机会，没想到，是搬起石头砸了自己的脚，更没想到会给你带来那么多的伤害。安子洋他不知道珍惜，是他的损失。”

房小优不说话，心却莫名地揪了一下。

只要安子洋这个名字被提起，她的心里还是会激动。

这时，大黄拿出了电话，打出去，一会儿将电话递给她，暗示说：“安子洋在我面前最近一直提起你，我能帮你们的就只有这些了。”

房小优犹豫着，不知该不该接电话，这时电话那头传来安子洋的声音：“小优，你好吗？”

你好吗？就仿佛好几个世纪没见面一样，些许遥远，又带着些许关切。

房小优把电话拿过来，听安子洋在电话那头，说起前几天的相遇，问起这些天的忙碌，房小优却不知如何回答，后来安子洋在电话里说："福利院已经成功选址，合作开发的事也已谈妥，现在就等银行放贷了。开工就在眼前，小优，我觉得我的理想快要实现了……"听他滔滔不绝地说着理想，房小优的思绪再次被拉回两人相识时的情景。不可否认，当初这男人以他的理想打动了自己，对此房小优仍无比留恋。

第七章

你的吻，是我最大的勇气

在追求房子的路上，女人比男人更坚持也更坚韧，因为在女人心里，房子就是家，而家就是安放心灵的归处。有房女之所以坚守自己的家，其实说到底，是在坚守心灵深处的某种执念。

1. 爱上我的理想，你怕了吗？

爱上一个男人，女人收获的可以是平凡也可以是伟大的爱情，爱上一个有理想的男人，女人的付出往往比收获要多。

一如房小优。

和安子洋这种有理想的男人在一起时，她壮志满怀地憧憬并予以支持，但最终收获的却是不容置疑的大男子主义信条，他指哪儿她就得到哪儿，他说什么她就得做什么，毫无商量更毫不留情，曾经这样的安子洋深深地伤害了房小优。

可能是女人大抵如此吧，爱情越是伤，怀念越是重，曾经憧憬过，一生便难忘。

只需安子洋那边稍有消息，房小优就难以抑制心底的冲动。

安子洋邀请房小优和大黄一起去参加养老会所的奠基仪式，房小优毫不犹豫地答应了。

她很明白，这不仅是一种支持，更是一种义无反顾的意愿，她愿意看着这个男人的理想实现，只是不知道还有没有机会和这个男人一起实现这个理想。自分手之后，虽说彼此心里都会记挂对方，却始终没有人愿意先迈出那一步。

大黄似乎看出了房小优的心思，问她："是不是还有复合的机会？"

房小优不点头也不摇头，她还没有从这个电话中缓过神儿来。她不明白自己为何对安子洋这个男人毫无免疫力，只需一个电话就能让她跟着他走。

大黄倒是一脸坦诚："我对你欠下的，就当是今天还了吧。其实我看得出来，你俩之间还有戏，就是那层窗户纸没有人愿意主动点破它，我是介绍人，我帮你们来点破，至于以后怎么发展，就看你们自己的了。"

房小优虽然不言语，心却早已经飞向了明天。

阳光普照，云似归羽般洁净，层层山峦间，树木葱郁，不知名的花草尖上竞相盛放着几点小花儿，喜气浓浓地笼罩着郊区这片堪称福祉的土地。

大红色的拱形气球上"静心苑老年会所"几个大字熠熠生辉。

安子洋陪着几位市领导走上台去，一副意气风发的样子，多年的夙愿得以实现，他因为高兴嘴角都带着笑，洁白的牙齿时而露出来，在阳光下更添光泽。

房小优站在阳光下，眯着眼睛看奠基仪式上讲话的安子洋，心里涌起的不仅是欣赏，更多的还是骄傲。有这样一位优秀的男人曾经爱过她，如今两人的心依然相互牵挂着，心里就有说不出的激动。和一个优秀的男人站在一起，心里总是多了那么几分的骄傲。

安子洋今天不仅人精神，话更说得漂亮，不时引来台下一阵阵掌声。“我希望在自己的带动下，有更多的人来关注老年人，关注夕阳红产业。作为一个商人，需要的不仅是敏锐的投资眼光，更需要一份悲天悯人的情怀。老吾老及人之老，幼吾幼以及人之幼。我们都有老去的一天，当我们老去时，会拥有怎样的生活？我想这是大家所关心的，而我现在能做的就是让当下的老人过好每一天……”

台下掌声再次响起，台上安子洋慷慨激昂。看着这一切，房小优陶醉了。她目光如痴，恍惚间觉得，自己心里想要的那个男人的模式终于确定了，就是他，就是这样的安子洋……

正畅想间，有人从房小优身旁走过，她的胳膊被对方狠狠地撞了一下。房小优回过神儿来，看到了一脸挑衅的安妮。这个长着一张妩媚脸、生就一双情人眼的女人，从认识房小优的第一天，就从未对她友好过。情敌一般的待遇让房小优一度怀疑她是不是爱着安子洋。

“你也来了？”安妮的语气里充满了某种质疑，“是安总安排的？”

房小优将头转过去，不看她，语气也十分不屑：“你以为呢。”

“我以为？呵呵，我以为分手的俩人用不着再联系，哪知道你还会跑到这儿来……”

房小优有点不高兴：“我到哪儿用得着你来管吗？还是说你们安总邀请谁来必须得你批准？”

安妮一脸不悦：“你现在不是我的老板娘，好像没资格对我这样讲话。”

“是你先惹的我。”房小优不屑一顾。

安妮还想争辩，这时从台上下来的安子洋迎着俩人走过来。看到他，两个女人暂时停止了争执，但心里终究还是不愉快的。

房小优忍住刚刚的不快，表情淡然地冲安子洋微笑，而安妮却像受了很大的委屈一般，冲向安子洋，一脸求安慰相：“安总，你刚刚说得真好，也不枉人家大早上就来布置会场……”话还没说完，便被安子洋挡了回去。

“你的奖金一分也不会少。”说完，安子洋向房小优做出一个请的姿势，“我带你看看这四周的环境。”

房小优看了一眼安妮，对方一脸落败，她心里也并未感到多少快乐。世上两个女人一个男人的情感戏看得多了，也就倦了，更何况自己也只有一个前任封号罢。

“小优，你看左边那片空地，我打算把那儿打造成一个娱乐中心，外加图书馆，因为是一个高档老年度假会所，相信到这儿来的老年人高知和高干会多些，他们对生活场所的要求自然会高一些……还有那边，那块洼地，我打算将它留下来，做成池塘，将来投放各种鱼群，喜欢垂钓的老人可以天天坐在这里，让他们有收获还有快乐……另外，我还会让设计师打造一些特色餐厅，吃也是老年生活的重点，要有机，要营养，还要健康……”安子洋滔滔不绝地介绍着这里将来的发展，充满了自信和一种迫不及待大干一场的决心。

或许因为刚刚安妮的出现，又或许想到自己不过是他的前任，房小优心里存有些许的不快和不安。眼前这个男人纵然有再多的抱负和理想，跟自己又有多少关系呢？房小优有些失落，又有些许不甘。

兴奋中的安子洋并没有察觉出房小优的情绪，说到动情处，转而兴高采烈地面向她：“小优，不出五年，这里将是本市规模最大条件最好的养老会所，而十年之后，这里将是设施最完善的老年养老基地，如果再过二十年甚至三十年，等那时我们也老了，这里的变化一定会更大……”

安子洋说得高兴，房小优不忍打断他的畅想，却又不得不提出自己的看法：“这里似乎什么都有了，不过我感觉还落下一两样最重要的东西，比如医院。老年人最怕的就是身体出现问题，但这里是郊区，离市中心大医院太远，所以医疗设施必须完备。另外，如果是让我来养老的话，我更喜欢跟自己的老伴儿一起来，两个人自然需要一间房，一室一厅，不需要太大，跟居家过日子一样，能动的时候可以自己买菜做饭，不能动的时候随时可以入食堂，既有小家的情味又有大家的感觉，就算儿女不在身边，也不会觉得孤单。”

她的话让安子洋有片刻的沉默，房小优以为自己说得多了，又赶紧道歉：“当然，我这说的也都只是一些理想话，不一定符合现实，更不能代表大多数人的想法，你别当真。”

“不，你说的很对，最后这个想法很触动我，我会考虑的。”安子洋突然看向她，一脸认真，“刚才你说等你老了也会选择这样的地方来养老，你会选择静心苑吗？”

没料到安子洋会提出这样的问题，房小优有些尴尬。让她纠结的并不是这个问题有多难回答，而是安子洋问出来的话让她有些许的不解，选择静心苑不过代表选择到他的地儿来，他为何不问自己，会不会选择跟他一起共度晚年？问题不一样，代表他对自己的心思就不同。

对于这样的提问，房小优只能一笑了之，没有回答。

安子洋不知是沉浸在刚才的巨大成就里，还是始终不解风情，突然又追问：“听说有房子的女人对于家是特别留恋的，你会舍得离开自己的房子跑到这里来安享晚年吗？”

又是房子。这个问题让房小优的心微微下沉，瞬间记起当初两人闹分手时，安子洋曾经说过，有房女他不稀罕。所以，这个问题更加令她无法回答。心情越来越低沉,房小优找了个借口便匆匆告辞。

回到家，房小优食不知味，郑恩娜瞧出了异样，便试探着问：“奠基仪式不顺利？还是和安子洋之间出了什么问题？”

房小优摇头叹气：“唉，有些人看不见时想要见，见到了又觉得不如不见。”

将自己和安子洋之间的对话告诉郑恩娜之后，房小优似在问她又似在问自己：“跟这样一个充满理想的男人纠缠在一起，连我自己都不明白，究竟是爱上他的人还是爱上他的理想？每次听他谈理想，我总是随着他热血沸腾，每次和他走近爱情边缘时，我的热情又总是受到莫名地打击，是我太执着还是他不够执着？”

郑恩娜一脸同情：“恋爱中的女人基本没智商。”

房小优看看自己的小窝，突然又叹气：“对房子他如此介意，要是有下辈子，我一定不当这个有房女……”

“女人有房怎么了？”郑恩娜一脸不解，“我还正打算买房呢。”

“你买房是为了气那个姓韩的，我不希望有房，是因为安子洋根本不喜欢女人过于独立。”房小优一语道破。

郑恩娜更加不解：“女人买房还买出罪来了不成？独立的女人就不能谈恋爱了？当初我要是独立又有房，那姓韩的打都打不走……”

2. 多少女人为旧爱而错误地活着

女人能够深刻记住一个男人，要么是曾经给过她无比的浪漫，要么是受过巨大的侮辱而产生深深的报复感。

在郑恩娜的心里，房子是和韩英俊共同存在的耻辱记忆，从某种意义上来说，房子更甚于爱情。

在追求房子的路上，女人比男人更坚持也更坚韧，因为在女人心里，房子就是家，而家就是安放心灵的归处。有房女之所以坚守自己的家，其实说到底，是在坚守心灵深处的某种执念。

房小优最怕表妹陷进这样的情愫，不能爱，又恨不得，折磨到尽头发现是一场错误，消耗的却是自己的青春。

“娜娜，听姐一句劝，人生快乐最重要，别给自己太大的压力，特别是对咱们女人来说，有时候过于独立会给男人一种太有棱角的感觉，男人们都喜欢温香软语，相对柔和的女人才是他们的菜……”

“姐，你不懂。”郑恩娜无比坚持，“房子对我来说，不仅仅是一处安身的地儿，更是一雪前耻的必要条件！前两天我见过韩英俊，还有他的新欢，俩人那恩爱秀得让我都怀疑当初是不是跟这个男人相好过。韩英俊是什么样的男人我很清楚，大男子主义，说一不二，在家里好吃懒做，在外面好充大个儿；可是在那个新欢面前，他完全是一副深情款款、言听计从的样子，更重要的是，我从来没见他那么上进过，为了一个单子反反复复地求这个找那个，完全变了一个人似的……后来我也想明白了，住人家的房子，听人家的话，就像拿人手短吃人嘴软一个理儿，说得更直白一点，那就是女人想要控制一个男人，光有温柔是远远不够的，必须有足够的硬件，比如房子、经济实力等等。而我，过去空有温柔，所以才没能留住他。”

“男人和男人怎么可能一样？”房小优再劝，“像韩英俊那样的男人说得难听点，他那叫小白脸、吃软饭的，吃软饭的男人都是那种德行，跟你过去怎样待他没有半毛钱关系。人在屋檐下不得不低头，吃软饭的男人对外看起来是名车豪宅，对内其实跟个要饭吃的差不多，外表光鲜内里屈辱，你以为他的日子好过？话再说回来，这种品质的男人，早点看清是福气，就算他想回来，你还当真做接盘侠？”

郑恩娜不服：“我现在还真恨不得把他抢回来！把自己所受的侮辱还给他，加倍让他明白，曾经他带给我多大的伤害！”

“那是你傻！”房小优急了，“你这就叫报复。报复别人只有一时的痛快，报复过后呢？有时间不如把这些心思和精力放在自己身上，让自己活得漂漂亮亮的，这才是最好的报复。”

郑恩娜不以为然：“好了啦，姐，我的事不用你管，你还是操心自己好了。那个安什么来……安子洋，他为什么会介意你有房子呢？”

见郑恩娜故意把话题岔开，房小优还是不放心：“听姐一句劝，忘了那个姓韩的，好好工作，好好开始，明白吗？”见郑恩娜点头，这才接着说：“安子洋和别的男人不一样。他喜欢温柔随和的女人，相反，思想和经济过于独立的女人对他来说，可能更不好驾驭吧，而且他本身也不缺什么房子车子，所以我相信就算给他个白富美，如果不够娴静雅致，想必他也不会去爱吧。”

“瞧瞧，这些男人，你有房，他会嫌你过于独立；你没房，他又会跑到有房女面前献殷勤。你说说，他们究竟在想什么？究竟想得到些什么？”郑恩娜百思不得其解。

房小优半是理解半是自嘲：“打小就被教育要独立，真的独立之后又被要求返璞归真做回‘女子无才便是德’，想想，就觉得女人活得真累啊。”

前尘旧事袭来，两人各怀心事皆沉默不语。

对郑恩娜来说，房子是失去爱情的导火索，对房小优来说，房子是令爱情刹车的十字路口，之后左走还是右走，一切只能听天由命。

郑恩娜的新工作看似顺利，其实一切都在翟总的掌控之中，这点她明白。自上次的酒店相遇事件之后，这份新工作带给她的成就感更加让她欲罢不能。尽管翟总有事没事喜欢暗示她，左躲右躲避之不及的郑恩娜越发小心应付，因为她知道，能让自己直面韩英俊的机会不多，必须把握住，且要好好利用。

韩英俊正如房小优所预言的那样，住着何欢露的房子，拿着何欢露家族公司的薪水，处处小心，时时在意，更何况何欢露还直言，是因为他才没谈成那单广告，言下之意是责怪他旧情难了，这更加让韩英俊心如猫抓，夜不能寐。相较于普通男人来说，一旦跃上梧桐树成为凤凰男，看惯了高处的风景，自然不肯轻易下落，更不敢想一旦落败成为斗鸡将是何其惨烈。

所以，只能拼。

要拼过这单生意，就必须先过郑恩娜这关。

韩英俊左思右想，最终决定约郑恩娜好好谈谈。

老情人相见，爱至盛则缠绵，恨至极已无语。

面对韩英俊的邀约，郑恩娜几乎没作思考便答应了。说不清是爱至深还是恨之切，她终究还是想见到这个男人。未相见时，似有千言万语，真见了面，又不知从何说起。

倒是韩英俊比她要豁达得多："娜娜，过去的事就放下吧，别再恨我，我知道我对不起你，我也想过，等哪天自己过好了，一定想办法补偿你。"

负心汉最令女人难忘的一点就在于懂得敷衍，哪怕已经分手，哪怕已经让女人伤痕累累，还是要装出一副情深难舍的模样，以讨得女人原谅。

当然，也不是每个女人都吃这一套。

郑恩娜拒绝韩英俊的道歉："你对我所做的事，我可以放下，但是韩英俊，你扪心自问，你自己过得快乐吗？你对得起男人这两个字吗？"

如此反诘，自然令韩英俊无地自容。

但他还是坚持解释："我知道自己错了，但是娜娜，过去的苦日子我真的过够了，也过怕了。你还记得当初我俩在银川租的那间民房吗？泥坯土屋，风一吹，隔着墙壁缝隙就把土吹进来，我们的床上、被子上、身上都是土，早上张开嘴，嘴里都满满的土……我们找不到工作，没钱吃饭时，一碗方便面还要分成两顿，一口面十口汤，你说汤比面好吃……还有，回来之后，借住在你表姐家，你知道我心里是什么滋味吗？就好像两个乞丐借住在人家家里，你表姐的心情好，我们就跟着心情好，万一她的心情不好，就仿佛是我们做了错事一样……娜娜，这种日子难道你还没过够吗？"

郑恩娜听着韩英俊替自己辩解，往事历历涌上心头，越是想起以前的日子越是痛恨对方的背叛，曾经有苦一起吃，自己一个弱女子都能坚持，他为何中途逃离，成了叛徒？

“娜娜，其实你知道，我是爱你的，过去是，现在也是。”韩英俊说到动情处，声音有些颤抖，“我也相信你是爱我的，但是爱情真的能当饭吃吗？”

一句爱，让郑恩娜的心温软了一下，毕竟是她爱过的，就算是恨，也是因为爱过，放不下。听到韩英俊这样说，她倒觉得这个男人没那么可憎了，只是很可怜。

只是，内心的那点不舍瞬间升腾，膨胀，泡沫般一触即破。

“如果你还爱着我，那么就回来吧，苦日子总会过去，我们一起奋斗，好不好？”郑恩娜想都不想，接口道，“英俊，你离开的这些天，我也想过，我们还年轻，一起奋斗，一起努力，一切都会有的。”

她的话仿佛吓了韩英俊一跳，对方赶紧收起一往情深：“娜娜，不是我不相信你，实在是因为我不相信我自己，我真的怕回到过去过那种苦日子，所以……”

“所以，你今天找我来，是为了谈年度广告的事？”郑恩娜突然明白过来，眼前这个男人已经再不是那个为爱私奔的青葱少年。

听到广告，韩英俊的眼睛立时亮了一下：“还是你最了解我，娜娜，帮帮我，这是我第一次接大单，我不想失去这个机会。”

现在郑恩娜才算是看了个明白，这个男人，所谓的不想回到过去的苦日子，不过是借口罢了，在他心里更多的是过惯了现在的名车豪宅的日子。他离开郑恩娜，就表示离开了苦难和艰辛，他离不开何欢露，就是他离不开奢华极致的体面和风光。

男人的世界，名利重于一切。

如此理解，倒让郑恩娜的心瞬间静了下来。

他想要的，终究不是所谓的爱情，更不是自己。

他想要的，是他自己，是自私里携带的好高骛远，以及骨子里的浮华和虚荣。

如果说，郑恩娜之前对这个男人没有死心，是因为还保留着一丝不舍和记挂，如今却连报复的力气都没了，唯一能做的就是要过得比他好。

就在郑恩娜决定放下的这刻，韩英俊不识时务地突然说了一句："如果我们俩能买得起房子和车子，一切也许就不同了，只是，我们有这样的能力吗？"

一石激起千层浪。

哪里有伤戳哪里。

郑恩娜冷冷地起身，望着这个曾经深爱过且为之付出一切的男人，一脸严肃地告诉他："我，郑恩娜，一定要在这里，尽快买一套属于自己的房子。"说完，坚定地离开。

郑恩娜心绪难平，却又说不出为何难受，只觉得有一股气堵在胸口，吐不出来，也咽不下去。直到回了公司，她才不得不故作镇定，向翟总汇报工作进度。

话刚说到一半，翟总突然举手打断，将脸贴近她，问："我说过，和广告公司的事由你来定，不用跟我汇报，我现在想知道的是，前两天跟你说过的事，你考虑得怎么样了？"

郑恩娜这才记起，翟总曾经问她，要不要一起到海南出差。当时是犹豫的，她自然没回应，没想到，此刻对方已经把机票推到了她面前，同时推到她面前的还有一张支票。

"这是周末去海南的机票，还有这个，足够帮你付一套小公寓的首付。"

翟总递过来的支票在郑恩娜眼前晃了又晃，仿佛让她看到了属于自己的精美小公寓，又仿佛让她看到了海南之行的尴尬和不易。成年男女，自然明白其中玄机。

面对这张支票，郑恩娜的手颤抖了。

3. 有房女的豪迈，其实是对无房男的一种伤害

女人心里是容不下欲望的。欲望是条毒蛇，当它噬咬一个人的时候，心灵会麻木，灵魂会走向极端。

面对房子，面对内心那团被恨意和报复包裹的火苗，面对深知女人心的男人的种种诱惑，郑恩娜终是没说出拒绝二字。趁她还在犹豫时，翟总已经把支票递进了她的掌心。

“回去好好准备一下，礼拜天下午两点就起飞。”

如此明了，如此赤裸裸，如此令人难以抗拒。

郑恩娜感觉自己像个木偶一样，正被人提着线，一步一行地向前走，来不得半点反抗。

女人终其一生也学不会藏事，更何况面对的还是攸关女人清白的大事。郑恩娜回到家，一脸的心事重重，房小优自然是瞧了个明白。尽管表面上，她不过问郑恩娜的事，道理也说了一通又一通，但内心其实对这个表妹是极其担忧的。恋爱中的女人容易失去智商，而一旦从恋爱中解脱出来，女人立马会豁达起来，容易看透很多事。

房小优试探着问起发生了什么事，郑恩娜三缄其口，就是不肯说出心事。房小优不敢深究，只好抱着小狗 Kimi 下楼遛弯儿，刚走

了两步，就发现林灿灿的车从自己面前飞驰而过。顺着车开过去的方向，她立即明白了，这是开往电脑维修店的方向。

林灿灿的车开得飞快，两次差点闯红灯，一次几乎是跟别人的车身擦着过去的，自然招来了不少骂声，而她全然不顾，只想让车再快一些。

说起来，不过是打了一个和杨阳有关的电话而已，她就急得不成样子了。

上次因为杨阳送她回家，两人看似无语实则内心已然澎湃开来，林灿灿认为只需再主动那么一点点，杨阳便有可能成为她的。只是她没想到的是，自上次分开之后，对方根本没联系过自己。前思后想了许久，她终于决定主动找杨阳，寻了个修电脑的借口，可是当她把电话打过去的时候，维修店的快嘴前台告诉她，杨阳维修时因为丢失了客户资料正被经理骂呢。听闻心上人出了状况，林灿灿自然心疼百倍，马上开车疾驰而去。

到了维修店，正是下班时分，杨阳正弯身拉下百叶卷帘门。林灿灿上前拉他起身，一脸关切："你没事吧？"

杨阳无辜地看着她："你怎么来了？"

林灿灿更加急了："我听说你刚被老板批，放心不下，就过来看看，怎么样？没事吧？"

杨阳这才弄明白她的意思，表情微微有些感动："丢了客户很重要的数据资料，是我的责任，不过已经谈妥了赔偿条件，没事了。"

杨阳越是轻描淡写，林灿灿越是心疼："你们老板这人怎么这样呀，明知道送修的电脑本身就有问题，丢点资料算什么，你又不是故意的……"她说话的时候语气有点急，声音有点大，惹来了杨阳同事们的议论。

杨阳赶紧拉她到一旁："小声点儿，让别人听见不好，你……你要是没事，还是先走吧。"

"怕什么，我说的是实情……再说，我是来找你的，不如……我们一起吃个饭吧。"林灿灿终于下了邀请。

刚才的关心表达了，邀请也发出了，林灿灿又是一脸羞涩，有一种明媚少女始恋爱的感觉。等待杨阳回答的时候，她的心竟然怦怦地跳个不停。

只是让林灿灿想不到的是，杨阳环顾了四周的目光之后，一脸难堪地回绝了她："我没空，你还是回去吧。"说完，转身就要走。

林灿灿急了，不明所以，拉住杨阳："你这是什么态度嘛，我可是专门为你来的。"

杨阳不知是心情不好，还是真的急于摆脱林灿灿，再次把她的手拍开："我真的没时间。"

林灿灿的手被杨阳在半空中打落，脸上些许尴尬，这时看戏的人群中已经发出了轻微的讪笑声，这让她十分生气。想到自己一腔热血而来，换来的却是这样一副冷漠面孔，再想想这些年，虽然有过恋爱被人甩、也有中途自己甩别人的经历，但真心实意到厚着脸皮来求一个男人的经历，这还是头一次，多日以来积攒下来的各种情绪瞬间爆发。

"杨阳，你给我站住！有些话我早就想跟你说明白！是，我林灿灿确实是喜欢你，看上你了，因为你在我眼里是个不错的男人，自立，自强，不虚荣，不高攀，有很多别的男人身上没有的优点……但是你太把自己当回事儿了，一味地逃避，不敢面对，我想问问你，我究竟哪里配不上你？如果你说句不喜欢我，我立马就走，再也不会缠着你！”

林灿灿的话惊呆了所有人，包括杨阳。他没想到，这种时刻会收到这种另类的表白，一时之间不知如何回答。

林灿灿却从杨阳的表情里读出了迟疑。她怕这种迟疑。

一个男人，面对一个女人多情的表白，迟疑多一秒，爱就少一点。

更何况，还有可能被拒绝。

杨阳倒没有拒绝，依然是回避的态度：“我说过咱俩不合适，你有房有车，我就是个小白，所以你别闹了，赶紧回去吧！”

同样的拒绝理由，让林灿灿更加生气。

男人拒绝女人可以说她不温柔，太个性，或者是不够漂亮，如果是因为房子车子这种俗物而拒绝一个女人的感情，只能说这个男人太要强，要强到只考虑到他自己的自尊。

这一点，林灿灿自然感觉到了：“杨阳，我今天算是看清你了，错把自卑当自尊，你以为你活得很有骨气，错了，你这叫没勇气，你根本不敢面对自己的内心，根本不敢面对自己的感情，如果是这样的话，那我林灿灿还有什么可说，你，就是一个懦夫！”越说越觉得自己这些天的付出是多么的卑微和犯傻，林灿灿果断转身，发动车，头也不回地走了。

杨阳站在原地，看着离去的车尘，一脸迷惘。

有同事三三两两地围上来，劝杨阳：“这个女人不错，至少对你是真心的，再说人家也不求什么。”

同样受劝的还有受气而回的林灿灿。

不过是遛了一次狗的时间，房小优前脚进门，后脚林灿灿就风一样地旋了进来。房小优一看林灿灿的脸色，发现是阴着的，便明白了几分。

“和杨阳吵架了吧？”

“比吵架更气人！”

“你是不是又跑去表白，被人家拒绝了？”房小优一语道破。

“你怎么知道？”

“瞧你这一脸的气急败坏，再看你这上赶子的无畏追求，能伤着你的肯定是这个结果。”房小优递过一杯冰水，“更何况这么多年的朋友，我能不了解你？在你林灿灿的人生字典里可能有背叛，但一定没有拒绝这俩字，因为一向都是男人们追求你的。”

“背叛。我吃的就是背叛的亏啊。”林灿灿喝一口冰水，极力压制内心之火，“要不是被男人背叛得多了，我何尝愿意这样低三下四地去追求别人，就因为受背叛多了，我认定他是个不会轻易背叛爱情和家庭的男人，我才……”说到这儿，已经有些许哽咽。

房小优赶紧好言相劝：“不管结果怎样，你努力过，这已经够了。”

林灿灿一把抓住房小优的手，无比天真又无比认真地问：“小优，你说认定一个男人之后，这心怎么就沉不下去呢？听到他的消息，看到他的事情，就不由自主地想要伸手管，想要去关心，我这是不是犯贱？”

“爱情本身就是一件犯贱的事。人人都犯贱。”房小优肯定地回答，“当然，能让咱们犯贱的男人，一定也是优秀的，所以，没必要自责。”

“再优秀，人家不接受，还不等于白受罪？”想到接二连三的被拒绝，林灿灿就一脸颓废，“算了，我还是收收心，把人家放了吧，为了他，我这个月电脑坏了十三次，维修店去了十五次，电话打了

N通，微信发了无数，如果追男人也有世界纪录的话，我想我已经打破了一个女人该有的矜持限度，肯定世界第一。”

“遇上一个好男人不容易，遇上一个品质好的男人更不容易，所以，别轻言放弃，而且我觉得，杨阳虽然内心自卑，但深层次去挖你会发现，他之所以自卑其实是怕给不了你更好的生活。男人在意和爱着一个女人的时候，才会去想自己能带给一个女人怎样的生活，这是一种负责任的表现，你不这样认为吗？”房小优冷静地替林灿灿分析，“我倒认为，如果你真喜欢这个男人，而他对你又有那么几分意思的话，就不要轻易放手。在这场感情的角逐中，你是强势的一方，而他处于弱势，还是一个自尊心超强的弱势一方。所以你更应该付出双倍甚至多倍的耐心，给他多一些感动，多一些了解，让他知道你不是那种虚荣的女人，你想要的只是一份干净纯洁的爱情，而这份爱情，他完全给得起，你要让他相信自己，自信起来，这样一切就好解决了。”

房小优的话像一把钥匙，打开了林灿灿的心结，刚刚所受的委屈瞬间消失，心里的那团愤怒之火顷刻间为爱而燃。

“我知道该怎么办了。”林灿灿起身告别，“听前台小妹说，杨阳明天过生日，我给他备份生日礼物去，不管怎样，再努力一次。”

房小优被林灿灿热烈追求爱情的态度打动，却又心生感慨。这种爱到炽热和疯狂的举动，她从未有过，不管面对多么喜欢的男人，她始终不是主动的那一方，就像此时心里虽然牵挂着安子洋，但是一想到对方对自己那种含糊不清的态度，便又退缩了。她知道，自己和林灿灿是完全不同的两类女人，她需要一个男人牵起自己的手，明朗朗地告诉她，小优跟我走吧。而林灿灿需要的是一个忠诚于她听从于她的好男人，所以她会主动出击，告诉那个男人说，我喜欢你，你是我的。

这一点，房小优还真是猜对了。

杨阳的生日宴其实并没有请林灿灿，但她还是不请自来，且准备了丰厚的礼物，从蛋糕到衣服甚至还配到了鞋子，本来是带着诚意而来，却没想到杨阳看到她，除了惊讶，更多的是不知所措。

林灿灿想趁机和杨阳的朋友熟络一下，举杯跟在座的一一对饮。大家对她的身份进行猜测的时候，林灿灿还是没收到杨阳正式的“承认”，但是无所谓，她相信“精诚所至，金石为开”的道理，于是趁大家喝得高兴时，主动加了菜，还悄悄去收银台前结了账。本来是一番好意，甚至以为会以此打动杨阳，却没想到，她自以为是的做法让杨阳再次爆发。

听闻林灿灿结账之后，杨阳的朋友们嘴上说着感谢的话，嘴角却泛着一丝异样的微笑，瞧着杨阳，很是意味悠长，这让杨阳不知该如何解释。

送走最后一个朋友，杨阳把钱几乎是甩到了林灿灿的面前：“你这样做，我并不会感激你，相反，我会觉得你瞧不起我，不管你是好意还是无心，都让我很难堪！”

“我是一番好意……”林灿灿满脸委屈。

杨阳却并不领情：“钱不是万能的，就像你有房有车一样，拥有物质不等于就能买通一个人的自尊和灵魂。”

“你能不能别把自尊心太当回事？有时候物质也是表达感情的一种方式。”林灿灿为自己辩解。

“但是你这种方式，不是我想要的。”杨阳丢下一句话，匆匆离开，头也不回。

林灿灿张了张嘴，想挽留，却发现自己已经把一切搞砸了，余下的，是杨阳对自己更深的误会。这时候她才明白房小优劝自己的那些话，对于一个自尊心过强的男人，不能一蹴而就，自己为何偏偏就少了这么一份耐心呢？

4. 你的吻，是我最大的勇气

女人一旦主动起来，是绝不会轻易回头的，战号已经吹响，她们只会愈战愈勇。

杨阳越是拒绝，林灿灿越是想要表明心意，她太想让杨阳明白，自己想要的真的很简单，无非就是一个好男人，一份真感情，如此而已。

可是，误会越来越多，形势急转直下，在杨阳心里，林灿灿已经成为一个只懂得用钱来表达感情的女人。越是如此，他越是害怕承受不起两人的将来，所以躲避是他唯一的办法。

林灿灿因为杨阳生日的事一夜未眠，第二天上班竟然迟到了。

虽说田千亩对林灿灿始终抱有复合的幻想，但是当下公司正值青黄不接、人心惶惶的时期，房小优劝林灿灿还是小心为上，林灿灿不以为然。

茶水间里，林灿灿泡了杯红茶，喝了一口立马吐了："什么味儿，这么涩。"

房小优无奈地摇头："这是净水器净化的自来水，当然没有纯天然的矿泉水好喝。”

“公司不会资金紧张到连纯净水都喝不上了吧？”

“虽说上次的净水项目立项了，可是总部那边一直没拨款下来，资金流出现了问题，更要命的是，不知道谁跟老板提议，说实在不行就裁员。这哪是经营好公司该有的策略，完全就是胡作非为嘛，巧妇难为无米之炊，非得拿人下刀，唉……”房小优感慨着，发现林灿灿的表情微微不对，一直用眼神示意自己，赶紧回头看了一眼。

茶水间门外，田千亩阴沉着脸，显然听到了两人的对话。

房小优无奈地摇头，想要解释，又觉得自己说出来的都是实话，便不再作声，倒是林灿灿抢先给她打了掩护：“田千亩，我们说的都是实情，你可不许跑到老板那儿打小报告。”

“林灿灿，你先别乱扣帽子，今天早上迟到，扣你奖金，我过来就是通知一声。”田千亩说完，扭头又看着房小优，“至于你的问题，我得想想再解决。”

林灿灿不干了：“我就晚来二十分钟，凭什么扣奖金？再说，咱们公司还有奖金可扣吗？连薪水都只发七成，你也好意思……”

田千亩不给她解释，转身走进了自己的办公室，林灿灿想要跟进去理论，被房小优一把拦下来：“算了吧，这种小人别惹急了，惹急了他啥话说不出来，啥事做不出来。”

林灿灿盯着房小优看了半天：“你以前不是这样能忍的人啊，该是你的，你从来都会争取的，最近发现你怎么……”

房小优点头承认：“没错，过去我是初生牛犊不怕虎，该争的争，该要的理儿也绝对不能输，但是今时不同往日，现在工作说丢就丢，奖金说没就没，我这心里没底呀，想到还有小二十年的房贷，每天睁开眼想着一天要还将近一百多块钱给银行,我就心里发毛。输不起,真的输不起,就算为了房子,我也得忍,再忍,再再忍。你能明白吗?”

林灿灿被房小优劝住了。不是她有多理智，也不是完全为了房小优，想到她的车贷，以及绝不能低下去的生活标准，她深知工作对于一个三十岁女人的重要性，而当下，想要找一份待遇差不多环境又好的工作是多么难的一件事。

为了生活，女人什么都能忍。

她们比谁都希望这场小纷争能早点过去。却不料,刚回到座位上,房小优就被田千亩叫进了办公室。

同样在田千亩办公室的还有大黄。看到房小优进来，大黄竟然低下头去，房小优莫名其妙，产生了一种不好的预感。

果然，田千亩以一副领导的派头，做了谈话的开场白:“我知道,你俩是咱们部门工作最努力的员工,但是努力不等于有成绩。房小优,你上次谈的净水项目虽然签约成功，但是合作之后发现对方的净水设备质量并不好，这一点你们喝过水了，也算是深有体会。作为引进净水器的人，你其实责任最大，这件事就算我想替你瞒也是瞒不住的，水就在那里，领导喝一口就知道好坏，所以……很遗憾地通知你，因为你的失误，公司蒙受了新项目的巨大损失，决定让你自动离职。”

怕什么来什么，房小优听到自动离职四个字时，心突然就揪到了一起。眼前晃动着的是每天的银行账单，想到每月的生活来源，一紧张，小优不由得向田千亩求起情来:“田主管，那个项目参与的人很多，并非我一人所为，只开除我是不是有点过分？你也说过，在这个部门我一直很努力地在工作，就算一个项目失败，也不能全盘否认我的付出，不是吗？”

田千亩一边点头，一边看着大黄：“这些我已经替你向老板汇报过了，没错，净水项目参与的人不止你一个，黄胜利也在其中，所以，现在有一个机会摆在你俩面前，公司决定开除其中一个，你俩谁走，由你们自己定吧。”

田千亩的话让房小优瞬间有了一种搏杀同类的感觉，明知道自己和大黄感情甚笃，明知道自己不会对自己最好的朋友下手，明知道这是田千亩的一个套中套，自己被设计了，有苦说不出，但是又不得不咽下这苦黄连。

房小优看看一直沉默的大黄，发现对方也正盯着她看，四目相对，昔日共同拼杀职场、共同面对生活的场景一幕幕袭来，这个人是自己的同事、朋友、闺蜜一般的知己，她怎么可能忍心去伤害？

只是，回到现实中再一想，房贷，生活支出，寻找新工作，实在是需要一段时间的缓冲。

房小优无奈地坚持：“田主管，这件事我持保留态度，而且我想见见老板，当面把话说清楚，我在这个公司做了七八年，开除一个老员工，至少得给个说法以……”

田千亩却不以为然：“我今天的决定就是老板的意思。再说，你以为老板会有时间听你一个员工的委屈？一会儿部门还要开会，你俩商量一下，谁走谁留。”

田千亩丢下一句话，转身离开了办公室。房小优和大黄面面相觑。一切来得太快，他们都没来得及思考究竟发生了什么事，能想到的，只有自己身上背负的房贷。

生活的艰难能摧垮一个人的自信，更容易折断朋友间好不容易建立起来的信任和友谊。

房小优无论如何也想不到，在自己还没下决定之前，甚至还有几分担忧大黄的时候，大黄居然向她开口求情:“小优，我刚买的房子，家里条件也不是很好，公司减薪，我还要恋爱，前些天刚把车卖了，一直没敢跟人说，而且我手里也没多少积蓄，这工作要是丢了，真的不知道该怎么活了……”

这是赤裸裸的求情。房小优岂能听不出来，又岂能不了解?

只是眼前这个男人，她突然有些不认识的感觉。

过去，她一直把大黄当成可以依赖的朋友，知己一般，有他在，似乎一切都不成问题。他始终是那个徘徊于爱情之外却仍能够一心一意为自己着想的人。如今，这个人还在，那份情却没了。

当然，房小优也万分理解，身负房贷的男人，特别是像大黄这样工作能力一般、找工作有些困难的男人，面对失业，内心的恐惧可想而知。

想到昔日大黄为自己的付出，房小优的心软了，她也知道，自己能为大黄做的就是咽下这个苦果。

房小优冲大黄笑了笑，却始终没说一句话。走回自己的办公位，打开电脑，她快速地写出一份辞职报告。写这份报告的时候，林灿灿站在她身后，已经惊讶得不知该说些什么。直到房小优把辞职报告丢给田千亩，离开公司之后，田千亩才当着众人的面儿宣布，房小优选择离开是为了成全大黄。

这时候的大黄恨不能找个地缝儿钻进去，而林灿灿恨不能将大黄的头打爆。但是真的走到了大黄面前，林灿灿心里的气儿竟然全消了。

眼前这张看似憨厚、实则卑微的脸，让林灿灿突然明白房小优当初为何不选择大黄。他固然是忠厚，但是真正到了该保护女人的时候，终究少了几分勇敢。

离开公司的房小优，漫无目的，脚步零乱，不知该去哪里。尽管有家，但她更怕回去之后需要面对那套房子。它属于自己，依附于自己，过去看它是一个家，一份依靠，如今竟觉得它是一种负担，一个累赘。因为它，曾经自信的女人会在失去工作的那刻有一种失助的感觉；因为它，曾经洒脱的女人会在得失之间难以取舍，甚至看不清未来的方向。

走着走着，房小优走进了一处公园。公园里已经开了花，春天的气息弥散，可惜的是，自己的心里却寒冬一般冰冷。深受生活压力又失去生活动力的女人，远比失去爱情的女人更无助。

房小优静静地坐着，公园里清静无人，青草破土，落叶辗转成泥，大自然一切照旧，唯一不同的是心境。她心里冷，身上冷，整个人都是瑟缩的。

这时候，有人轻轻地将衣服披在她的身上。房小优一回头，竟然发现是安子洋。

安子洋像道阳光，温暖地冲她微笑，却并不说话，坐到她身边，只是陪伴着。

房小优的心一点点地起伏着，像一个小马达，从动力不足到动力十足，寒冰一点点融化，随之而来的是渐渐回归的温暖。

“你怎么来了？”房小优轻轻地问。

“大黄给我打电话，一切我都知道了。”安子洋的声音无比轻柔，却带着一股力量，“没什么大了的，你还有家，还有朋友，还有我，不是吗？”

还有我。这是多少男人安慰失意女人的话。若有爱情，则是最美的誓言。

房小优有片刻的恍惚，转头想看清坐在自己身边的这个男人，想看看他究竟是怎样的一个男人，拥有着怎样的一颗心，却不料，两人挨得太近，转头太快，不经意间，竟然碰到了对方的鼻子。两张脸，瞬间贴得那么近，连呼吸都是相通的。

四目相对，睫毛碰着睫毛，鼻子碰着鼻子，两张突然紧张起来的唇，颤抖着，微微一张，说不清是谁主动，就那么吻在了一起……

第八章

爱是坚持，爱是携手

有房女比普通女人往往多了一份坚强，这份坚强表现在对生活的渴望和追求上，表现在对爱情的执着与呵护中，更表现在对心爱男人的疼惜及守护里。

1. 相对生活，爱情才是女人的保障

再坚强的女人在生活面前也不堪一击，再执拗的女人在爱情面前也会溃不成军。

一个吻，拉近了房小优和安子洋的距离。

一个吻，让两颗本就相互欣赏的心靠得更近。

房小优偎进安子洋的怀里，放声大哭，哭泣中有委屈，有幸福，是对这场迟来爱情的一种控诉，更是对这份来之不易的感情的一种真心表露。

“答应我，以后有事一定要告诉我，别一个人撑着。”安子洋环抱着房小优，一脸心疼，“明知道自己没那么坚强，还强忍着，这样的你真让人担心。”

房小优已经说不清是怎样一种心情。

前一刻是职场受挫，后一刻天降爱神，她有几分缓不过神儿，很怕这一切是一场梦。

好在安子洋深情款款地坐在她的身边，满目爱怜。

“我这不是在梦里吧？”最终，房小优还是没忍住，伸手摸了一把安子洋的脸，“我们……突然之间这样子，真像是个梦啊。”

安子洋微笑着告诉她：“就算是个梦，也是个美梦。”

房小优紧紧地依靠着安子洋，须臾不离，生怕稍一分开，梦就醒了。

两人不再说话。

公园里，破土而出的青草和迎风绽放的迎春花，随风抖动，树枝吐露出来的新绿在阳光下充满无限生机，一切美好极了。

房小优突然像记起了什么似的，不安地看着安子洋：“我现在是个失业的女人，还有房贷，你跟我在一起，会不会后悔？”

安子洋被她逗笑了：“有没有工作，我安子洋都养得起，有没有房子，我历来也不看重，你就是你，跟别的女人不一样的你，这就够了。”

“哪里不一样？”

“你独立，倔强，有个性却又不失温和，平常看似像个小女人一样贤惠，一旦遇上事情却比大男人还要镇定。”安子洋不吝夸奖，“食物中毒那次事情发生之后，我就觉得外表柔柔弱弱的你，内心其实潜藏着无穷的力量，让我震惊。后来，我邀请你参加静心苑的奠基仪式，你说的那些想法也很实用，我让设计师加上了老年情侣系列，让老年人在会所里既像在家又像情侣度假一样轻松地生活，这个主意连设计师都点赞，那一刻，我特别想告诉别人，这是我的女人出的主意……”

安子洋的话还没说完，房小优赶紧打断：“讨厌，谁是你的女人！那时候，咱俩可还没啥呢，就算有啥，也只能算是前任女友。”说起过去，房小优又像想起什么似的：“安子洋，当初你跟我分手时，心里究竟是怎么想的？难道真的只是因为有房的女人难相处吗？”

“女人有房和没房，其实跟恋爱没多大关系，重要的还是看两个人如何去相处。”安子洋回忆着，“其实那天我去你家找你，是有原因的，真的不是要去分手。”

“你去找我做什么？”

“我去……算了，以后再告诉你。”安子洋故意卖关子。

房小优越是追问，他越是不答，两人嬉笑间拥抱在一起。

房小优一脸幸福：“真没想到，这时候你会站在我身边。相比失业，爱情其实更让人温暖。现在，我觉得整个人都是暖暖的，谢谢你，子洋。”

安子洋轻拍其背，以示安慰：“放心，我不会让我的女人白白遭受这种侮辱，那个叫田千亩的，我会想办法收拾的。”

房小优不放心地看着安子洋：“你想干什么？”

安子洋微微笑，又一脸神秘：“到时候你就知道了。”

房小优认为安子洋只是嘴上说说，也并未往心里去，反正丢工作的事已成定局，而爱情适时归来，也算是意外的收获。相比之下，失业已经不再让她痛苦了。

正所谓情场得意，职场失意，人生毕竟难圆满，取舍之间，女人更倾向爱情。

房小优如是，林灿灿如是。

得知房小优将工作机会留给了大黄，林灿灿对大黄充满了鄙夷，更对小人得志的田千亩心怀记恨。因为之前在茶水间的对话，让她一度认定是自己间接地让房小优丢掉了工作，所以她更加不知道如何弥补房小优。安子洋的电话打来得正是时候。电话里，安子洋拜托她找到田千亩和客户之间的利益往来，林灿灿突然就明白了该如何去帮房小优。

作为田千亩的助理，林灿灿比任何人都有先机拿到田千亩收受贿赂以及借应酬客户的机会中饱私囊的证据，当然，想要得到更多的证据，她还需要接近田千亩。

林灿灿主动找到田千亩，希望他能带自己多应酬一些客户。田千亩第一时间是充满了怀疑的，过去强拉她都拉不到，如今却主动送上门来。

林灿灿为了打消他的顾虑，故意说："很简单嘛，连房小优这样的员工都能说开就开，那我这种不上不下的，岂不是随时都有可能被开？我想向组织靠拢，向领导靠拢，争取保住这份工作嘛。"

本就对林灿灿没死心，听到如此妩媚动听的话语，田千亩的心思就动了，赶紧拉上林灿灿一起去为新的合作商挑选礼物。林灿灿发现他不喜欢去大商场，反而更喜欢去私人开的商场，新的合作商下周大婚，田千亩报请的礼物不少，公司批下来的活动资金占用了将近三分之二。林灿灿暗中做了记录。另外，她还发现田千亩每选一份礼物，总会让商场帮他包上另外一份，算账的时候会写上"买一送一"的字样，实则是暗度陈仓。这一招儿，如果不是亲自跟来，林灿灿自认这辈子都学不来。这些大商场里绝对不可能发生的猫腻儿，在私人商场里被田千亩用得不亦乐乎。

收集好田千亩私扣公司活动资金的证据之后，林灿灿又意外地在公司碰见同事向田千亩送礼。表面上的推辞不过是客气，最终田千亩还是收下了满满两包土特产。其实林灿灿知道，所谓的土特产，不过是从商场搬出来的，再换个口说是家乡的特产。说到底，大家也是被最近不断的裁员吓怕了。

林灿灿用手机拍了照片，小心收藏，以为这些证据已经足够，却不料安子洋微微一笑，说："这才哪儿到哪儿，要收拾一个人，必须证据充分，然后一把把他捏死，绝不能给他喘息的机会。"

于是，林灿灿不得不再次赔着笑脸，跟随田千亩出入应酬场合。她以从来没有的热情投入其中，不仅给足了客户面子，更让田千亩满意，误会她是回心转意了。

田千亩喝多了，拉着林灿灿的手不肯放，一副志在必得的样子："灿灿，你现在看到我的好了吧？我田千亩虽然出身不富贵，也没豪宅名车，但是我有领导才能，我现在大小也算个中层，房子算什么？车子算什么？只要我喜欢，分分钟搞定，绝对不会让你失望。"

林灿灿厌烦地将他的手拿开。说到房子，她心里就有些气，当初以为这是一个会对自己好一辈子的男人，还想给他一次机会，没想到他只是为了一套房子而出卖自己感情的骗子。想到这些，她就再也忍不下去了，直接逼问田千亩："你拿什么买房？你几时能买得起房？"

田千亩真的喝多了，指天画地地起誓："等新的项目上马，我就可以买房子啦，好多钱，好多好多钱……"

林灿灿察觉出问题，趁空闲，跑到田千亩办公室，寻找新项目的合同，没想到，打开抽屉时看到了上次房小优签下来的净水项目合同，合同的机器型号分明被人更改过，这个发现让她吃惊。难怪，大家都觉得设备有问题，原来是田千亩私下跟客户调换了价格便宜质量却差的净水器，到头来，还把一切责任归于房小优。

这个发现让林灿灿愤怒。

田千亩做事虽说阴险，却也算不上周密，只需稍做调查，一切就可以水落石出。可是公司高层竟然相信他说的一切，不做调查，直接将开除员工这样的大权交付给田千亩，而田千亩不怀好意地看着房小优和大黄为一个工作机会厮杀，差点毁掉他们多年的朋友之谊，这一招儿才是真的可恶。

林灿灿的火爆脾气上来，压是压不住的。第一时间，她打电话给房小优。

此时，房小优正和安子洋享受着家里的安宁。小狗 Kimi 正享受着安子洋带来的狗零食，细长的胶皮棒捆着几条鸡肉丝，这种零食让它百吃不腻。它讨好地做着各种动作，期望得到更多的奖赏，然而一个倒立没站稳，几乎是翻躺着倒在了地上，逗得两人哈哈直乐。这笑声一直传进电话那头的林灿灿耳朵里。

林灿灿三下五除二地将事情说了个明白，房小优这才明白这两天安子洋为自己所做的一切。她的眼睛突然就湿润了。一个是自己的爱人，一个是自己的闺蜜，爱情友情同时将自己包围，这种幸福算得上是人间极致。

林灿灿第一时间把田千亩的各种罪状上报给了大老板。公司上层一片震惊，因为田千亩是他们正在着力培养的对象，却一下子闹出这么多丑事。几个被田千亩戏弄的上层彻底怒了，隔天就发出人事函：田千亩被彻底清除出公司，房小优恢复原职。

一切像梦。房小优告诉同事们："就当是休了两天班，我又回来了。"

众人多日来对田千亩积压的怒气终于得散，立时围上房小优以示庆贺，大黄站在人群里，不知该上前还是退后，尴尬着，脸红着，心里有千言万语，却又不敢轻易说出口。房小优看到大黄复杂的表情，换作过去，她一定会第一时间拉过他安慰他，只是这一次，不知为何，她突然就迈不开腿了。眼前的大黄让她觉出些许陌生，说不清从何时起，这个男人再也不是她可以信赖的朋友，更不再是自己心灵上的知己……

2. 有房女的表白其实很动人

男女之间根本不存在所谓的纯真友谊，不过是你有意时他无意，他有意时你已不在。

更何况，房小优对大黄的感觉始终徘徊于恋人之外。

当然，大黄对房小优的心思，房小优并非不知情。在内心里，房小优一度把他当成心灵上的知己，甚至相信不论世间事如何改变，只要一声召唤，他永远都在。不爱就是不爱，喜欢仅止于朋友之情，这便是男女间最初的友谊。而对于大黄来说，他喜欢房小优，想要进一步的发展，却一直自认没有机会，只是他并不知道，当机会来时，是他自己没把握住。

房小优告诉林灿灿："其实一直以来对大黄是充满愧疚的，觉得自己欠他一份感情，自从这次辞职风波之后，心底对他的愧疚突然就没了。”

林灿灿一语道破：“我倒觉得，为难时刻才能考验出一个男人是不是真的爱你，是不是值得女人去爱。”想起这些天和安子洋之间的联手，她再次感慨，“之前我一直不看好安子洋，认为他空有外表，一副大男人模样，后来发现，其实他也蛮可爱的，最重要的是面对问题他有办法去解决，而不是一味妥协，仅凭这点，我就觉得这个男人不错。”

房小优的心里全是甜蜜。

拥有爱情的女人，幸福是挡不住的，更何况，还是像安子洋这种有理想有抱负，并已经走在了成功路上的男人。对于房小优来说，得夫若此，妇复何求？

林灿灿一脸羡慕状：“以前听说女人嫁得好才算是命好，现在看来，果然不假。你一直想要找的成功男终于找着了，不幸福才怪。”

房小优并不否认：“我就是要找一个成功男，心智成熟，事业成功，走到哪儿都是亮点。不是我过分虚荣，只是因为自己太过普通，我需要找这样一个男人来弥补自身的不足。”

“得了便宜还卖乖。”林灿灿笑她，“成功男人人喜欢，你要把握住哦，别让他溜走。”

房小优肯定地点头：“这是自然。好不容易才走到一起，怎么会舍得放开他。倒是你，跟那个杨大工程师怎么样了？受了几次挫折，也该有点进展了吧？”

林灿灿一脸不快：“我现在恨不得把房子车子全卖了，然后装成一无所有的穷丫头，这样他或许就能爱上我了吧。”

“杨阳表面上在乎的是物质差距，其实内心想要的不过是平凡大众眼中的对等罢了。”房小优劝林灿灿，“不是说过，让你多点耐心，多点付出吗？对付这种男人，最重要的是诚意示人。”

林灿灿似有所悟。这时安子洋打来电话约房小优共进晚餐，房小优立马屁癫地打扮出门去了。林灿灿看着房小优的背影感慨道：“爱情面前，再沉稳的女人也是坐不住的。”

安子洋约房小优在一家西餐厅吃饭。进到餐厅时，房小优立马觉出了幸福。早到的安子洋起身为她拉开座椅，绅士极了，过往他会先行点餐，这次主动把餐单递上，表示一切由房小优做主。瞬间，房小优就有了女主人的感觉。

点了餐，房小优还在想着该如何感谢安子洋，这时眼前突然出现了一束玫瑰。火红的玫瑰像一团火，将房小优的爱情之心彻底点燃。她如同一个初恋少女般，甜蜜，青涩，又充满了对爱的渴望。

“小优，从今天起，请你做我的女朋友吧。”安子洋一脸真诚。

房小优将玫瑰接过去，拼命点头，矜持毫无：“人家不是早就答应你了嘛。”

“等静心苑的银行贷款下来，项目走向正轨，我想带你去我的老家看看。”安子洋似乎已经把一切打算好了，“说实话，我父母早就催着我结婚，只是一直觉得心愿未了，就这么拖着，遇上你也许是我生命中注定的缘分。”

房小优边听边点头：“能跟你走在一起，也是我的缘分。”说到老年会所，便又关心了起来，“奠基之后，还没开工吗？”

“银行贷款一下来马上就开工。”说到这儿，安子洋似有深意地问，“我现在在别人眼里是成功人士，其实肩负一身债，你不会介意吧？”

“彼此彼此，我不也有二十年的房贷吗？”房小优笑着回答，“你现在不介意我有房子，不介意我脾气不好？”

“你的房子是婚前财产，永远属于你，将来结婚了，你可以留着或者可以租出去，随你，我从未介意过。至于你的脾气，自然是要改一改的，以后陪我出去应酬或见客户，要是闹起来，我失面子事小，砸了生意事大，你说是吧？”

“我脾气哪儿不好了？你就是挑剔！”房小优撒娇，“再说了，女人脾气不好完全是因为男人不知道心疼人，以后你疼我，我就顺着你，你要是敢再像以前那样跟人家耍大男子主义，我定是不饶……”

说话间，服务生已经把牛排端了上来，安子洋赶紧切了一块牛排，塞进房小优滔滔不绝的嘴里，这场撒娇才算作罢。

两人相视一笑，无比温馨。房小优挑了鸡蛋放进安子洋的嘴里，也是一脸幸福。

“小优，你知道吗？在我事业未成的时候，其实本来是不愿意恋爱的，那天看到你一个人坐在冷清的公园里吹着冷风，我的心突然就疼了，动了，觉得有责任和义务来保护你。”安子洋一脸动情。

房小优一脸感激：“我也是，曾经以为将来结婚肯定是凑合着过的，你让我相信这世上有完美的男人，有期待就能遇上爱情，你的出现让我不再惧怕失业和寒冷，你的存在让我觉得这个世界无比美好。”

恋爱中的甜言蜜语，不过如此。明知带着几分欣赏，几分恭维，几分讨巧，却终是有人愿意说，更有人愿意听。

而这头，林灿灿也已经做好了最后表白的准备。

维修店里人头攒动，林灿灿接到“内线”收银小妹的电话之后，火速赶到，一进店，果然见到一个红衣女人正低头跟杨阳说说笑笑，状态亲密。

杨阳没注意林灿灿来了，依然和红衣女人说笑着。红衣女人眼前杯子空了，杨阳起身倒水，林灿灿一个箭步冲上前来，拦住他。

杨阳一脸吃惊：“你怎么来了？”

林灿灿最不愿意听到的就是这句。“我怎么就不能来了？”看看红衣女人，一脸不快，“还是我来了会坏你什么事儿？”

林灿灿是个火暴脾气，嗓门历来不知道收一收。她这样一说，便惹来店里所有人的关注。众人纷纷侧目过来，红衣女人更是一脸好奇。她上前两步，盯着林灿灿一直看，直盯得林灿灿有些发毛，这才将目光收回来。

林灿灿不想太过失礼，快速地拿过杨阳手里的水杯，为红衣女人倒了水，递过去，刻意找话说：“我是杨阳的朋友，你好。”

红衣女人笑了笑，却什么也没说。

林灿灿便有些急了。这时前台小妹上前想要拉住她，却被林灿灿躲开，小妹一脸尴尬，小声地劝她：“林姐，别闹误会了，其实这事……”话没说完，便被杨阳打断。

“要是没事的话，我先去送我堂姐。”杨阳说完，跟红衣女人起身，准备离开。

林灿灿这才意识到，是自己搞错了，错把亲戚当成了情敌。这笑话闹得有点无地自容。她赶紧上前道歉：“姐，对不起，我刚才有点着急，失礼了。”

一声姐，叫得红衣女人应也不是，不应也不是，只好看看杨阳，一脸不解。

杨阳不知如何解释，了解其中一二的杨阳的同事们开始小声地嘲笑。这笑声让林灿灿尴尬，更让她突然就有了当着众人的面儿向杨阳表白的冲动。

破釜沉舟也好，孤注一掷也罢，总之，这种受尽煎熬的日子她林灿灿过够了。

“杨阳，我有话要跟你说。”叫住杨阳，林灿灿再难停下，“我喜欢你，你是知道的，大家也是知道的。今天我要向你郑重表白，当着大家伙儿的面儿告诉你，我喜欢你，仅仅是喜欢你这个人，喜欢你温和的个性，喜欢你好强的性格，喜欢你的自立，喜欢你的要面子，喜欢你的一切……杨阳，我知道，你一直介意我有房子这件事，如果仅仅因为我有房子而让你备受压力的话，我可以把房子还给我父母，我可以跟你一起创业，我们可以一穷二白，可以一无所有，只要有你在，我就相信好日子不会远，只要跟你在一起，我做什么都愿意。所以，今天在这儿，当着你所有同事的面儿，请你告诉我一句实话，如果我愿意放弃所有，你是否愿意接受我？”

林灿灿说这番话的时候，泪水不知不觉间晶莹了眼眶。一个女人百折不挠地追求一个男人，只因为她相信，这个男人可以给自己一个安稳的未来，一个没有背叛、没有抛弃的未来。所谓的房子、车子在她眼里都是透明的，真正重要的是这个男人的心和这个男人的爱。

杨阳没料到林灿灿会当着众人的面儿如此坦诚并如此大胆地表白，一时之间沉默了，内心翻腾着，心脏几乎跳到爆表。这一刻他承认自己动心了。

四周立时响起了热烈的掌声，所有的人都为林灿灿的勇气而感动，前台小妹更是泪眼蒙眬，不停地向林灿灿竖起大拇指。

而林灿灿把心里的话说出来之后便有一种解脱感。她知道，这将是自己最后一次表白。女人追求爱情虽然无过，倒追男人固然也无错，但是她也知道，爱情的路上需要自重，失去矜持的女人最容易失去的就是男人的尊重，所以，这是自己的最后一搏。

杨阳看着林灿灿，目光复杂，欣赏、感动、爱怜、渴望等各种情绪相互纠结，终于，他这次变得勇敢了。在红衣女人的推动下，他走上前来，主动抱住了林灿灿。

一个拥抱，立时使林灿灿受过的委屈烟消云散。

这个男人的怀抱尽管显得单薄，但在林灿灿心里，足以融化两极冰雪。

“谢谢你，灿灿，我也喜欢你！”杨阳终于表态。

众人掌声热烈，红衣女人感动得落泪，主动上前拥抱林灿灿，并告诉她：“今天正好我们单位有植树活动，不如跟我一起去，你俩可以栽棵爱情树留作纪念。”

这个主意让林灿灿和杨阳激动，两人相携着走出维修店，来到郊区山上。当一棵树苗被两人亲手栽下时，杨阳终于对着大山喊出了那句：“林灿灿，我爱你！”

林灿灿热泪长流。这是多少次梦境里的渴求，终于成真。只因认定了这个男人，曾经的不顾一切和百般艰辛，在这一刻，得到回报。

3. 海南的春温暖不了女人心里的冬

女人在追求爱情的路上，纵然千难万险，只需心爱男人的一句承认，即使粉身碎骨也无怨无悔。

回想自己这一路走来，多少带了点反扑的意味，林灿灿不敢想象，如果最后一搏还被杨阳拒绝，那自己该是何等的悲哀。

好在，杨阳不傻，也不是木头。他感受到了来自这个女人的诚意和真心，也深知，失去之后再难有下一个林灿灿会如此地爱自己。

山坡上，植树的人三三两两地离开了。春风送爽，新叶婆娑，林灿灿盼望树苗赶紧长大，杨阳却笑她心似小女孩，林灿灿并不回避："小女孩没什么不好，至少单纯。"

杨阳感动地将她拉进怀里，满怀感恩："灿灿，谢谢你，因为你我才感受到了爱情，因为你我才知道自己有多傻，傻到差点失去这么好的你。以后，我会好好照顾你，一定让你幸福。"

林灿灿被铺天盖地的幸福席卷着，激动着，完全失去了分辨能力，点头不迭："我相信，我相信。"

杨阳不无感慨："我一直不敢相信，自己会如此轻易地拥有爱情，拥有你。"

林灿灿似有所悟："你要是还介意房子的话，我可以把它还给我父母，或者干脆改成咱俩的名字。"

杨阳失笑："其实我也反复想过，你有房子不是你的错，相反是我不好，一个没能力买房的男人偏要挑剔女人是不是有房子，还要介意这种事，怪我太小肚鸡肠，怪我不自量力，如果真要追究谁对谁错，这件事情上，是我的错，我向你道歉。"

原来，杨阳心里什么都明白。其实林灿灿也知道，他在意的并非房子，而是房子带来的压力。

林灿灿不知该说点什么来安慰他，只好沉默。说到房子，两人之间总觉得隔着点什么。她怕开口再伤了杨阳的自尊心。

晚上，林灿灿半是兴奋半是疑惑地打电话给房小优，请教关于房子和爱情的关系。

听说林灿灿表白成功，房小优自然替好朋友高兴，听她说起房子的事，倒觉得有些好笑："多少人梦想有套房子才好，多少情侣因为房子闹到分手，你俩可倒好，现成的婚房倒成了心病，一个不敢提，一个不想要。我倒想问问你，他是真的爱你吗？一个男人真爱一个女人，不仅不会挑剔她一无所有，更不会在乎她拥有什么！"

"可是，一说到房子，我还是能感受到他心理上的压力，我不希望刚刚开始的感情受房子的影响，甚至想，不如卖了它，或者干脆不住，租出去，跟着杨阳一起租房住……"

"现在不是你急于表现的时候，而是要在恰当的时候考验一下杨阳。他要是个男人，就该能屈能伸，别总拿自己的短处衡量他人的长处，不虚心倒罢了，还强词夺理说成是他人的错。林灿灿，我可告诉你，别为一场爱情完全失去自我，这样的女人是很可悲的。"房小优抱着电话，从客厅的一头走向另一头。

林灿灿在电话那头沉默了许久，终于说："有房子的女人谈个恋爱可真难。不管是好男人还是坏男人，先盯着的都是这套房子，坏男人想要少奋斗几年，看房子比感情重要；好男人想要自尊心，认为房子在某种程度上玷污了感情。唉，最苦的就是我们这种有房女，完全不知道有房子是对还是错……"

林灿灿的抱怨让房小优再次失笑："只能说，你遇到的男人比较矫情，像我们家子洋就没这些毛病。"说到安子洋，嘴角有掩饰不住的幸福，"他说了，从来就没介意过我有房子这件事，他唯一介意的是我的坏脾气……当然，也说了，有房子不是坏事，婚后租出去也好。我也觉得这样挺好，租出去的收入也算是咱们的一份小私房钱，何乐而不为？”

听到房小优如此明目张胆地夸赞安子洋，林灿灿赶紧收兵：“你家安子洋好，那是你忘了他当初是怎样的大男子主义，怎样对待你的，我还觉得我们家杨阳好呢，不功利，不算计，踏实又可靠……”

恋爱中的女人大抵如此，心里那个男人终究是最好的，哪怕在别人眼里曾经一文不值，也绝对不允许被比下去。

房小优和林灿灿或许也从未想过，两人坚固的友谊会因为男人一次次起争执。当然，掠过千帆之后，她们也明白，爱情之于女人是生活的全部，好与坏，外人不足道，相对于朋友来说，祝福更重要。

“那就祝你和你家杨阳早结良缘。”房小优率先祝福道。

林灿灿嬉笑着回应：“也祝你赶紧嫁给成功男。”

收了线，房小优不由得吐了一口气，内心其实是轻松和愉悦的，至少，她和林灿灿收获了各自想要的幸福。

这时，郑恩娜开门进来。

看时间，已是夜里十点，房小优不得不提醒：“别天天这么晚回来，拼命也得看时间。”

郑恩娜轻声应了一下，将自己狠狠抛向沙发，一副很累的样子，看得房小优很是心疼。

“太累的话就休息几天，注意身体。”

郑恩娜再次应了一声：“嗯……”接着又说，“对了，姐，我明天出差，可能会在外面待上三五天，跟你说一声。”

“去哪儿？”

“海南。”

“你们公司业务范围很广嘛，都有谁去？要不要给你准备东西？”房小优一脸关切。

郑恩娜显得有些不耐烦，起身往自己房间走去：“不用，酒店啥都有。”

房小优突然记起什么似的，将郑恩娜拉回来：“这两天难得见到你人影，有件事姐得问问你，你跟那个姓韩的还有联系没？这次出差……”

郑恩娜听到房小优提起韩英俊，更加不耐烦：“姐，别再提他！我出差是公司的安排，跟他有什么关系！”

“可是前两天明明听你说，他有求于你，说想要什么年度广告的事……”

“他想要，我就得答应？”郑恩娜边说边走进房间，“那个男人心里只有房子只有大单，哪还有心思去旅游……”

房小优听到旅游二字，立马觉得不对：“是旅游还是出差？”

郑恩娜将头从房间探出来纠正：“出差兼旅游，姐，你别乱想，赶紧睡吧。”

关上房门，郑恩娜却毫无睡意。刚才的话看似说给房小优听的，其实是在安慰自己。这趟出差说穿了，就是翟总安排的旅游，而旅游的路上只有她和他。

孤男寡女，异地相处，暗示在前，暧昧在后，怎么想都是一出香艳戏码。不幸的是，她还是这出戏码里的女主角。

但是，想到韩英俊，想到房子，郑恩娜心里的天平微微倾斜。想到韩英俊和新欢的相扶相携，以及何欢露对自己三番两次的冷嘲热讽，郑恩娜更加觉得，房子必须买。

打开背包，取出那张小公寓首付的支票，郑恩娜的心颤抖着，激动着，仿佛一伸手，房子就成了她的囊中之物。

当然，她也明白，想要得到房子，自己必先付出一切。

从春寒料峭的小城飞往暖意融融的海南，不过是三个多小时的事儿。

下了飞机，翟总第一时间牵起郑恩娜的手。这个中年男人在小城里故作正派，其实是装给熟人看的。一落到异地，所有风流男人身上的毛病全都出来了，手无处不摸，吻随时偷袭，言语间还有几分轻佻，从试探到挑逗，从无耻到下流，恨不能一下子将郑恩娜拉到床上去，然后像对待猎物一样生扑猛咬。

郑恩娜显然也知道，自己此时就是一只猎物，毫无反抗能力的猎物，随时成为他人盘中餐的猎物。尽管她心里已经做好了准备，身体却不由自主地发抖。她一次次地问自己，这样做值得吗。答案其实并不存在，至少她给不了自己答案。她只知道，要得到一样，必付出另一样做交换，人生就是这么公平，就如同何欢露得到了韩英俊，付出的是房子一样。

宾馆的洗浴间里，郑恩娜一次又一次听到翟总猴急的催促，却一步又一步地后退。她不停地问自己，得到房子却失去清白，这种付出是否值得，此刻走出房门，之后自己的人生将彻底不一样……犹豫、徘徊、反悔、痛恨，纠结着，反复着，她不知如何是好。

就在这时，房间的门铃响起，郑恩娜听到翟总穿着拖鞋去开门，之后便是天翻地覆的一番争吵。

一个中年女人的声音带着小城的味道，充斥着整个房间，隔着厚厚的墙壁冲进浴室，连郑恩娜都听得清清楚楚。

“姓翟的，你个老东西，听说你带着助理跑到海南来鬼混，今天我要是不收拾你，我就不叫许木兰！你给我说，那小东西哪去了，啊？！”

一声声质问，夹杂着翟总无力的解释。郑恩娜似乎找到解脱的方法，第一时间从浴室里冲出来，之后，中年女人的叫骂和捶打，她通通接受……

一身伤痕，却换来身心的清白，郑恩娜的海南之行提前结束。

回到家，郑恩娜擦拭着身上的瘀青和血痕。房小优已经急不可待地开了门，一进门，看到郑恩娜从胳膊到腿，无一处完整的皮肤，心疼得眼泪都掉了下来。

郑恩娜却异常镇定，并主动坦白：“姐，没必要为我这样一个女人心疼，为了房子，我差点成为别人的小三儿……还好，及时刹车，真得感谢那位正牌夫人，她让我保住了清白，更让我明白，其实我根本没有成为小三儿的勇气……”

房小优有一种恨铁不成钢的感觉：“你呀你，早出晚归的，就知道没做啥好事……”

“想做好事也做不成了，我被辞退了。”郑恩娜扬了扬手里的那张支票，“我正在想，怎样处理它。”

房小优这才知道，原来郑恩娜这些日子以来一直有事瞒着自己。

等到郑恩娜把前因后果说完之后，房小优第一感觉就是这种钱一定要还回去。但是郑恩娜却坚持：“不还！不然我这身伤就白挨了。我要用它交那套小公寓的首付，下半年就可以收房了。”

房小优气极：“拿这种钱买房子，你能住得安心吗？”

郑恩娜半是自嘲半是无奈。“除了身体，我也不是什么都没付出过，这是我应得的。”说着，把手机里存的公寓照片展示给房小优看，“这公寓虽然只有六十平，但足够两个人住了，是不是？”说着，还把手机里的图片通过微信发了出去。

“你这是做什么？”房小优不满地说。

“发给韩英俊，告诉他，姐现在也是有房一族。”

郑恩娜的行为让房小优越来越看不明白。她不知道，这个表妹这些天究竟在做什么，究竟得到了什么，又究竟失去了什么，只觉得，一切都突然变得陌生。

“这房子不能买，这钱必须还回去。”房小优生气地责备她，“这关乎一个人的尊严问题，你不能因为这点钱就不要自尊不要脸！”

一句不要脸，彻底让郑恩娜激动起来。郑恩娜从沙发上跳起来，几乎是愤怒地吼道：“我怎么就不要脸了？我再不要脸，难道还有韩英俊不要脸？他为了一套房子抛弃了我们这么多年的感情！我再不要脸，还有何欢露不要脸？明知道韩英俊爱的不是她，却还是用房子诱惑走了他！姐，这年头，不都是笑穷不笑娼吗？我不偷不抢怎么就成了不要脸的女人？”

“你偷人，这就是不要脸！”房小优比郑恩娜还要激动，“一个女人，不管有什么原因什么苦衷，都不能成为你偷别人老公的借口！”

房小优的话让郑恩娜突然失语，她低下头去，泪水肆意。这一哭，似乎所有委屈全都释放。房小优陪着她哭，看着她哭，以为哭泣过后会有一番省悟，却不料，郑恩娜哭完之后，狠狠地甩掉了挂在腮边的眼泪，无比干脆地告诉她：“姐，这房子我买定了！”

4. 股灾，贫富一念间

女人最可怕的是天性执拗。

一个执拗的女人，特别容易走上偏执之路，内心越是坚定，偏执越易深陷，不能自拔的除了自身，还有他人的关切和担忧。

郑恩娜的偏执让房小优气愤又心疼。她知道，走了偏执之路的郑恩娜内心其实是可怜又悲催的。因为一个男人，表妹失去了对爱情的信心，因为一次失恋，又沦为房子的奴隶，这样的境遇让她偏执地相信，房子和爱情之间是对等的，就如同当下没有房子的男人难以恋爱成家一样。

这时候，房小优突然对房子产生了深深的恐惧感。

一套房子，套住了多少人的爱情和幸福。

她也深知，这时候的郑恩娜并非失去理智，她只是过于理智，过于明白现实罢了。

对于一个看透现实的女子来说，任何劝慰都是多余的。

房小优唯有叹息："娜娜，如果你觉得这样做是对的，那你就去做吧，以后别后悔就行。"

郑恩娜沉默以对，表情淡然。当然，她内心翻腾的惊涛骇浪，房小优也根本不知道。

这一夜，房小优和郑恩娜各怀心事，都未曾入睡。直到天快亮时，一抹鱼肚白从窗户里投射进来，房小优才有了些许生机，心想，新的一天开始了，或许一切就将过去了，生活毕竟是美好的。

让她想不到的是，生活总是在拐弯处给人以不可预知的打击。

这边郑恩娜的事还没弄明白，那边安子洋又出事了。

静心苑项目的贷款批下来之后，安子洋带着安妮一起宴请银行放贷部的工作人员。酒桌上，安子洋想到自己大志得酬，激动不已，忍不住多喝了几杯，又听到众人谈论当下股市，大多是翻番地赚，不由得心头一动。想到自己手握几千万的流动资金，难免想要搏一把，当然，仅存的理智告诉他，这是项目资金动不得，于是，安子洋不得不按捺住内心的激动和向往，席散归位。

回到办公室，安妮却一脸神秘地告诉安子洋："知道我最近赚了多少吗？"说着，伸出两个手指头，"这个数。"

安子洋瞥了一眼："两万？"

安妮撒娇道："你小看人哦，安总，再加个零嘛。"

安子洋似有所悟，却并不为所动："二十万就这么满足？你也炒股了？"

安妮不无得意："本钱不到五万，赚回二十万，你觉得不够可观吗？"

安子洋似乎不太相信，回想酒桌上几个银行职员的话，又不得不相信："真这么赚？"

"那是自然。"安妮不无神秘地告诉安子洋，"我去年买了五万块的股票，当时没想到能赚多少，就当放点零花钱。没想到，前两天打开一看，竟然成了二十万，当时我就傻了眼。你想啊，五万变二十万，要是我投个五千万或是五个亿进去，那这辈子的钱岂不都赚回来了？"

安子洋还是有些担心："股市风云变幻，今天赚，明天赔，也不能保证每个人都像你一样好运。"

“话是如此，理也是这么个理，但是安总你想过没有，把钱放进股市，只要少赚一点，也比存银行利息高。而且你算算，像咱们公司的银行贷款，利息有多高，如果把贷进来的钱投进股市，只需要比银行利息高出一个百分点，那这贷款利息就全免了，光是省这利息钱，也海了去吧？”安妮帮安子洋算账，“昨天我就算过这笔账，光是银行利息，全盘算下来的话，我们就能省这个数。”说着，伸出三根手指头，“三百万。”

“三百万的利息？”安子洋不无心动。

“三百万，足够盖起老年会所里最豪华的情侣套房这个项目。”安妮继续引诱道，“有钱不赚是傻子，现在股市行情大好，错失良机可不是明智之举，更何况安总手里的资金暂时也用不上，在股市放上几天，就能赚回不少呢。”

安子洋的心像充满了氢气的气球，冉冉地升至半空。他忍不住打开电脑，开始观察大盘行情。这一看才发现，满大盘皆是红艳艳的，不出几分钟，几千支股纷纷涨停。粗略算一下，就算遇上一个涨停板，对于手握重金的安子洋来说也是一笔不菲的收入。

五千点的时候，安子洋终于没忍住，全盘杀进。

只是，让他想不到的是，刚睡了一晚上的安稳觉，隔日，大盘就像吃了泻药一样，猛跌不停，从五千点飞流直下三千尺，一路跌至三千多点。两千点的差距让他刚刚贷到手的资金拦腰折断，不仅如此，因为被套，流动资金出现重大问题，工地陷入停工状态。在安子洋的经商生涯里，如此落败还是首次。

知道这一切的只有安妮。

安子洋不许她声张，更背着所有人把自己名下的两套房产抵押了出去，这才算挨过两天的资金周转。但大盘还是没有起色，一路跌下去，大有回归到一千点的势头。安子洋不敢轻易抛盘，紧握着，又不知何时能涨回来，只好忍痛让房屋中介以最低的价格最快的速度将两套房产卖了出去，除了之前的抵押金，不用两天工夫，这点儿钱肯定又会不够用。

更让安子洋恐惧的事情还在后面。

从银行放贷的当天，利息就像雪球一样越滚越大，每天面对的利息钱就是好几万，两套房子换来的钱最多也撑不过一个礼拜，最终，安子洋不得不把静心苑的项目停工。这一停，便有不少媒体蜂拥而至，大肆渲染，说老年会所出现了资金问题。

如此一宣扬，本来预售状态就不佳的静心苑彻底停摆。安子洋这个前几天还在媒体上以实业家自称的年轻有为的商人，瞬间沦落为空谈家以及不自量力的失败者。

房小优是从报纸上看到这一消息的。

除了万分震惊，她更惊觉人的贫富不过一线之间。当得知是安妮怂恿安子洋炒股才出现这些问题时，房小优不仅痛恨安子洋的意志不够坚定，更深感安妮是祸水，于是在未经安子洋同意的情况下，以老板娘的身份将安妮辞退。

安妮自然不愿意，哭闹着找安子洋理论，房小优不得不展示出咄咄逼人的一面。

“安妮，如果你再敢拽着安子洋不放，我就把你如何侍主、欺主、骗主的事公布于众，到时候你不仅是整个行业的公敌，还将是我们整个女人界的公敌。要知道，没有哪个男人愿意以全副身家换你这样一泼祸水，更没有哪个女人会愿意自己的男人找你这样的助理！”

在房小优半是威胁半是威严的告诫下，安妮不情愿地离开了公司。倒是安子洋，有点一蹶不振的样子。

房小优心疼，却不知如何安慰。

那样一大笔钱不是她的能力能及的，更不是几句安慰就能轻描淡写地揭过去。这件事处理得好，安子洋依然可以重来，处理不好，安子洋的商业生涯就此作罢。生意场上从来没有玩笑话。

安子洋比任何人都明白，这次赔在股市里的钱，将是他一生的梦魇。短时间之内想翻身，除非中上几个亿的彩票——俨然痴人说梦的幻想。所以，他已经失去了判断力，不敢轻易出门，不能随便接电话。遇上的人，接起来的电话，除了催债的，就是讨钱的，他已经没办法应付这一切。

房小优把安子洋从沙发上扶起来，跟他并排坐："没有谁的人生会一帆风顺，做生意更是如此。打击和挫败总是有的，挺过去，一切就会好起来。不管怎样，我都在你身边陪着你，相信我，好吗？"

这些话，句句真心，字字坚韧。

有房女比普通女人往往多了一份坚强，这份坚强表现在对生活的渴望和追求上，表现在对爱情的执着与呵护中，更表现在对心爱男人的疼惜及守护里。

然而，情场失意的男人只需得遇新感情，一切瞬间重来，但是职场失意的男人想要恢复自信，却似乎太难太难。

面对房小优的安慰，安子洋听一句走一下神，脑子里闪过的依然是每天不停上涨的利息和不断下跌的股市。他知道，这一次静心苑的项目怕是成不了了。这是他一直以来的心愿，他想做最好的养老院，最高档的老年会所，他甚至已经把自己的老年生活归置其中。可是变故来得太快太突然，这一切使理想成为梦想，遥遥无期。

想到这儿，他终是忍不住了。再强的伪装也掩饰不住失意男人的泪水，安子洋突然抱过房小优，孩子一般地哭了起来。

第九章

成也房子，败也房子

失意时，房子是女人的避风港，落败时，房子是女人的救命草，房子不知不觉中已经成为女人命运拐角时的赌注和庇护。为了爱，她们愿意把房子奉献出去，正所谓成也房子，败也房子，爱也房子，恨也房子。

1. 有房女更有勇气面对荆棘

女人再多的爱也支撑不起一个信心倒塌下去的男人。面对失败，女人可以坚韧如蒲草，对男人不离不弃，但是男人却完全相反。在他们看来，女人的付出完全是不顾自己身为男人的尊严，如此一来，女人再爱也无用。

一如房小优。

全身心地替安子洋着想，为安子洋分忧，最终却还是被拒绝，被排斥。

在安子洋看来，房小优根本帮不上自己什么忙，相反，她在他眼前，就像在不断提醒他的落败一样。曾经许诺的美好生活和幸福未来，他已经给不起。

男人落败之后最容易做的事就是逃避。

安子洋开始避开房小优，不愿意见她，不愿意让她接近，这让房小优担心又害怕。她比任何人都明白，自己是爱着安子洋的，不管他是成功还是落败。

房小优一直深信，有理想的男人终有一天会站起来。

可是安子洋不这样认为。他认定自己是个失败者，认定自己会被那些外债压得喘不过气。他不想拖累房小优，索性不理，不见，这才算两安。

安子洋的态度让房小优难过。她劝过千百回，还是劝不住，最终自己还是被关在了门外，她气结，无语，最终爆发。

"安子洋，你能不能像个男人？不是每个生意人都是成功的，也不是每个成功的人都从来没受过挫折，李嘉诚拿着自己的塑料花四处推销时还吃过闭门羹呢，更何况你现在事业才刚刚起步，受这点小挫折算什么？困难过去，从头再来，青山常在，绿水长流，只要你还有理想，有什么可怕的？"

可惜的是，不管房小优说什么做什么，安子洋始终无动于衷。

房小优不得不下重拳："安子洋，我瞧不起你，一点小失败就像个缩头乌龟，这样的男人还真是没出息！我房小优瞎了眼，浊了心，竟然还看上你这样一个人，我告诉你，给你一年的时间，赶紧给我站起来，要是再这样颓废下去，别说我认识你！"

话是重了些，可是安子洋依然窝在沙发里，几天几夜不动。

这次落败的是房小优，她已经无计可施。

大黄和林灿灿以及郑恩娜赶过来，跟着房小优一起劝。安子洋终于起身，却是将众人一起赶出家门，表示自己想静静。

房小优能理解安子洋的心情，却始终不放心，这时大黄安慰她："我了解子洋，他不会有事的，他说想静静，我估计是在想如何处理这件事，我们还是不要打扰他。"

这番话多多少少安了房小优的心，她比任何人都愿意相信安子洋的坚强。

只是让房小优想不到的是，安子洋在家窝了三天之后，突然给出一个惊人的决定：他要把公司卖了，静心苑项目一并转让。

这就等于说是放弃所有，事业、理想统统不要。余下一个安子洋，几乎成了空壳。

房小优第一个不答应。

她比任何人都明白，这个项目是安子洋的一切，项目可以卖，公司可以卖，但是一个人的理想怎么可以被折成现金进行交易？

"卖了他一定会后悔的，所以，我一定要帮他。"房小优对众人说道。

大黄、林灿灿、郑恩娜围坐在房小优身边，一副众志成城的样子。

"你说，我们该怎么帮他？"林灿灿快人快语。

房小优想了又想："我决定把房子卖掉。"

"你这房子首付也没几个钱，卖了又能做什么呢？"大黄反对，"不过是几天的银行利息而已，对安子洋来说不过是杯水车薪。"

"就算是几天的利息也好，至少能让他的理想多存活几天，多拖几天就能多想出一些办法。"房小优坚持。

林灿灿也反对："你这样做，无异于扬汤止沸，根本解决不了任何问题，相反，你还会失去安身立命之所，得不偿失。"

郑恩娜跟着附和："是呀，姐，我也反对你这么做。"

房小优环顾一下自己的小窝，不无感慨："房子没了可以再买，要是一个男人的理想没了，多少钱也买不回来。我怕的不是失去房子，怕的是安子洋对未来失去信心，所以我必须帮他。能帮一天算一天，能帮一阵算一阵，我不能看他再颓废下去。"

"姐，牺牲自己成全别人，并非什么高尚的事。你想想看，以安子洋的性格，要是他知道你卖了房子帮他，他会愿意接受吗？他会不会认为自己在吃软饭？他会不会觉得你的做法伤害了他的自尊心？"郑恩娜坚持反对，"做高大上的事情之前，先要想明白对方是否能够接受。"

郑恩娜的话不无道理，房小优陷入深深的思考中。

林灿灿咬了咬嘴唇："不如这样，大家先凑凑钱，能凑多少就凑多少，房子的事以后再说。"

大黄附和："对，先观察几天再说，我相信安子洋也不是轻易就会被打倒的人。"

房小优感激地点头："有大家这样关心，我替子洋谢谢你们。"

"说的什么话？安子洋是你的男朋友，自然也就是我们的朋友，再说，谁没有个落难的时候。"林灿灿赶紧安慰房小优，"倒是你，这些天累得都瘦了，注意身体。"

和众人道别之后，房小优还是不放心安子洋，跑到他家里去探望，却意外发现安子洋被买房子的人赶了出来，理由是他已经超过约好的搬家时间。

看着安子洋被别人从曾经属于自己的房子里推出来，房小优的心里特别难受。她三步并两步地上前拉过安子洋，却被安子洋一把推开。

“我现在一无所有，你跟着我做什么？吃苦受累，不值得。”安子洋的话让房小优心寒。

“出事这些天，我一直陪着你，护着你，有说过半句怨言吗？你不要总是把我往外推，我现在就是你最亲最近的那个人！”

安子洋不说话，漫无目的地往前走，背影看上去孤单、寥落，带着几分落魄，看得房小优无比心疼。她又是三两步追上前去，扶住他，无比坚持：“我就是想和你一起往前走，无论到哪儿，你在，我就在。”

安子洋停下脚步，不敢看房小优的眼睛，停了三五秒，突然将头别到一旁，这才哽咽着说：“你个傻女人啊，何必跟我受这份苦？我现在可是一无所有，还有可能受到银行的起诉，你何苦呢……”

“你没有，我有啊，我想好了，这两天就把房子卖掉，先帮你把银行利息垫上……”

房小优的话还没说完，安子洋刚刚稳定下来的情绪再次爆发，“卖房子？你脑子有病啊，那是你的房子，我凭什么让你卖了它替我还债！”

“现在不是考虑你的我的的时候，现在要考虑的是如何渡过眼前的难关。”房小优坚持说，“我已经想好了，回头就去中介登记，希望能马上成交。”

“你敢！”安子洋再次发火，“我安子洋绝对不吃女人的软饭，绝对不会让自己的女人卖房替自己还债，你这样做是对我的侮辱，让别人知道了，我一辈子也抬不起头来！房小优我告诉你，你敢这么做，这辈子我都不会再见你！”

说完，安子洋大踏步离开，留下房小优站在原地，泪流满面。

相爱到这样一种地步，彼此明白自己在对方心里的位置，以及彼此心里存着怎样的幸福和痛苦！

安子洋知道，房小优是真心实意想帮自己，能做的已经都做了。可是他不希望她为自己放弃这唯一的房子，因为他懂得，让女人舍弃自己拼尽半生换来的房子，无异于舍弃一个亲生的孩子，这痛苦肯定令她难以承受。

房小优明白，安子洋不肯接受自己帮忙，不是所谓的男人自尊作祟，他是怕自己跟着他受苦受累，他不想连累自己。可是他并不知道，在自己心里，那些虽然短暂却无比美好的过去，是她这一生最幸福的时刻。因为幸福过，所以就算一起吃苦也不算什么，这才是真正的甘苦与共。

可是，安子洋拒绝她跟他甘苦与共，这对房小优来说，是一种深重的痛苦。

真正相爱的人，怎么可能只经历甜蜜不经历风雨？不经历风雨的爱情又怎么可能天长地久？

房小优最终还是没听安子洋的，转个弯，走到一家房屋中介，将自己的房产做了登记。做完这一切，房小优的心情莫名地舒畅了不少，因为她知道，这是自己能为安子洋做的唯一一件事。

2. 一分钱，难倒“有房女”

女人命运的改变，很多时候依附于男人。

房小优因为安子洋，把房屋登记待售，而郑恩娜因为一次错误的选择，竟也付了首付，成了有房女一枚。

命运的落差突袭而来，连房小优都怀疑，这究竟是怎么回事。

郑恩娜把公寓钥匙展示给房小优看的时候，房小优并无半点祝福，相反，却告诉郑恩娜："你的苦日子终于来了。"

郑恩娜不服气，认为有房子的女人是最幸福的——有个小窝任自己挥洒，想想都是舒畅的，只是不幸被房小优言中。

失业中的她，首付虽然付了，但是每月几千大洋的贷款还是问题。

房子，过去是郑恩娜的梦想，如今成了她的梦魇。

必须赚钱，永无止境地赚钱，然后这套房子才有可能真真正正地属于自己。背上房贷的郑恩娜想要加倍努力，变得更加勤快起来，跑出去，四处寻找工作。

因为有过一段短暂的贸易工作经验，郑恩娜辗转找了两家进出口公司想要谋得一份差事，却被以专业不对口而拒绝。走出那家公司的大门，看门的大爷无意间问她："姑娘，你是来应聘车模的吗？"郑恩娜这才知道，这家公司近期在做进口轿车的生意，但是车模的工作她是不敢奢望了，那种袒胸露乳的工作也不是她之所长，只好作罢。

游荡在路上的郑恩娜，路过曾经打工的早餐店，在门口徘徊时，被眼尖的老同事发现，拉她进去，问起近况。当老同事听说郑恩娜还没工作时，便指引她到一家商场去，说那里有不少招服装售货员的。郑恩娜不敢耽误，生怕工作被人抢去似的，赶紧往商场走去。

本市最大的商场，服装层就足足五层。郑恩娜从女装一直走到男装，再到童装和羽绒服，一家家打听一处处问，她发现薪水都差不多，提成也都是一样的，细算下来，一个月能有三四千收入就算多的。如果没有房贷，还能将就生活，但是有了房子之后，她深知一个月必须赚出两份薪水，不然就没得吃。

一家女装店老板相中了郑恩娜的气质，商讨完薪水看她有些犹豫，以为是嫌工资低，问她还有什么别的要求，郑恩娜实话实说，老板倒也痛快，指了指自己靠近电梯旁的橱窗，说："你这身材要是做个窗模倒是不错，一小时五十块，半小时一换装，每天上午、下午和晚上各工作一小时，其余时间你自己分配。一天算下来就是一百五十块，怎么样？"

一天一百五十块，一个月就是四千五百块，足够自己支付房贷还略有盈余。郑恩娜在心里迅速地盘算了一下，觉得这是个不错的主意，满脸感激地点头："成，我做，我做。"

老板让郑恩娜先试做了一个小时，站在橱窗里，戴着怪异的假发，贴着假睫毛，身穿店里新进的各式女装。郑恩娜觉得自己就像一个玩具木偶，别人怎么打扮，自己都是一个表情，咧着嘴，似笑非笑。有好奇者上前摸她，也是半分不动。在老板看来这是敬业，其实在郑恩娜眼里这不过是份工作，能够让自己还得起房贷的工作。

让郑恩娜欣慰的是，因为相中了她穿的职业女装，一家公司的采购一出手就买了十套，老板乐得嘴上开花儿，不停地夸郑恩娜有副好身板儿，结账时额外给了她一份奖金，对郑恩娜来说也算是出师凯旋。想到那家进出口公司说要招车模，郑恩娜左思右想，还是决定去应聘。在她心里窗模能做，车模自然也没什么难的，且车模有很强的时间限制，一期活动搞完，工作也算是完结了，多赚几分是几分。

最终，因为高挑的身材和清秀的气质，车模的工作也顺利谈成。郑恩娜开始忙得像个皮球，拍到哪儿算哪儿，拍到哪儿都必须精神饱满地完成工作。几天跑下来，人都瘦了一圈，但是做模特工资是现结的，每天摸一摸不断厚实起来的钱包倒也算是一种安慰。

这天，郑恩娜刚刚换好衣服站进橱窗里，便看到了从电梯上徐徐走下来的何欢露，她身后跟着韩英俊，手里提满了大包小包，脸上还陪着讨好的笑。何欢露看起来兴趣盎然，几乎每过一家店都会试穿，觉得不错的都会买下来，韩英俊一脸小心地陪着，像极了讨好慈禧的奴才。郑恩娜将这一切收进眼底，心里涌起的是阵阵酸楚。她想起自己和韩英俊在一起的那一年多时间，买的都是几十块钱的地摊货，偶尔进次商场都是为了打扮韩英俊，如此一想，觉得自己为这个男人付出得真是不少，再看何欢露大包小包只为自己，两相对比，更觉得过去的自己活得实在卑微。

就在郑恩娜思想游走的时候，何欢露和韩英俊一前一后地走进了店里，老板热情地招呼着，知道何欢露是个购物大咖，赶紧向她推荐刚进的新品。何欢露一眼就瞅上了那条墨绿色的蕾丝长裙，绵细的白色蕾丝包裹着墨绿色的坠地长裙，裙上还有手工绣着一朵含苞待放的亮玉色荷花，净雅大气，自是喜欢得不得了，要求试穿。唯一遗憾的是，何欢露身材矮小，人又胖，穿上长裙显得更加臃肿。倒是难为了老板的一张巧嘴，尽管镜中人配上长裙怎么看怎么不协调，但是老板还是违心地指着何欢露说：“雪白皮肤配上墨绿裙子，这本身就是绝配，更添了几分高雅气质，您瞧瞧，这裙子做工，这质地，这颜色，配您这皮肤，真是绝了。”

何欢露再傻也知道以自己的身材是搭不起这裙子的，便犹豫着问韩英俊：“好看吗？”

韩英俊看了看，犹豫了一下，点了点头，却什么意见也没有发表，何欢露便有些不高兴：“哑巴呀，问你呢，好看吗？”

韩英俊含糊地笑了笑：“我看着还行。”这话等于没说，又等于间接否认掉，他的话让何欢露打起了退堂鼓。

老板是生意场上的老手，眼尖，嘴快，怕到手的买卖再砸了，赶紧指了指橱窗里站着的郑恩娜：“我们家模特就穿着这一身衣服呢，您要是看不出穿在自己身上是啥效果，可以瞧瞧，她穿着啥样，您穿着就是啥样，好看着呢。”

何欢露不看则已，一看便乐了。

橱窗里，郑恩娜清水芙蓉一般的面容，衬着墨绿色长裙，显得高挑又生动，宛如夏日里一枝淡雅的荷花。因为要配这身长裙，脸上自然没化过什么妆，一看就知道是她。这让郑恩娜十分难堪。

何欢露笑得异常邪恶，笑声高一阵，低一阵，像是有千言万语，又似藏满了刀勾斧叉，听得人心里毛毛的，连一旁的老板都察觉出了异样：“怎么，你们认识？”

“何止认识。”何欢露收住笑，咬紧牙关，“要不是因为她，我们到手的大单怎么可能飞了？哟，瞧不出来，郑恩娜你还是个业余模特，怎么，姓翟的把你甩了？”

郑恩娜不想跟她说话，索性不理，将目光投向别处。

韩英俊看着橱窗里的她，目光呆住，不知所措，若不是何欢露一直叫嚣着，他甚至怀疑自己是不是看错了。

在韩英俊的眼里，尽管郑恩娜有几分姿色，却从未像今天这样脱俗过，和眼前矮粗胖的何欢露一对比，越发光彩夺目。

何欢露瞥了一眼韩英俊，瞧出他眼里的痴缠，赶紧喝住："韩英俊，你看什么呢？是她好看还是我好看？该看她还是该看我？"被她这样一呵斥，韩英俊赶紧收回目光。何欢露不干了，上前抢过韩英俊的手机，打开，将其中一幅图片递给郑恩娜看："郑恩娜，这就是你新买的房子？哈哈哈……真是好笑，还不如我们家一个院子大呢，也好意思发给我们家英俊。我告诉你，别说只是这么一个小小的公寓，就算你买千尺万尺的豪宅，我们家英俊也不喜欢。因为我给他的除了房子，还有事业，而你呢？只是个站橱窗的小模特，朝不保夕，还自以为多了不起……"

何欢露的一番指责让郑恩娜无地自容。

除了这一身秀气，再无他处可以媲美。更重要的是，郑恩娜看着站在何欢露身后的韩英俊，唯唯诺诺的样子，让她瞬间有种爱错人的感觉。这个男人自己真的是爱错了，他骨子里的某些东西，她直到今天才看清楚。

何欢露的嘲笑一直没停："郑恩娜，别想着跟我争，你根本不是我的对手，也别以为自己长着一个好模样，就可以在我面前炫耀。这年头长得好不如嫁得好，想要嫁得好就必须生得好，我拥有的，你这辈子都得不到！"

郑恩娜被何欢露点撩得又气又恨，她恨自己不能开口跟这个女人较量，她恨躲在何欢露身后的韩英俊一脸猥琐，她恨自己和这样两个恬不知耻的人竟然相识，她更恨自己没有能力立马成为坐拥千万的富豪。

老板反应快，怕俩人再说下去不仅砸了买卖，更砸了自家店铺的声誉，赶紧让郑恩娜给何欢露道歉，根本不问是非对错。这样的态度让郑恩娜无法接受又深觉可笑，而何欢露当真做出一副准备接受道歉的样子。

郑恩娜在老板的催促和暗示下，不得不低头："何欢露，我承认你出身富贵，我也承认现在韩英俊是你碗里的菜，别人抢不走，我们之间的事就到此为止吧，这衣服……你怕是也不会买了，请到别家去吧。"

听到郑恩娜服软，何欢露心情大好，在被郑恩娜激将之后，她毫不犹豫地将裙子买下来，一脸骄傲："我有钱，我任性，想买我就买，你就好好做你的窗模吧，真是可怜哦……"

何欢露痛快地将衣服收下，老板屁颠屁颠地开单收钱。两人忙活着包衣服的时候，韩英俊上前看着橱窗里的郑恩娜，似有千言万语，却又不知如何说起。郑恩娜不想看他那一脸苦大仇深的样子，恰在这时，有电话打来。

屏幕上跳动着老翟的名字。这个男人像偷吃的猫，没到嘴的鲜味自然不舍得轻易放弃，约过多次一直被郑恩娜拒绝，依然不死心。

郑恩娜接起老翟的电话，看着眼前正豪爽付单的何欢露，再看看偷窥自己的韩英俊，不由得心头一热，再次答应了老翟的约会请求。

3. 欣赏是鼓励，爱却是支持

能让女人坚强的，只有现实。

让郑恩娜坚强起来的，是房子。房贷是不可避免的现实。

当然，房子的首付来自翟总。虽说两人并未发生真正令人不耻的事情，但是对于这样一个中老年男人来说，撒出去鹰就绝对没有收不回兔子的时候；对于郑恩娜，翟总一直是虎视眈眈，只苦于没有好时机下手。

对这一点，郑恩娜并非不知情，只是装傻，能避则避，能逃则逃。

只是这一次，因为何欢露和韩英俊的刺激，她慌不择路地答应了约会，让翟总以为收获猎物的时机已经成熟。

两人约在一个隐秘的郊区宾馆。起初，郑恩娜是不愿意去的，后来想到那小十万的首付款是翟总出的，便勉为其难地答应见一面。刚到宾馆就收到翟总迫不及待的短信，告诉她房间号，郑恩娜站在酒店大堂，再三犹豫，又产生了逃跑的冲动。

踌躇着走进电梯，这时有一个人轻轻拍了拍她的肩膀，回头，发现是翟总公司的一个老客户，之前有过两次应酬，对方竟然还记得她。

郑恩娜打招呼的同时，记起这位客户当时是不同意跟翟总合作的，且还有一个项目正在洽谈中。不知哪里来的勇气，郑恩娜主动跟对方套近乎："许总，这是来度假还是谈生意？"得到对方度假的答复，郑恩娜预感到机会来了，主动邀请对方一起坐坐。

郑恩娜和客户在大堂落座，打电话把翟总从房间叫出来，本来是情人一样的幽会，最终演变成商谈三人行。客户也坦言，对郑恩娜的工作态度一直有好感，翟总自然没料到会意外促成一单渴望已久的生意，于是在价格上也就让了一步，三人皆欢。

一场幽会变成了签单大会，郑恩娜的意外作为让翟总高兴。对于一个生意人来说，生意远比一次偷情来得重要，自然对于郑恩娜的任何要求都统统答应。郑恩娜等到双方达成合作协议之后，提出自己的工作时间到了，起身告辞。面对客户，翟总自然说不出什么来，只好放行。一场策划许久的幽会就这样被郑恩娜巧妙化解。

出了酒店，郑恩娜感到自己的手是颤抖的，脚也是软的，有一种差点卖了自己的危机感。她这时候才明白当初表姐为何那般坚定地让她把钱退回去。

吃人嘴软，拿人手短。郑恩娜这时候已经明白了这个道理。

回到商场，站进橱窗里，郑恩娜依然一脸沉思。今天演绎的是一身梦幻装，洁白得像翅膀一样的纱羽衬着她白皙无瑕的面容，再配上朦胧中透着忧伤的表情，使得老板一直夸郑恩娜是天生的模特料。郑恩娜没做回应，思绪翻飞止不住，就连旁边有人一直盯着自己看都未察觉。

看她的是一个男人，微长的头发结成小结拢在脑后，脸蛋略长却特别白净，一身休闲西装配上雪白的围巾，有几分文艺版许文强的味道。唯一不同的是，那双小眼睛里透着的是一股欣赏和爱慕的光芒。他盯了郑恩娜许久，这才缓缓转身离开。

老板显然是个精明人，上前告诉郑恩娜："刚才那男人怕是看上你喽，那盯你的眼神绝对不一样，不知道的人还以为他是你男朋友呢。"

郑恩娜可有可无地笑了笑。所谓的男人，所谓的爱情，对她来说，远不及房贷重要，更何况自己根本就没有谈恋爱的心思。

或许这就是女人，受伤之后才明白现实的重要。

当然，也有例外，有些女人越伤越想找到真爱，越伤越知道珍惜握在手里的好男人。

一如林灿灿。

和杨阳确定了恋人关系之后，林灿灿的生活一下子变得热闹起来。过去是别的男人追求她，她像高高在上的公主受尽恩惠，如今面对的是自己苦苦追求而来的爱情，杨阳在她的生活中像极了至高无上的皇帝。

每天，林灿灿都会在工作结束之后开车来接杨阳。一旦杨阳露出不悦，她便会将车停在离店一公里之外的停车场，等杨阳下班后，两人吃饭，散步，接着再送对方回家。如果杨阳心情好，林灿灿会央求他带自己去看电影，去听歌剧，总之，两个人在一起就好。

杨阳受尽感动，不仅人前人后夸赞林灿灿，更私下表示："能遇上你，真是我一生的福气。"话已至此，所有的付出便是值得的。只有林灿灿自己知道，为了迎合杨阳的自尊心，和他相处时自己是付出了耐心和智慧的。

当然，林灿灿的聪明不止于此。

到维修店等待杨阳下班的空隙，林灿灿对电脑维修产生了浓厚的兴趣。她发现销售一台电脑成品的利润，远不及电脑维修和配件的利润，而且只要打开电脑，工程师说哪里有问题，客户基本是信任的。一台电脑只要开了壳，换个配件就是上千块，这一点从前台小妹那里得到了证实。小妹还一脸神秘地告诉林灿灿，这个维修店里杨阳功劳最大，好多疑难杂症都要杨阳出马才能解决。

说者无心，听者有意。

看着杨阳埋头辛苦地检修电脑，旁边的客户不停催促，林灿灿突然产生了一个想法：与其为他人作嫁衣裳，不如自己撑起一片天，开一家店，自己劳动自己收获，这才是正道。

把这个想法说给杨阳听的时候，杨阳正把一勺饭塞进嘴里。辛苦了一天，连饭都没顾得上吃，这一点就让林灿灿心疼不已。

“每天这样工作，你觉得值吗？”林灿灿试探着问，“迎来送往，最终你得到的无非是几句客户的夸奖。”

“工作嘛，哪来那么多理由，不都是这样吗？”杨阳把饭咽下去，“自己开店要操心不说，前期还要投入很多资金，光是这一点，就挺难的。”

“资金的事我来想办法。”林灿灿肯定地说，“我是这样认为的，与其给他人做苦力，不如自己来创业，以你现在的年纪，创业正是好时机。”

“可是……我怎么能用你的钱？”

“只当是我的股份吧。”林灿灿坚持。

杨阳比她还坚持：“那也不行，让别人知道，还以为我……”

“还以为你吃软饭是不是？”林灿灿心直口快，“别人怎么想是别人的事，关键是你怎么想。如果你也是这样认为的，那我肯定会失望！我会认为你是个没勇气创业，也没能力承担的男人。”

“当然不是……我只是说说而已。”杨阳为自己辩解，“不过，开一家维修店，从店面选址到买各种检测仪再到招聘员工，这些工作烦琐不说，费用肯定是一大笔，你哪来这么多钱？就算你有这么多钱，我又怎么可能用得心安理得？”

林灿灿看着杨阳，深知这是一个自尊心高于一切的男人。

“这样吧，这家店我来开，然后聘你来做负责人，这总可以了吧？”林灿灿换了一种沟通方式，“赔了算我，赚了各半分。”

杨阳沉默了。

“别的不说，还记得上次因为丢失客户资料，你们经理大骂你的那件事吗？你拼命为他赚钱，可是只是一点小意外，他就能骂得你毫无尊严，不觉得委屈吗？这样做值得吗？不管是为了自己，还是为了争口气，你都应该自己出来独当一面。”林灿灿继续游说，“杨阳，我爱你，我更依赖你，未来我的幸福是要交付在你手上的，你要做出一番成绩，有一番作为，然后我才能幸福，对不对？”

和杨阳相处多日，林灿灿已经把刚柔并济的语言艺术运用得恰到好处，深知杨阳的死穴就是听不得女人的温言软语。

“别说什么你的我的，将来你的就是我的，我的就是你的，我们要融为一个整体，一个家，不是吗？”林灿灿一往情深地表白，“在我心里，你现在就是我的一切，你做什么，我都会支持，你怎么做，我都会跟着，所以，好好想想，就当是为了未来，我们俩的未来。”

如此一说，倒让杨阳无话可说。

林灿灿明白，沉默等于默认，特别是杨阳这种性格。他不是那种斩钉截铁会说狠话的男人，此时不再反驳，便是最好的应允。

心里对结果了解得差不多之后，林灿灿开始行动。

最先要解决的就是资金问题。

其实林灿灿本身也没什么积蓄，本身就不是算计着过日子的女人，大手大脚的月光族，更何况还有小十万的车贷。回家跟父母借，显然不可能，父母过户给她那套房子时，装修钱是两个老人出的，如今还伸手回去拿钱，显得不厚道。思来想去，林灿灿把主意打到了小马身上。

将车开到二手卖铺，以最快的速度和相对低廉的价格出手。之后，林灿灿握着手里的那张银行卡，脚下有一种轻飘飘的感觉，心里是说不出的快乐，因为自己终于为杨阳做了一件事。

事有凑巧，大黄的一个亲戚手里刚好有一个店面要转，之前是卖电器的，正好跟维修沾点边儿，位置又在电脑城旁边，所以林灿灿想都没想就把店盘了下来，速度之快连大黄都诧异。林灿灿解释说："速战速决是我的性格。"当然，心里的潜台词是，她希望早点给杨阳一个惊喜。

确切地说，林灿灿给杨阳的不是惊喜，而是惊讶。

杨阳站在新盘下来的店里，不停地问："这是真的吗？怎么这么快？你怎样办到的？"

问题越多，林灿灿就越高兴。

只是杨阳的情绪又瞬间低落："不知道以后会不会经营好。"

"没事，有你在，这个店一定会好起来的。"林灿灿把主动权交给杨阳，"我找人算好了开业日期，定在后天，你明天打辞职报告正合适。"

接下来杨阳的做法让林灿灿惊喜。

杨阳从包里拿出一张银行卡，递给林灿灿："其实那天谈完之后，我就打过辞职申请，今天批下来了。这是我这些年在维修部的工资和奖金，不多，但希望能有点儿帮助，都给你。"

林灿灿刹那间感动得不得了。杨阳不是木头，他内心什么事都清楚，而且他愿意跟自己风雨同舟，连工作都放弃得如此干脆，仅凭这点，林灿灿就心满意足。

林灿灿上前，趁杨阳不备，吻了他的脸颊，杨阳羞涩得像初恋的大男孩。林灿灿更加不管不顾，抱住他，再吻，顺着脸颊一路下滑，直到四片唇相互纠缠。

许久，吻到累了，杨阳推开林灿灿，一本正经地拿出纸笔，利索地写下几行字，之后交给她。林灿灿看了看，突然就惊呆了。

纸上清楚地写着：今借林灿灿人民币壹拾万元整，借款人杨阳。

“为什么要写借条？”林灿灿不明白。

杨阳轻声解释：“我想过了，前期投入不管有多少，我都必须承担一部分，也算是我的入股钱，我不能让你一个人担这份风险。”

林灿灿再次感动流泪，抱紧杨阳，哽咽到无语。她知道，自己这次选对了男人。

4. 成也房子，败也房子

不管多强大的女人，面对未来，内心总是忐忑的。选什么样的男人就将过什么样的生活，因为明白这一点，所以选择爱情时更加小心翼翼，生怕一个错步全盘输。

杨阳的绝佳表现深深折服了林灿灿的心。

她抱着杨阳，须臾不想分开，心里一次次地告诉自己，这个男人是自己这辈子的幸福。

杨阳内心对林灿灿除了感激，更有深深的爱。这份爱不是来得太迟，而是曾经不敢正视，特别是得知林灿灿为了开这个店把车卖了之后，他更感到自己责任重大。

“灿灿，甜言蜜语我不会说，我只想告诉你，以后不管是车子还是房子，我都会加倍补偿你，绝对不会让你受一点委屈。”

林灿灿笑而作答：“女人最经不起的委屈不是房子和车子的缺失，而是男人的爱和责任。只要你爱我，一辈子对我好，便是对我最好的补偿。”

这样的话对于杨阳这种自尊心超强的男人来说，其实是最好的安慰。因为林灿灿的话发乎内心，实实在在地打动了杨阳脆弱的自尊心。这个过于要强的男人终于认定，怀里的这个女人，自己没有选错，余生除了爱她，别无选择。

林灿灿一脸向往："我们的店起个什么名字好呢？"

杨阳再三思索："不如就叫阳光灿烂吧。"说完，又补充道，"你就是那道灿烂的阳光，让我这个长年待在阴影里的人终于勇敢地站了起来，灿灿，谢谢你。"

林灿灿乖巧地仰头，一枚情真意切的吻落在她的唇上。

"阳光灿烂"开业典礼上，房小优和大黄齐到场。看着人群中欢笑又忙碌的林灿灿，房小优一脸羡慕，告诉大黄说："灿灿是找到真正的幸福喽，瞧她乐得脸上开着花儿，嘴角也开着花儿，灿烂成了向日葵。"

大黄更是无比羡慕："杨阳得到灿灿这样好的女人，是他的福气，当下物欲横流，哪个女人愿意舍弃身家陪男人创业吃苦受累的？我倒觉得，灿灿收获的幸福其实是她自己付出得来的。"

"幸福是付出就一定能得来的吗？"房小优满目忧伤。

大黄深知房小优心里一直放不下安子洋，赶紧安慰："子洋就是消失几天，我相信等他心情好转，一定会来找你的。"

"他已经三天零两个小时不接我的电话了，公司找不着人，房子被他卖了，都不知道他还能躲到哪儿去。"房小优担心地说，"其实我也挺矛盾的，之前一直觉得他是个顶天立地的大男人，现在遇上事自个儿躲了，连人影都见不着，又觉得他像个孩子似的。我在怀疑，自己是不是真的了解他……"

“对于像安子洋这样的男人来说，事业就是一切。”大黄劝解道，“你该理解他。”

“怎么可能不理解？我把房子都挂到了中介，就希望能帮上他一点，可是他怎么就可以这么久都不联系我呢？”房小优无比惆怅。

大黄看着房小优，欲言又止。房小优觉出他知道些什么，赶紧追问：“你是不是知道他在哪儿？”

大黄想了又想，支吾了半天，终于说出了安子洋的藏身之处。

入夜，酒吧一条街上人声鼎沸，霓虹灯下情侣双影，毫不避人地亲热。房小优在大黄的带领下，终于找到这家叫“佳人”的酒吧。

进到酒吧，灯光立时昏暗下来，音乐声，人群声，声声刺耳，不时有拼酒的人吼上几句，令人深感这里的嘈杂。

房小优跟在大黄身后，不断穿过人群，一直走到酒吧最小最阴暗的一个角落，这才看到已经醉到不能自持的安子洋。

几日不见，安子洋胡茬儿都出来了，颓废的表情配上半醉的眼神，邋遢的衣服皱皱巴巴的，就算是在阴暗的角落里，也能让人感觉出他的落魄。

疼惜之余，房小优心里竟涌起一丝痛恨。

“子洋，你怎么喝成这样了？”房小优上前想夺酒杯，却被安子洋挣脱。

大黄拍拍安子洋的肩膀：“子洋，小优一直为你担心，你就别喝了，好好跟她谈谈，多大的事儿也能过去……”

安子洋一脸冷笑：“过去？过得去吗？现在银行天天逼债，合伙人也天天来要钱，我现在就像只过街老鼠，人人见了都要伸手！过去？如果是你，你能让这一切过去吗？”

“没有过不去的坎儿！”房小优干脆地将酒杯夺下来，重重地放到桌上，“一个大男人，这时候不去想办法，躲在酒吧买醉，你觉得这样就能过去吗？”

“不用你管！”安子洋重新拿起酒杯。

房小优便怒了，再夺下来：“不是我要管，你自己看看，你现在成什么样子了？公司一堆人等着你安排，会所一摊事等着你处理，你倒好，遇到问题不去面对，不敢面对！你觉得逃避是解决问题的办法吗？如果逃避有用，那这世上还有困难二字吗？”

“别跟我唱高调！”安子洋显然喝多了，手指房小优，一脸愤怒状，“你这个女人哪儿都好，就是容易唱高调，你哪儿懂得生意场上的那些事，不懂就别对我指手画脚！”

房小优被安子洋的指责惊呆了，本是来关心他的，却换回一句你不懂。大黄看不下去，指责安子洋：“子洋，你怎么能这么说小优，她为了你做了多少事，你知道吗？她每天到处找你，就怕你想不开再出点什么事，还有，她为了你，连房子都……”刚要说下去，突然被房小优制止了。

大黄不解：“干吗不让我说出来？”

房小优摇头：“他现在醉成这个样子，说什么他都听不进去的，一个人不自省，说什么也没用。”

房小优的话让安子洋更加不受用：“我不用你劝，你赶紧离开，这里不是你该来的地方。”

安子洋的态度让房小优心痛。

这个曾经她以为天塌下来都足以支撑住的男人，现在脆弱得像纸片一样，风一吹，便碎洞百出，不堪一击。

面对这个曾经以理想打动自己的男人，房小优不知道自己做什么才能让他彻底清醒。

大黄看出房小优的为难，又觉得安子洋实在有些委屈了房小优，索性不管不顾，将实情告诉了他。

“安子洋，你根本没资格说房小优，她为了你连房子都挂到中介了，那可是她拼尽所有才买下来的房子，为了你，都要卖了！你怎么能一点人情味儿没有？还一心在这儿靠酒精麻醉自己？”

大黄的话让安子洋震惊。

尽管喝得不少，头脑也未必清醒，但是至少他听了个明白。

看看房小优，安子洋说不清内心是怎样一种感受。曾经自己想保护她、想给她最好生活，如今自己失去了这份能力，而她却偏要死心塌地地跟着，于情于理，他都不能接受这样的牺牲。

“小优，我们分手吧。”安子洋终于憋出一句话。

“分手？为什么？”房小优既吃惊又不甘。

“我不能让你为了我连房子都卖了。”安子洋叹气，语气却坚定，“分手吧。”

房小优的心立时收紧，呼吸仿佛停滞，胸口一阵猛似一阵地难受。

又是房子。

失意时，房子是女人的避风港，落败时，房子是女人的救命草，房子不知不觉中已经成为女人命运拐角时的赌注和庇护。为了爱，她们愿意把房子奉献出去，正所谓成也房子，败也房子，爱也房子，恨也房子。

曾经分手，因为自己是有房女，如今再提分手，还是因为房子。

一套房子，真的能让男人这般难以接受，且让女人这般难嫁吗？

第十章

再难嫁，也要相信爱情

爱情是件很玄妙的东西，不是付出就有收获，但是收获之后一定更明白真爱的可贵。有房女面对爱情从试探到跟随，一路艰辛一路从容，一切都是缘分，一切都是天意，再难嫁，也要相信爱情，相信有爱就有一切。

1. 太多爱情，无理可讲

如果爱情是一个人，一定会被太多人围起来，问同样一个问题：爱情，你有什么道理？凭什么让一心相爱的人如此受苦？为何让真心以付的受尽折磨？

不幸是，爱情不是人，它开不了口，给不出答案。

幸是，正因为爱情无法用语言来表达，所以人们喜欢用事实说话。

一如再次被分手的房小优。

盯着安子洋那张不知所措的脸，房小优明白，其实这个男人想要逃避的不仅是事业的落败，还有对爱情的辜负。

“安子洋，我房小优愿意为你卖房子，绝不仅是因为爱你，更主要的是我希望你重新站起来，重新开始，给我一个光明又可靠的未来！”房小优一字一顿地重申，“当然，我不奢望大富大贵，只要那个有理想有抱负的男人重新回来，这就够了。”

安子洋不看房小优，继续喝酒，但还是给出了他的回答：“你知道我现在外面欠人多少钱吗？那些数字说出来，怕是会把你吓着。别说重新开始，就算是再给我一个相同的机会，怕也赚不回那个数字。所以，你别再把希望寄托在我身上，连我自己都不相信还有未来，又怎么可能给你未来？”

“一个男人可以失去事业，但不能失去信心。安子洋，我不强求你现在就振作起来，但是我要求你好好面对自己的心，面对你自己的感情。你告诉我一句真话，你和我分手，到底在怕什么？”房小优不依不饶，“怕我嫌贫爱富把你抛弃？还是怕我吃不了苦过不得苦日子？”

安子洋苦笑：“我安子洋想和哪个女人在一起，就一定要让这个女人幸福，如果做不到，反而要欠这个女人的情和意，那我宁愿不在一起。说白了，我不想被你瞧不起，更别说卖房子来帮我，这根本就是我接受不了的事！”

一语道破个中奥妙。

房小优似乎听懂了，这个男人又回归了大男子主义的本性。他不需要女人的帮忙，不接受爱情的回馈，他一直把自己当成顶梁柱、过天梯，这份骄傲和自信还在。唯一让她不明白的是，相爱的两个人本就应相互扶持，为何到了他这里，反而成了一种罪过。

“安子洋，爱情不是这样的，它应该是相互帮助相互支撑的……”房小优试图说服他，“不是男人一定要保护女人，女人有时候也可以保护男人的。”

安子洋突然仰天长笑，笑声震惊了整个酒吧的人，大家纷纷侧目。

“房小优，你根本不是那个了解我的女人！我安子洋堂堂男子汉怎么可能接受一个女人的帮助？再说，你那套房子又值得了几个钱？帮得了我多少？”说到这儿，安子洋突然又叹气，“还是算了吧。”

算了吧。爱到最后，以为能够生死白头的最后，就只是一句算了吧。

房小优记起当初分手时，安子洋也说过这样的话，我们，还是算了吧。今天，旧话重提，别样滋味在心头。

安子洋的决绝让房小优明白，现实是自己确实帮不了他多少，更现实的是这样一个把事业和理想当成全部的男人，他的心里容不下过多的爱情，自然留给她的余地亦是少得可怜。

这时候，房小优脑子里蹿出一个念头：或许爱情之于安子洋这种男人只是锦上添花，一旦职场失意，情场便会毫不留情地戛然而止。

房小优突然不想再劝了，也深知劝下去不会有任何结果。从酒吧出来，夜色深了，心却静了，没有结果的爱情就这么远了。

回到家，房小优无力地坐在沙发上，郑恩娜从房间跑出来，一脸着急。

“姐，这么晚了，你跑哪儿去了，打电话也不接。”

“酒吧太吵，没听到。”房小优疲惫地回应，“让你担心了，对不起，以后不会了。”

郑恩娜猜出几分：“你是不是找到安子洋了？”

房小优点点头，不再说话。

郑恩娜似有所悟：“一定谈得不怎么样，瞧你这一身疲惫，我给你热点吃的。”

房小优拒绝了，拍拍沙发，让郑恩娜坐下。

“娜娜，你还相信爱情吗？”房小优似在问对方，又似在说自己，“今天我才明白，其实爱情不是我想象的那样，同甘共苦也好，不离不弃也罢，统统不是。有些爱情看似美满其实不过是表象，一旦风雨突袭，马上就变了。”

郑恩娜边听边点头：“受不起诱惑的会背叛，以为不离不弃的会先被弃。”

“为什么会这样呢？”

“太多爱情，无理可讲。”郑恩娜起身，为房小优倒了一杯水，“姐，不管你和安子洋会怎样发展，我都不希望你卖掉房子。”

房小优摇头苦笑：“只怕是，我想卖，人家也不肯领这份情。”

郑恩娜听完房小优的诉说，突然间又对爱情看不明白了：“他不愿意你卖房子，从男人的品质上来看，这是个好男人，怕你跟着他受累。可是要从爱情的角度上来说，他这样做其实是没把你当成自家人，你见过谁对自家人客气的？更何况他现在最需要的就是帮助。”

房小优点头：“你算说到点子上了。我当时也有这种感觉，他根本就没把我当成自己人。换句话说，所谓的山盟海誓，不过是通往爱情路上的必需品，说说也就忘了。真到了风口浪尖，桥归桥，路归路，人家压根儿就没想跟我一起走下去。”

“也许，是他真的怕连累你受苦。”郑恩娜拍拍房小优的手背，“姐，你别想太多了。对于安子洋，你已经付出真心和一切，不管将来结果如何，你心里没有愧疚没有后悔，这就够了。”

房小优轻轻点头，重复着郑恩娜的话：“没有愧疚，没有后悔。”

郑恩娜见房小优一脸憔悴，催着她赶紧休息，连哄带劝地将其推进卧室。

房小优这一夜半是感慨半是茫然，眼睛一闭一睁，天就亮了。

郑恩娜准备了早餐，好不容易劝房小优吃了两口，大黄的电话就追了来。大黄告诉她，安子洋把公司和静心苑项目都卖了，折合下来，身上还是背负着不少债务。他还告诉她，安子洋决定去深圳发展。

这一切，房小优并不意外。

以她对安子洋的了解，逃避是他最想做的事。

以她对这份感情的了解，安子洋走后，一切就真的结束了。

想到结束，房小优突然间就有了一种恍如隔世的感觉：昨天还卿卿我我的两个人，如今却是一个在南，一个在北，且不知会不会有告别，会不会有重逢。

安子洋的短信是在早餐后收到的。

看到手机里躺着这样一条长长的短信，房小优犹豫了一下才打开。安子洋在信息里说："对不起，小优，辜负了你一番心意，辜负了我们情深一场，以我现在的状态和状况不适合继续走下去，所以只能跟你以这样的方式告别。我要以自己的方式重新开始，也请你以自己的方式多多保重。就此别过我们的感情，就此别过我们之间的一切，谢谢你曾经的付出，谢谢你带给了我一生中最美的回忆，祝你早日找到属于自己的幸福。"

房小优反反复复读了几遍，还是找不到自己想要的答案。她始终想知道，什么样的男人会在受尽失意时连曾经相爱的女人都不要了。

郑恩娜接过手机，看了再看，不觉惊叹："文笔蛮好，心思一定是细腻的，心思细腻的男人自然受不起那么大的挫折。也许离开是对的，换个环境说不定能够卷土重来。”

房小优哑然失笑：“卷土重来又怎么样？跟他一起同舟共济的又不会是我。”

“姐，如果真的在乎他，你可以到深圳去找他，或者跟他一起在深圳重新开始。”

“不用了。这个男人，我必须从记忆里把他清除。”房小优一改眷恋，无比坚定，“我不容许我的男人在艰难的时候把我一个人抛下，更不希望将来的他是那种只能同甘不愿共苦的人，哪怕他是为了我。”

“可是明明你还爱着他……”

“我爱的是当初那个有理想有抱负的男人，如今却是经不起一点风浪，在爱情面前更是逃避为上，这种男人不要也罢。”

“你真的放得下？”

“不是我放得下，是他逼我把一切放下。”房小优叹气，态度却坚定，“既然选择这样的方式结束，那就算了吧。”

2. 还给你房子，还给我尊严

别让女人失去对爱情的信心，特别是对有房女来说，失去爱情的信心，往往会让她躲进自己的小窝，再也不肯轻易出来。

安子洋的不辞而别让房小优深受打击。

不是爱与不爱，只是觉得付出真心最终收获的却是被遗弃。

房小优一直觉得，自己是被安子洋遗弃的。就像一朵花，他事业好时，心情大好地摘了，事业不好时，心情沮丧地走了，任自己在风中飘零。

当然，房子是保住了。

从中介把售房广告撤下来的那一刻，房小优突然就觉得，自己现在手中能握住的只有它了。

这套房子，像一个壳，重重地压在她身上，同时又重重地保护着她。再大的风雨，只要它在，心灵就有安妥之处。

大黄不放心房小优，跑到她家里来看，发现房小优一个人在喝闷酒，不觉心疼百般。在他心里，房小优看似“普相女”，不出色，却总在关键时候出彩，不论是职场还是生活，不管多大的困难出现，房小优总能正面面对，一一化解。这样的女人是大黄心里永远的向往，遗憾的是，越是向往越是得不到。

大黄劝房小优放下一切，房小优却笑大黄不懂自己。

“大黄，你知道我为什么喝酒吗？不是我放不下，是我放下了。歌里不是那样唱的吗？醉过之后方知情浓，我是醉了之后才更加了解自己的内心。我和安子洋之间越想越觉得不相配，他是那种事业至上的高大上男人，而我是儿女情长的居家小女人，根本不是一路人，强求在一起，也总是经不起考验，分开是迟早的事。”房小优为自己辩解，“我唯一不明白的是，不管是相亲还是分手，男人们总喜欢把问题归在我的房子上，难道我买房子这件事真的错了吗？如果是错，我倒希望一错再错。还是那句话，男人说走就走，房子却永不背叛，我房小优发誓，以后不管遇到多大的困难，我都不会再卖房子！”

大黄心疼地看着房小优：“不买房不知买房苦，女人有房固然是好，但背负着房子这个壳走起来也是够辛苦的。小优，其实我挺对不起你的，明知道你有房贷，上次田千亩让咱俩选其一辞退的时候，我竟然……做了缩头乌龟，我对不起你。”

房小优摆摆手：“理解，我理解你，每个有房贷的人，心里最怕的就是丢了工作，更何况你还刚刚买房，心里的压力比我还要大。”

大黄一脸愧疚：“再怎么说，作为男人，我做的就是不对。”

“这跟是不是男人无关。每个人面对困难想到的都是自保，无可厚非，更何况，你也没做什么损害我利益的事。”

“谢谢你，小优，你能这样想，我真的很感激。我大黄发誓，以后在工作中一切向着房小优，你升职，我就是投第一票的人；你做事，我永远是拉牛车的人；你说一句，我就愿意无声无息地做十件事……”

在房小优听来，大黄的句句誓言甚是好笑，忍不住打断：“听着像爱情誓言，累不累呀你？呵呵……”

房小优终于笑了，大黄的心也跟着放下了。多年朋友，他了解房小优，唯放下，才快乐。

他爱她，只是不敢再轻易表白。

房小优瞧出大黄的心思，索性把话说开：“大黄，我知道你的心思，但是请你千万别再说出口，我们之间做朋友挺好的。爱情这东西看似无形，但实际上每个人心里都有一些条条框框，我们不是彼此的菜，就不要伤了彼此之间的友谊。”

大黄不好意思接话，只好拼命地点头。

这时，郑恩娜从外面回来，看到两人喝得高兴，也忍不住落座。

房小优知道，这些天郑恩娜为了房贷四处奔波，活得异常辛苦，于是借机劝她：“娜娜，为了一套房子搭上健康，搭上青春，是不值得的。女人买房，重要的是量力而为，给自己平添压力，实在不是明智之举。”

大黄随声附和：“你姐说的对。对于我们男人来说买房是必须，没房女人根本不嫁，但是对于女人来说，有房反而不容易嫁出去。道理嘛很简单，有本事的男人想要的是小鸟依人，没本事的男人看上的未必是你这个人，一旦遇上心怀叵测的男人，你就有得苦吃喽。”

郑恩娜只是点头，却并不说话，一脸的心事。

其实，在回家之前，在商场里站橱窗时，她已经看明白了一些事情。

不知道是因为郑恩娜在商场里站橱窗，还是何欢露故意为之，自上次相遇之后，对方频频光顾自己工作的那家店。每次来，何欢露不仅大呼小叫地炫耀，更加无休止地跟韩英俊秀恩爱，其实郑恩娜瞧得出来，韩英俊过得并不快乐。

郑恩娜看到，何欢露换衣服的时候，因为鞋子不搭就大骂韩英俊，嫌他刚刚阻止她多买一双鞋。韩英俊本能地解释：“那种款的鞋昨天刚买过。”却被何欢露一个巴掌拍到头上，责怪他：“花我的钱，愿意买多少买多少，用你管。”韩英俊立时无语。

在何欢露进服装间换衣服的空当，韩英俊拉着一张苦瓜脸走近郑恩娜，一边叹气一边诚恳地道歉：“对不起，娜娜，想想过去，看看现在，我这就是自作自受……我知道你现在一个人买房还贷挺难的，真心劝你一句，别让房子压住心智，有房子而不快乐的人太多了，比如我……我现在才明白，房子不是一切，物质不是一切，爱对人和做对事才是真正的幸福……娜娜，好好对自己，好好生活……”

这些话，似打过草稿，又似压在心里千百次，韩英俊是带着诚意的。听得出来，他的日子过得并不快乐，而这番话在郑恩娜听来，其实也是自己的心里话。吃过这么多苦，受过这么多累，她更加明白，仅凭一套房子根本不可能带给自己幸福。

韩英俊的贴心话，让郑恩娜突然就放下了之前的种种恩怨。

她知道，他说的是心里话，是真心实意的歉疚。

她也知道，再多爱也成为了过去，再多恨也挽留不回一切。

有时候，能让女人消除爱和恨的，无非就是男人的几句真心话。

就在那一刻，郑恩娜有一种恩怨都放下了的感觉。多日来为了房子而奔波的苦和累突然涌上心头，泪水肆意，她第一次觉得，为了所谓的报复，为了一套房子，自己活得太累了。

当晚，也是郑恩娜和翟总再次约会的时间。

郑恩娜毫不犹豫地把房子钥匙还给了对方，并大方地承认："之前我确实动过不光彩的念头，用自己换套房子，现在我想通了，房子承载不了幸福，女人自立也并不是一套房子就能证明的，我会用自己的劳动换一套踏实的房子，而不是用自己的清白来换得房子。"

丢下钥匙，丢下解释，就如同丢下过往种种的不堪和辛苦，郑恩娜觉得自己就像重新回到阳光里的小鸟一样，翅膀是新的，风是暖的，连心情都在高傲地飞翔。

当然，这些话她没办法跟表姐说，更不可能跟大黄分享，所以，只能听着两人你一句我一句地劝，当作是听懂了。

其实也是真的懂了。

3. 有阳光的爱情才会更灿烂

女人只有在理解了生活之后才会更懂生活。

一套房子在手里转了几个圈之后，郑恩娜终于明白，所谓的幸福其实是遇上对的人，有一份对的理想。而对于房小优来说，当初买房子时是因为自己能力达到了，之后卖房子是因为自己能力不足，不得不卖。

一个认为没有房子并不代表不幸福，一个却觉得有房子并不代表什么，困难来时，该无力面对还是无力面对。

听到郑恩娜把房子还给了翟总之后，房小优夸赞她："终于长大了。"

郑恩娜反思之前的作为，认为自己活得太不真实："出来混，有些东西终归是要还的，早还倒利落，心里踏实。"

"那么，以后呢？以后还会买房子吗？"

"当然。只要能力够了，我还会买，我要有一套完完全全属于自己的房子。"

郑恩娜的回答让房小优突然记起自己买房的初衷。买房时她根本没想太多，只不过一时冲动，听从了售楼小姐的巧舌如簧，然后就有了房子，有了房子之后的种种幸与不幸。

郑恩娜不了解这些，甚至认为表姐当初买房也跟自己现在一样，为了拥有而拥有。

房小优一声叹息，不做太多解释。

对于女人来说，能买一套房，不管有多少理由都是对的。房子在所有女人眼里，是家，是心灵的归处，不论空间大小，不管距离远近，房在，心安。至于为何买房，真的没那么重要。

房小优更关心的还是将来，比如爱情。

“要是再有男人追求你，你还会相信他并接受他吗？”

郑恩娜似乎想起了什么：“别说，这两天还真有一个男人，天天没事就跑到我们店里来，眼睛一直瞟着橱窗，不知道是在看我还是看衣服。”

房小优突然就乐了：“也许，你的爱情春天又来了呢。”

郑恩娜不置可否：“我现在的目标还是房子，至于爱情，太虚幻，随缘就好。”

房小优收住笑：“作为你的姐姐，我有责任提醒你，刚刚回归的人生信条又走偏了：有爱才有家，不是有房子才有爱。”

郑恩娜不理她，继续宣扬自己的房子论：“还是得先有房子，现在的女人没房子哪个肯嫁哦？再说现在好多女人还把房子当嫁妆呢，比如，林灿灿，她可是带着房子赶着车子去追求人家杨阳的哦。”

说到林灿灿，房小优竟觉得关心这个朋友少了。

到了公司，趁清闲时，房小优把林灿灿的咖啡泡了，递过去，一如往昔般亲密。

林灿灿自从杨阳开店之后，人变得像陀螺，不到上班时间见不着人，下了班更是人一闪就不见了。房小优笑称她是“飞人老板娘”，对此，林灿灿并不否认。

“小优，你是不知道，我真的好累呢，维修店里的好多活儿都要我出马，什么跑银行汇支票呀，给员工结算提成和工资呀，还有客户联络和新配件推广，都要我来做呢。天生对电脑一窍不通的我现在都能说出有几种硬盘和内存了呢，厉害吧？”虽是抱怨，却听得出林灿灿满身心的幸福感。

“你和杨阳在一起之后，整个人都变了，过去工作起来懒得要命，能躲就躲，现在勤快得像四只脚的飞虫，说闪就闪，飞的速度。”房小优笑谑，“是不是很赚钱啊？真赚了得请我们大家吃饭才成。”

“哪有赚钱？现在刚开始，不赔就不错了呢。”林灿灿开始诉苦，“开个店真的很不容易，房租要钱，水电也要钱，连喝口水都要钱，真是不当家不知柴米贵。”

“这些心你全操着，那还要杨阳干什么？”

“他比我还要累。维修得干，员工得管，外面的业务还要联系，人都累瘦了呢，看着就心疼……”林灿灿果真满脸心疼的样子，“有时候他工作到半夜呢，劝都劝不住。”

房小优突然像发现了新大陆一样，惊呼：“他工作到半夜你都陪着，你们俩……没事吧？”

林灿灿羞涩一笑：“有事也不怕，他现在可是我男朋友呢。”

房小优似乎懂了，却不再笑了。这年头，成年男女之间那点事，实在没什么嚼头。

倒是林灿灿似乎说上了瘾，一个劲儿地夸心上人：“这个男人，我为他做什么都值得。小优，你知道吗？那天我在他抽屉里发现了一个日记本，里面记着小店开张以来的收支，更重要的是，他还背着我到银行开了一张银行卡呢，里面存的是每一天能够存下来的钱……当我知道那卡上写的是我的名字时，我差一点儿就哭了，他真的是个让人特别感动特别放心特别想死心塌地跟着的男人……我林灿灿这辈子遇上这样的男人，也算知足呢。”

林灿灿的话让房小优意外又暖心，这个杨阳人品果然不错。

联想到过去林灿灿所受的爱情之苦，房小优不无感慨："杨阳跟过去那些男人不一样，他心里只有你，没有什么房子车子这些负累，这一点就很难得。"

"他说了，等小店稳定下来，还是要买房子的，会写我的名字，也许是贷款，也许还有外债，但是他说一定要买套属于我们俩的房子，这样住着才踏实。"林灿灿解释道，"其实我并不想这样，有压力不说，根本没必要，要那么多房子干吗？我又不是没有，可是他说那样才算一个真正的家……"

林灿灿的话让房小优突然记起分手时的安子洋，他也是拒绝自己的房子。

是不是每个男人心里都有一处过不去的坎儿，这个坎就叫女人的房子住不得？

房小优再次迷惘了。

让她更迷惘的还有林灿灿突然提出来的辞职。

隔日，林灿灿便把辞职书递了上去。她告诉房小优："我想好了，与其在这种公司半死不活地待着，不如和杨阳一起把小店办好。"

房小优自然是不同意她这样做："你不怕两个人天天在一起会吵架吗？开成夫妻店会有好多问题，你想过吗？一个女人没有独立的事业容易被男人瞧不起，你不知道吗？"

林灿灿异常坚决："我相信杨阳，相信我们之间的感情，相信未来会越来越好。"

三个问题。三个相信。如此，就把房小优打发了。

房小优再有担忧，也抵不过林灿灿的万般相信。

林灿灿告诉她："杨阳不是那种占女人便宜的男人，他对未来有自己的规划，哪怕我现在有金山银山，交给他，我也心甘情愿。”

爱情像极了一道阳光，林灿灿在阳光中微笑。

这就是爱情的力量。房小优不得不感叹。

对于女人来说，千金难买一个信任。

相信一个男人，相信一段感情，相信两个人会有未来，这便是一切了。

只是，看看自己，辗转一圈，仍是孤单。房小优觉得内心的压力始终存在，不仅是房子，还有未知的感情，谜一般的未来。

说到底，一个有房贷的单身女人，不仅不能随意把工作丢了，而且自己担负的责任促使自己加倍努力。

4. 再难嫁，也要相信爱情

告别爱情的女人，所有心思都将归于工作。

这是现代女人的悲哀，也是现代女人的智慧。

工作如同房子，永远在那里，不背叛，不远离，当你努力地去靠近时，它还会给你一定的回报。

房小优痛定思痛，决定放下一切，除了工作。

公司一轮调整一轮裁员之后，还是决定把净水项目重新上马。对于当初的倡议者和付出者房小优来说，这个项目也算是她的一番心血，所以当老板把这个项目重新交到她手上的时候，房小优并没有过多谦让，因为她知道，这个项目，舍她其谁。

大黄跟着房小优鞍前马后地忙，也算是尽了心的，应酬宴上，拼了命地为房小优挡酒。不明所以的客户还以为他和房小优是一对情侣，不忍为难，也就将就着把合同签了。

合同一签，新项目上马，房小优异常忙碌，经常顾不上吃饭，大黄总是把盒饭和水递到她面前盯着她吃。这些落在公司同事们眼里，以为是新恋情的出现，但在房小优心里不过是旧时友谊的回归。

房小优不分昼夜的劳作终于迎来了丰收的硕果。自来水厂在试用了净水设备之后决定跟公司合作，单这一个客户就为公司带来不可估量的收益，老板一高兴，重金奖励房小优。房小优把其中一部分发给一起工作的同事，另一部分包了大红包给大黄。她知道，大黄此时比任何人都需要钱。

大黄却推辞："别人拿那么点，我拿这么多，这样不好。"

房小优解释："这钱本身是给我一个人的，我分给大家是情意，多给你是应该，没有你，这个项目根本不会这么顺利。"

大黄始终不接。房小优心里也明白，这钱对于她和大黄来说是一道友情和爱情的分水岭。就像之前一样，想要跨越爱情坎儿，必须先破友情这道坎儿。

房小优不是没听过同事们的议论，也深知再这样误会下去对自己和大黄都是伤害，索性请所有的同事吃饭，席间她想把所有问题说个明白。

却不料，大黄给了她一个大大的意外。

大黄把相亲的新女友带了来，不仅主动介绍给同事们认识，两人在吃饭时还大秀恩爱。这一幕同事们惊讶，房小优也有些不知所措，不是大黄掩藏得好，而是大黄在做这一切之前根本没跟她商量。

这时候，突然就有了一种被冷落的感觉。房小优暗笑自己，得不到，终是最好，真给你，又未必想要。

倒是大黄，比房小优还要了解她，上前跟她解释："我不是故意给你难堪，其实是想让你真正在心理上得到解放。我知道，就算没有安子洋那样的男人，你也不会喜欢我这款。相处多年，你的心在哪儿我明白，而我也做不到在原地等待，所以今天就把一切说开，让大家放心，更让你放心。小优，在我心里，你是我永远的梦想，就像安子洋是你永远的梦想一样，既然得不到，就让我们彼此祝福吧。"

大黄的话让房小优很是感动，只是提起安子洋，她的心还是会微微泛痛。

"你跟你女朋友真心相爱，比什么都好。"房小优掩饰着说。

大黄憨厚一笑："她就是个普通女孩，不嫌我有房贷，这一点就足够了。"说完，又开起玩笑，"不像你们这些有房女，要求多着呢。"

房小优不想做过多解释，因为她知道，在大黄眼里，自己之所以一直不接受他，是因为他一直误会自己在追求高大上的成功男。其实，只有自己明白，有理想的男人才是心之所属。

想到理想，往事历历。

倒是大黄，和新女友恩恩爱爱的样子，让房小优在心里不止一次地感叹。有房贷的女人在男人眼里是负累，不愿意多靠近，但是相对于有房贷的男人来说，女人却是报以理解的态度的多，想不明白是当下的男人太过计较，还是当下的女人都已经修炼得包容无限？

席间，大黄的女友倒是一语道出其中奥妙："我对男人的要求不高，能付个首付，有个窝就行，至于贷款什么的，就慢慢还吧，总比租房子要踏实。"

话越是朴实，越让人寻味。吃饭的同事们面面相觑，之后尴尬地相互看看，一笑了之。

房小优知道，同事们的笑容里，有欣赏，有赞同，有理解，也有无奈。

女人遇上境遇不佳的男人，考虑的多是男人的人品，至于房子或房贷，有时候并非那么看重。

那么男人们呢？什么时候能理解一个有房女对爱情和真诚的渴望之心？

一餐饭吃得心情七零八落。

房小优仍不忘打包回家，郑恩娜此时正像一只嗷嗷待哺的家雀，等待着她。

房小优把餐盒递给郑恩娜，便拿出小本子记账，郑恩娜不理解她为何如此热衷算账，房小优向她解释："我想提前还上一部分贷款，这样压力就少一些，房贷也可以从容一些。"

郑恩娜吃得很少，只几口，就放下了："那我少吃点，以后还可以帮衬着你点儿。"

"你平时能吃好几盒，今天吃这么少，有心事？"

"你猜。"

"别告诉我，是要恋爱，才要保持身材。"房小优故意逗她。

郑恩娜一撇嘴："又不是只有恋爱才能让女人浑身充满动力。姐，记不记得我跟你提过，在店里有个男人总是有事没事就过来看我？知道他是干吗的吗？他是模特公司的经纪人，今天跟我说，他看上我啦，想让我当他们公司的签约模特。"

房小优自然高兴："真的？条件谈了吗？"

郑恩娜一脸憧憬："大体说了下，除了底薪，每场秀都有提成，算下来，应该是我目前收入的两三倍吧。”

房小优立马兴奋了：“照这样算下来，你很快就可以买房啦。”

郑恩娜连连点头：“绝对实力派！”

房小优放下记账本，跑进厨房拿出红酒，表示要庆祝一下。郑恩娜看看红酒的年份，不由得惊呼：“这年份的酒可不便宜，姐，你今天可是真破费啦。”

房小优高兴地道：“破费一次，我舍得。”

话音刚落，林灿灿的电话就打了来，房小优有意让她一起来喝酒，却听到林灿灿在电话那头又是尖叫又是兴奋地告诉她：“小优，我要当妈妈啦，为了宝宝，我们决定下周举行婚礼，你得准备大红包，还要当伴娘哦。”

房小优放下电话，做出一副身不由己的样子，告诉郑恩娜：“这下真的要破费喽。”

林灿灿怀孕纯属意外，但是杨阳却坚持生下这个孩子。

“不管怎样，我有能力养活你和孩子，这是我们爱情的结晶，有了宝宝，更像一个家。”杨阳的话让林灿灿无比安慰，只是说到房子的时候，杨阳又有些伤感，“唯一遗憾的是，我还没买房子……”

林灿灿想都没想便回答：“房子我有。”说完，发觉杨阳表情不对，又想到了他那可怕又可卑的自尊心，于是母凭子贵，趁机说出埋藏在心里的抱怨，“杨阳，我们现在是一个整体一个家，我的就是你的，你的也是我的，何必分你的房子我的房子呢？女人有房子不是罪过，有房的女人也没有那么心高气傲，我想要的只是一个温暖的家，一个踏实的男人，至于你有多大能力有怎样的物质条件，对我来说真的不重要……我要的，是你一辈子对我好，你能做到吗？”

杨阳抱起林灿灿，连连点头。这拥抱里，有对她的愧疚，对她的感激，更多的是对她无尽的爱。这拥抱就如同跨越了千山万水，一直拥抱到两人的婚礼上。

婚礼办得简朴又隆重。

婚礼上，杨阳一次又一次地亲吻林灿灿，而林灿灿如同幸福的小女人，一次又一次偎进杨阳怀里。两人的恩爱让台下掌声阵阵。最让大家感动的是林灿灿的婚礼感言。

“我是一个在爱情里辗转受伤和寻找的女人。因为有房子，曾经我高傲地认为，条件不如自己的男人应该全身心地爱我，宠我，后来发现，他们的爱和宠却是冲着房子来的，所以我怀疑过爱情怀疑过婚姻，我甚至认为每个接近我的男人都是有目的……直到遇见杨阳，我才知道，这世上有一种男人叫无欲无求。他自立自强，自尊自重，毫无功利之心，跟他在一起，我就是我，就是一个需要爱与呵护的女人……他让我明白，这世上有单纯，有纯真，有一心一意追寻爱情的人……”

林灿灿的话让台下的人半是沉思半是感动，房小优和郑恩娜听着听着，不觉泪水肆意。

郑恩娜小声地问房小优：“姐，你还相信爱情吗？”

房小优下意识地摇头，却又点头，一脸矛盾。

因为新娘怀有身孕，作为伴娘的房小优自然就必须为林灿灿挡酒。喝得有些多了，头就跟着晕了，熙熙攘攘的人群让她有些不适应。敬酒环节一结束她就离开了宴客大厅，一个人跑到休息室躲清静。

大黄不知何时跟了进来，手里握着电话，示意房小优：“安子洋打来的，你要不要接？”

房小优紧握的双手不由得颤抖起来，一时之间不知道该不该接。

大黄不停地暗示：“他只想跟你说句话。”

心还是会痛，手还是会颤抖，终究难抵相爱过。

房小优深深呼吸，还是将电话接了过去，大黄识时务地退出了休息室。

电话那头，安子洋的声音徐徐传来，而这时，婚礼现场放起的音乐也透过话筒传到安子洋那头：“……很爱很爱你，所以愿意舍得让你，往更多幸福的地方飞去，很爱很爱你，只有让你拥有爱情，我才安心……”

安子洋显然听到了音乐声，一阵沉默，终于开口：“小优，你恨我吗？”

如果说前一刻房小优的心是收紧的，那这刻便是放开的。对于安子洋，她始终是牵挂多于记恨，更何况两人之间根本没有值得去恨的理由。

一对恋人，走到分手，连恨的理由都没有，该庆幸还是该悲哀？

房小优在这一刻也突然明白了，其实像安子洋这样的男人，也许从开始就不属于自己。他像一个梦，用理想的翅膀撩拨她，却终究只是个梦，梦一醒，一切就没了。

“小优，你不是想知道第一次分手时，我去找你有什么事吗？那天其实我是想去问你一件事……我想问，你相信爱情吗？”安子洋突然问。

房小优哑然失笑。

相信爱情？她似乎从来就不曾怀疑过，只不过是爱情一次又一次地辜负自己。

本来是想走近爱情，最后却成了分手，不知道是缘分不够，还是人生太可笑。

兜兜转转，爱情给予女人的是一次次伤害和一次次坚强。

“不管在别人眼里，像我这样的有房女是怎样一种形象，至少我心里明白，我想要的生活和爱情很简单，两个人一个家共有一颗心……至于爱情，我想说的是，再难嫁，我也相信世间有真爱。”房小优明明白白、真真切切地告诉安子洋，“至于你，曾经确实是我的一个梦，梦醒了，就各自好生珍重吧，祝你幸福。”

如释重负。

挂电话时，房小优没有半点犹豫。

她能理解一个在困难时期离家出走的男人，但不能接受面对困难不肯接受现实的男人。理想不是说给旁人听的，而是需要两人携手去实现，这样的爱人才是自己真正想要拥有的。

爱情是件很玄妙的东西，不是付出就有收获，但是收获之后一定更明白真爱的可贵，有房女面对爱情从试探到跟随，一路艰辛一路从容，一切都是缘分，一切都是天意，再难嫁，也要相信爱情，相信有爱就有一切。

婚礼上，嬉笑声，祝福声，声声入耳。迎着这热闹非凡的人群，房小优坚定地走过去，融入进去。当林灿灿把花球丢过来的时候，房小优毫不犹豫地上前争抢，这一刻她对未来的爱情充满了信心……

图书在版编目（CIP）数据

买房以后，结婚之前 / 孙明一著．—南京：译林出版社，2016.9
ISBN 978-7-5447-6177-2

Ⅰ.①买… Ⅱ.①孙… Ⅲ.①长篇小说－中国－当代
Ⅳ.①I247.5

中国版本图书馆CIP数据核字（2016）第013470号

书　　名 买房以后，结婚之前
作　　者 孙明一
责任编辑 陆元昶
特约编辑 王　辉
出版发行 凤凰出版传媒股份有限公司
　　　　　译林出版社
出版社地址 南京市湖南路1号A楼，邮编：210009
电子信箱 yilin@yilin.com
出版社网址 http://www.yilin.com
印　　刷 三河市华润印刷有限公司
开　　本 960×640毫米　1/16
印　　张 19.25
字　　数 210千字
版　　次 2016年9月第1版　2016年9月第1次印刷
书　　号 ISBN 978-7-5447-6177-2
定　　价 28.00元